むらやま　たか

神奈川　著

村山多加

Murayama Taka

SPM

南方出版传媒

广东人民出版社

· 广 州 ·

图书在版编目（CIP）数据

村山多加/神奈川著. —广州：广东人民出版社，2018.1

ISBN 978-7-218-11994-6

Ⅰ. ①村… Ⅱ. ①神… Ⅲ. ①长篇小说—中国—当代
Ⅳ. ① I247.5

中国版本图书馆 CIP 数据核字（2017）第 213287 号

CUNSHAN DUOJIA
村山多加　　神奈川　著

出 版 人：肖风华

策划编辑：钱飞遥
责任编辑：钱飞遥
文字编辑：罗　丹　张　颖
排　　版：广州市奔流文化传播有限公司
装帧设计：河马设计工作室
责任技编：周　杰　吴彦斌

出版发行：广东人民出版社
地　　址：广州市大沙头四马路10号（邮政编码：510102）
电　　话：（020）83798714（总编室）
传　　真：（020）83780199
网　　址：http://www.gdpph.com
印　　刷：广州市浩诚印刷有限公司
开　　本：890毫米×1240毫米　1/32
印　　张：11.625　字　数：250千
版　　次：2018年1月第1版　2018年1月第1次印刷
定　　价：45.00元

如发现印装质量问题，影响阅读，请与出版社（020-83795749）联系调换。
售书热线：（020）83795240

序章
プロローグ

自德川家康在江户开幕府，京都大权旁落，成了闲散地。可提起吃穿住用，江户人难脱暴发户的心虚，仍以京都马首是瞻。京都风物好，京都酒肴精，"京女"更让人着迷。看惯了谈吐爽利的江户女，遇见红唇泛浅笑，说话留三分的京女，怎不意乱情迷？寻常京女有如此魅力，祇园艺妓的魅惑可想而知。

　　祇园花街是夜的世界。白天看来平淡：窄窄的羊肠小路，两侧是鳞次栉比的木造小屋，极是朴素。等夜幕降临，家家门前的灯笼先后点亮，祇园立刻变成光华灿烂的琉璃世界。初来乍到的客人东张西望，打不定主意光顾哪家；轻车熟路的客人一早坐定，托着茶碗细品，耐心等相熟的艺妓来；艺妓靠弹唱舞蹈吃饭，举手投足都得优美舒缓。见客也不能着急，必须莲步姗姗，一是为了美，二是买卖需要：哪怕一掷千金的豪客，也得让他们等等，太巴结就降了身价，若即若离是最好的。陪客人也多听少开口，虽然柔和含糊的京都调听着熨帖，但时机恰好的一颦一笑胜过千言万语。

艺妓处处有，祇园艺妓等级最高。她们相貌好，又是三味线和京舞高手，花道、茶道和香道也打小修习，堪称艺术与美的化身。因此，祇园花街虽是花销惊人的销金窟，仍是武士豪商的聚会首选。

武士聚会难免涉及政情，豪商聚会要谈大笔交易，万一泄露出去，轻则破财，重则获罪。为让客人安心，祇园艺妓有严格的行业规范：客人说过的话，必须左耳进右耳出，一个字也不能说出去。幕末倒幕浪潮澎湃，无数与幕府为敌的志士上京联络同志，大都会在祇园密谈，一来开开眼界，二来也看中它安全。志士们因意见分歧面红耳赤，艺妓嫣然一笑，弹首缠绵曲子，席间的火药味顿时烟消云散；酒酣耳热之际对幕府言辞不敬，作陪的艺妓照样笑吟吟，似乎全没听见那大逆不道的话语。

无论客人如何吐露爱意，艺妓都不能直接回应。毕竟她们扮演的是大众情人角色，一旦有闲话传出，其他客人不悦，买卖也会转冷。当然，若抱了天长地久的念头，客人可以出大笔银钱，将艺妓娶回家去。"维新三杰"之一的木户孝允娶了京都艺妓几松，后当了首代内阁总理大臣的伊藤博文也娶了下关的阿梅。

风俗史家喜田川守贞曾写道："京阪少年郎，艳丽胜牡丹，优美似春樱，风姿拟白梅。"桥本左内有乌浓的眉，清澈的眼，像画里走出来的风流少年郎。他是常客，村山多加对他格外用心。他常常一个人来，盘腿坐着，手掌托腮，一双眼睛看着她，眼神恋恋的。明明是他在眼前，村山多加偏想起另一个人：很多年前的春日，那时她住在彦根，小小院落里樱花开得正好。她与一名男子在树下饮酒，微风拂过，花瓣飘飘荡荡落下，颜色粉白，边缘带着抹嫩红，让人辨不清是飘雪还是落花。那日他们定了情。他叫井伊直弼，世家出身的落魄子弟。那样的人她见过不少，或玩世不恭，游戏人间；或怨天尤人，牢骚满腹。他不同，生活困顿，却有掩饰不住的挺拔气质。

小小院落，她和他共度了许多时光，饮茶、写和歌、玩笑，说不尽的旖旎。可他的出身是改不了的，彦根藩的世子病逝，他要被送往江户，做新世子。她与他曾那么亲近，忽然间天崩地裂，一切都变了，像有一道银河将他俩隔了开来。他再不会来她身边。

樱花谢了有杜鹃，梅雨又淅淅沥沥落下，洁白栀子开满篱笆；金丝菊开了再谢，山茶又在皑皑白雪下探出脑袋。日子一天天流过，山中无历日，寒尽不知年，村山多加活在回忆里。她哪知美国军舰已来到三浦海岸，黑船来航，江户幕府岌岌可危。美国人要求幕府开国，已闭关锁国二百年的日本炸开了锅……

幕末是乱世，还有更大的动乱要来。

攘夷也好，开国也罢，佐幕也好，倒幕也罢，村山多加从不关心。她只是一个平凡女子，她只为一个"情"字而活。时代大潮浩浩汤汤，她被挟裹其中，阴差阳错到了两军对垒的最前线，只消轻描淡写几句话，就有无数人头落地。她拼尽全身力气，只求最爱的人能平安，可惜命运和她开了残酷的玩笑，一切努力以徒劳收场。

每每从噩梦惊醒，她会翻出张泛黄的信笺，反复看上面的和歌：

今宵又见满月，
惜伊人不见，
圆月亦缺。

那是井伊直弼写给她的，那时他们还年轻，以为能携手到天荒地老。后来才知道，在幕末的乱世，现世安稳就像水上写的字，沙上建的塔，不过是一厢情愿的假象，在命运面前不堪一击。

目录
もくじ

清涼寺初見

出会い

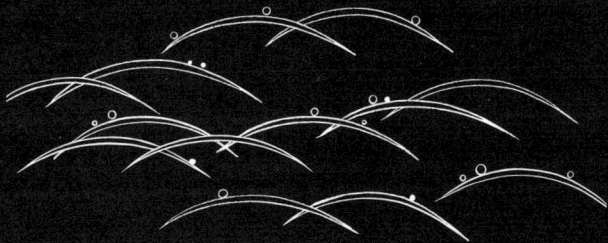

初 见

  彦根在近江①的北部，也是谱代大名井伊家的地盘。它地处中山道和北陆道交汇处，也有琵琶湖的水运枢纽，是首屈一指的战略要地。井伊家的居城彦根城②也来历非常——两百多年前，东照神君（德川家康③）将反贼石田三成④的佐和山城赐给爱将井伊直政⑤，还赠了建城的银子。井伊直政毁弃原城，原址另建，于是便

---

  ① 近江：全名近江国，日本古代行政区划之一，国内有日本最大的淡水湖琵琶湖。

  ② 彦根城：彦根藩居城，历经20余年修建完成。整座城壮美刚健，"月下彦根城"被称为"琵琶湖八景"之一。

  ③ 德川家康：原名松平元康，日本战国时代的武将、大名，江户幕府初代征夷大将军。

  ④ 石田三成：丰臣氏家臣、武将，关原之战时率西军与德川家康对抗，兵败被杀。

  ⑤ 井伊直政：大名、武将，德川家康爱臣，初代彦根藩藩主。

有了这座恢弘的城池。

不过，再荣耀再辉煌都是主人家的事，在彦根城服侍的侍女们既不了解，也不关心。正月忙忙碌碌过去，很快到了二月初。按风俗，二月二和八月二都须艾灸，取"息灾破难，延命长寿"之意，是为"二日灸"。二日灸又名"春之灸"，著名俳人与谢芜村①的高弟高井几董有诗云"二日灸毕，翘首盼春樱，浮生可贵"。每到那两日，连侍女们都请假回乡，表面是去艾灸，其实是和家人团聚，叙叙亲情。

彦根城不少侍女是富裕町人②的女儿，虽不是武家出身，自小也没吃过苦。年纪稍大，家人找门路将她们送进城里侍奉，学学礼仪做派，也长长见识。若被藩主大人看中，做了侧室，自然是无上光荣。若佛祖保佑，生下男婴，更能平步青云——藩主大人内宠不少，却没有儿子。

二月初一晚上，忙了一天的侍女们回到房间，照例叽叽喳喳，说个不停。

"哎呀，多加。明天你去哪？"一名侍女笑着问。

"去年八月二咱们都回了家，只有她在。刚巧——遇见了藩主大人。"另一名侍女抢着说。

"所以说，妙就妙在'刚巧'。"说完用袖子掩口，故意转

---

① 与谢芜村：江户时代中期的诗人、画家，原名与谢信章，芜村为号。

② 町人：江户时代居住于都市的手工业者、商人的统称。

了转眼珠。

"可不能怪多加。多加无家可回，难道要回神社艾灸？"

几名侍女一起笑了起来，笑声又尖又响。

名叫村山多加的侍女低了头，紧紧抿住嘴。她既不是町人之女，也不是武家孩子，身世颇有些古怪。她的生父是多贺神社①般若院的僧人，生母是艺妓。身份如此尴尬的两人自然不能抚养孩子，她刚出生就被送到多贺神社，一呆就是十多年。

多贺神社是近江一带有名的神社，占地极广。社内铺满纯白细沙，还有禅意十足的"枯瀑布"。神社外有极大的庭园，内有清泉池，池内设了鹤岛、龟岛，池上架着名为"太阁桥"的石制太鼓桥，据说是太阁丰臣秀吉②为祝祷母亲大政所③安康所建。除了一池碧水，园里广植花木，冬有寒梅，春有垂樱，夏有杜鹃，秋有红叶，看不完的四季美景。

在多贺神社十多年，村山多加向来呆在房里，从未进过庭园玩耍。她知道自己寄人篱下，神官对她冷淡异常。长到七八岁，

---

① 多贺神社：座落于近江国（现滋贺县）的古老神庄，供奉天照大神的父母，信众认为可以保佑他们延年益寿。

② 丰臣秀吉：原名羽柴秀吉，日本战国时代至安土桃山时代的武将、大名，后一统天下，官拜关白、太阁。

③ 大政所："大北政所"的略称，原为对关白、太阁母亲的尊称，后来专指丰臣秀吉之母。

神官发现她是美人胚子，给她请了师傅，学习三味线^①、书法和插花。神官日日会来，身着一尘不染的白衣，板着脸，居高临下地望着她，检查她的才艺有没有进步。一次，她练琴到深夜，手指磨破了，忍不住流泪。神官见她指尖鲜红，非但不置一词，眼里还多了冷冷的轻蔑。她的心像被狠狠扎了一刀，从此再不流泪。

她渐渐长大了。乌发如云，皮肤白得透明，薄唇隐忍地抿着，愈发显出纤巧的下巴。她的三味线技艺胜过了师傅，书法和插花也一样。神官对她客气了许多——她不再是吃闲饭的私生女，而是座有待开采的金矿。去年春天，神官和颜悦色地同她商量，想把她送进彦根城做侍女。

神官送她入城，当然有借她出人头地的意思，她不是不懂。十多年来，她一蔬一饭都由他供给，万事只能由他做主。一个月后，她被送到彦根城，成了名侍女。

侍女又叫上女中，在藩主住的城中表御殿侍候，做些轻巧活计，不用做洗衣煮饭的粗活。她性情安静，沉默寡言，城里侍女众多，也没人注意她。不过，去年八月二，侍女们大多回家去了。太阳下了山，她端着青竹水桶，往庭园里洒水消暑，正巧同藩主遇见了。

藩主叫井伊直亮^②，三十多岁，脸上常有不耐烦的神气。当

_____

① 三味线：日本代表弦乐器的一种。主体为木质四角形，上连细长柄，固定有三根弦。源自中国的三弦，后经独立改造加工而成。

② 井伊直亮：彦根藩第十二代藩主，井伊直弼的异母兄长。

时已是夏末，空气里还带着残暑的热气，秋蝉有气无力地叫着。他惯于颐指气使，她也习惯了默默服从。轻轻放下水桶，跟在他身后，双眼不知看向何处，只好盯着脚下。他穿着簇新的雪白足袋①，踏在焦茶色桧木走廊上，越发白得刺眼。他抬脚进房，她站在拉门外，有些不知所措。他皱了皱眉头，轻轻扬起下巴，示意她进来。她怯怯地挪了进去，他又看了看门，越发不耐起来。她赶紧阖上了门，门上糊着白地洒金的和纸，绘着浓紫荻花与成双成对的野鸭。

屋角点着行灯，灯光是黯淡的橙黄色。

片刻后，他懒洋洋地站了起来。她跪在地上，帮他系上裤子上的纽结。束发的白色元结似乎松了些，他的发髻向来由男护卫打理，要不要帮他系紧些，她有些迟疑。他撇了撇嘴，似乎又厌烦起来。一切打扮停当，他望了她一眼，径直出了房间。

时近黄昏，一路也没见到人，却很快人尽皆知。侍女们的态度立刻恶劣起来，把她当成偷吃的野猫，言语间多有讥讽。是啊，她不声不响，一副老实模样，其实狡猾极了，趁大家不在，勾引藩主大人！

去年八月二的事，转眼过去了半年。村山多加领教了各种辛辣讽刺，最初臊得满脸通红，如今早已惯了。

----

① 足袋：与和装相配套的日式传统袜子，多为棉布制成，大脚趾与其余四指分开。

"罢了罢了。大人早不记得她了。也是可怜。"一名侍女似乎有些不忍。

侍女们脸上一呆，顿时安静下来，像是想到了自己身上。藩主大人向来好色，又是喜新厌旧的性子，她们不是不知道。

最先挑衅的侍女清了清嗓子。"多加，前几日路过城外的清凉寺，看见寺门外贴着'二日灸'告示，僧人代灸，只需三文钱。"

村山多加赶紧做出一个笑脸。一张鹅蛋脸，眼睛长而媚，睫毛乌浓，笑起来很有几分媚态。

侍女故意微微一笑。"藩主大人去了江户，还有大殿大人（藩主之父井伊直中），多加还有机会呢。不过——只是年长了些。"大殿大人已年过六旬了。

又是一阵笑声。村山多加低下头，不知该说什么。

假装要去洗漱，她起身出去。进了二月已是初春，天气依然寒冷。铅灰色的天空，云低低地垂着，似乎触手可及。院里的松树笼在黑暗里，看上去阴森森的，像要择人而噬的鬼怪。远处传来野猫的叫声，撕心裂肺的，带着不死不休的怨毒。房内又爆出一阵笑声，她厌烦地一甩头。总有一日她会离开这个地方，离开这些人。

半夜飘起了鹅毛大雪，天亮了，依然搓绵扯絮般地下着。

侍女们满嘴说着"讨厌"，还是兴冲冲地提着包袱出门。家里有父母兄弟等着，早备好了各种吃食，也有说不完的话。

雪势渐弱，村山多加换上防雨的雪木屐，撑起把寻常纸伞。家境殷实的侍女向她炫耀过蛇目伞，白土佐纸制成，伞周染出青红等颜色，中间一个黑圈，看上去像蛇的眼睛。蛇目，她总觉得这名字阴森可怖。

清凉寺在伊吹山山麓，据说是曹洞宗[①]的名刹。也许是下雪的缘故，寺外静悄悄的，看不到香客，也没有僧人。村山多加进了山门，左手是一排房舍，应该是客殿，有着宏伟的斜屋檐。她侧头一看，屋檐内侧雕着精细的花纹——橘花和橘纹；再转头一看，正殿屋檐也描着金色丸橘纹。丸橘纹是彦根藩主井伊家的家纹。

这是藩主家的菩提寺。她踌躇起来，偏偏正殿走出一位僧人。

"请问法师，今日是否有二日灸？"她收了伞，低下头问。

僧人有些意外。"今日鄙寺云水道场有贵客参禅，为不扰贵客禅心，并不做二日灸。"

又被捉弄了，她的脸涨得通红。喃喃道了谢，她撑起伞，准备回去。

僧人以为她害臊，含笑说："雪天来寺，也是缘法。寺内有红梅开得正好，赏赏白雪红梅，也不负踏雪而来的辛苦。"

僧人是好意，村山多加只好回转身。沿着僧人指的方向缓缓走，很快看见一排房舍，边上一株红梅开得烂漫。花瓣嫣红，浅金

---

① 曹洞宗：源自中国的日本禅宗一派。

色的花蕊长长伸出，还带着晶莹的雪。她三心二意地看了几眼，心里乱糟糟的。回去又要被笑话了。

零星雪花不紧不慢地飘着，寺里安静极了，似乎只有她一个人。木屐齿间积了雪，一走一滑，待会还有段山路，得先把积雪敲出来。

四下无人，她扶住梅树，弯腰脱下右脚的木屐。雪挤在齿间，圆圆白白，像刚搓好的糯米团子。可惜是冰冷的，还有些硬。她向冻得通红的手指呵了口气。

身后有咯吱咯吱的踏雪声，有人来了。这姿势实在不雅，她赶紧放下木屐，谁知左脚一滑，一下歪在树上，树干上的积雪簌簌而落。赶紧站稳了，忙忙回头，一个十四五岁的少年皱眉望着她，一身正装，披着黑地缩缩外衣，腰里插着两把刀。

她认得他。与大殿大人同住槻御殿的井伊直弼①，幼名铁三郎，藩主大人的异母弟。

村山多加一向在表御殿侍候，只远远见过他几次。他刚元服②不久，生来一张严肃面孔，也不大说话。侍女们私下闲话时偶尔会提到他。

据说他的生母是江户町人出身，容貌极美，很得大殿大人宠爱，可惜死得早。因为出身低微，依井伊家规矩不能做侧室，一直

---

① 井伊直弼：彦根藩第十三代藩主，后任江户幕府大老。

② 元服：奈良时代以来日本男子成人时举行的仪式，多在 11～16 岁之间举行。

到死，身份都含含糊糊。她死了，大殿大人也不能参加葬仪，只能登高远眺，望着火葬的青烟伤感。

村山多加伏在地下，双手按在雪里。"寺内无状，请大人恕罪。"

她穿着不起眼的黑地棉外衣，微微露出内衬的水色领口。地道的町人打扮。

"城下町的町人？"他一本正经地问，还带着少年的喉音。

"在表御殿侍奉的上女中①村山。"

"表御殿……哥哥从江户派了飞脚②？父亲大人在道场参禅。"他指了指梅树边的房舍。

"大人误会了。今日休假，村山来拜佛。"

"原来如此。起来吧。"

她松了口气，慢慢起身，脚下一滑，右脚直踩在雪里。他眼疾手快，一把架住她，她羞惭极了，脸红得要滴出血来，双眼更不知往何处看。他忍不住想笑，掩饰似地咳了一声。她的脸更红了。

他收回手，若无其事地说："木屐卡了雪吧。雪木屐常有的毛病。扶着梅树。"

---

① 女中：安土桃山时代至江户时代这一历史时期中，天皇御所、大奥、武士家庭从外面雇用的住家女佣人。贴身侍候的为上女中，负责做饭扫除者为下女中，大奥女中因侍奉过将军夫妇而地位崇高。

② 飞脚：信使。

他弯下腰，轻轻提起木屐，用怀纸挖出齿间的雪团。木屐涂了黑漆，夹脚处却是朱红线绳，短而粗，黑地一点红。

她右脚悬空立着，可能是不稳，整个人微微颤抖着。一痕水色裙裾露在外面，有条状暗纹。身体在颤动，暗纹也连成一片，像波涛起伏的海面。

"好了。另一只。"

他故意板着脸，正眼也不看她。眼角瞥见她似乎迟疑了一下，还是把左脚木屐脱了下来。她的手纤细修长，指甲剪得短短的，手指冻得发红。

好了。她踏上木屐，赶紧拜了下去，额头贴着积雪。"污了大人的手，罪该万死。"

"回去吧。"伏在地下的女子有一头黑鸦鸦好头发，后颈肌肤白皙，和积雪几无分别。

"是。"她行了一礼，受了惊似地逃走了。雪花飘进眼里，她眨了眨眼睛——忘了拿伞。

她慢慢转过身，他果然站在原地，手里提着一把伞。依然皱着眉头，嘴角却有笑意。

她又红了脸。

藩主井伊直亮从江户回来了，只是心情不太愉快。

在江户时代，石高①一万以上的武士被称为大名。大名分为三类：与德川将军家有血缘关系的叫亲藩大名；"关原之战"前就拜在德川麾下的叫谱代大名，深受信任，在幕府担任较重要的职位；而"关原之战"后才臣服的被称为外样大名，幕府对他们始终有戒心，不仅不让他们担任重要职位，连领地都远离江户。

井伊家石高三十五万，是谱代大名的领袖。在千代田城②内的席位也是与将军的黑书院直接相接的"溜之间"③，身份等同于幕府顾问。不过，井伊直亮脾气暴躁，与其余溜之间成员关系不佳，近年来还有交恶的趋势。

在江户惹了一肚子气，回彦根也没消。临睡前，侍女关门声大了些，他又皱起了眉头。侧室伶俐，赶紧给他按摩肩膀，赔笑问："有宇治过来的茶，大人要尝尝吗？"

他懒得开口，只摇了摇头。拉门开着，外面是静静的庭园。天空蓝得澄净，镶着一弯上弦月。树上栖着鸟，不时发出睡意惺忪的啼叫，越发显得静得可怕。

他叹了口气。"唱曲小呗④吧。"

---

① 石高：武士拥有封地的粮食总产量，"石"为度量单位。

② 千代田城：又名江户城，江户幕府的政治中心，也是幕府将军的公邸与私宅。

③ 溜之间：大名们在千代田城中的座席分为若干级别，溜之间是其中一种，因为最靠近将军所在的"中奥"，算是给予家臣的最高席位。

④ 小呗：又名"江户小呗"，日本音乐的一种，由三味线伴奏的歌曲，一般较短，多在 3～5 分钟之间。

侧室瞟了他一眼。"今晚月色正好，取三味线来，为大人弹一曲如何？"

他有些不耐烦。"只想听小呗，那么大的表御殿，连会唱小呗的都没有吗？"

侧室赶紧回答："有位侍女小呗唱得极好，三味线也精通。大人若不嫌弃……"

他点了点头。

听说藩主大人召唤，村山多加匆匆整了整发髻，又加上一件外衣。同屋的侍女们都不做声，只互相望着，眼神复杂。

一路急走，她迈进房门，先伏下行了礼。

侧室笑着说："你叫多加？听说你小呗唱得不错，召你唱一曲。"

她含糊地应了一声，依然低着头。

井伊直亮皱着眉头，眉间有深深的川字纹。

"不用害羞，拣你最拿手的唱。"侧室的声音带了焦躁。

她略抬起头，细声说："微末技艺，有碍清听。不敢在大人面前献丑。"

"叫多加？"井伊直亮懒洋洋地问，眼光射向她的脸，很快又移走了，像不认得她似的。

"正是贱名。"她心头一跳，这个人已不记得她了。暮色四合的夏末黄昏，榻榻米有兰草香气，拉门绘着紫荻和野鸭，关着门的房间，空气带着燥热，男人的目光却是冷冷的。她试着忘记，可一切历历在目，他却忘了。

侧室有些局促，赶紧插嘴："大人等着呢，快唱吧。"

"是。歌声粗陋，还请大人恕罪。"她压住心头的翻腾，两手交叠，走在房间角落坐下。

寺中山茶艳，庭里连翘黄，山中春樱粉。黄莺唧啾，云雀叽喳，唱春日歌谣。与君同游忘日月。黄莺唧啾，好春光。好梦悠长，花开正好。

唱完了，她退回门前，伏在地上行了一礼。

歌声甜润悦耳，句与句之间的转折也精妙。正是春日，她还拣了应景的小呗来唱。有天分，也聪明。侧室抿了抿嘴，眼里掠过一丝不安。

井伊直亮微微一笑，用扇子敲了敲榻榻米。"唱得不错。"他低声说。

侧室瞥了瞥他的脸，连忙附和："确实动听。"

他用扇子抵住下颌，似乎在思索什么，侧室紧张起来。

良久，他点了点头，"好了，下去吧。"

她应了一声，又行了礼，悄悄退了下去。井伊直亮望着黑漆漆的庭园，头也不回地说："明天在表御殿家宴，让她去唱两曲助兴。"

原来如此。侧室赶紧答应，暗暗松了口气。

第二日，井伊全家齐聚表御殿，为从江户回来的藩主接风洗尘。

村山多加坐在角落，唱了两曲便退下斟酒。她穿着不起眼的梅茶色小袖，发髻梳得中规中矩，低着头坐在一旁，只是微微笑着。

铁三郎也在。坐在大殿大人身边，依然一脸严肃。与他目光相遇时，他眼里似乎闪过一丝笑意。也许只是她的错觉。

当晚，侍女们又聊到了铁三郎。

"生母叫阿富？死得早，大殿大人不能参加葬仪，很惆怅了一阵。"

"惆怅？很快就好了。孩子无依无靠才可怜。"

"别人都有了出路，只有他……"

侍女们不约而同叹了口气。

多子多福是骗人的。生在谱代大名家，多个孩子不光多张嘴，奶妈、侍女、佣人要配上一群。虽不缺那点银子，孩子再多，能继承藩主之位的只有一个，剩下的只是累赘。大殿大人有十多位儿女，女儿相继出嫁，儿子大都送出去做养子，铁三郎一天天大了，却仍然没有去处。

村山多加默默听着，心里生了怜悯，又觉得可笑。自己岂非更不堪？和尚和艺妓的私生女，在神社讨生活。神官存了走捷径的心思，精心栽培自己，再送到藩主身边。藩主要了她，却不记得她！她把手藏在衣袖下，双手握拳，指甲直刺进掌心，刺出几弯鲜红的月牙。

她做了噩梦，梦境空洞，只有神官、藩主，还有一个不认识的男人，她猜那是她的生父。他们面貌不一，神情却相似，居高临下看着她，目光冷漠又不耐烦，还带着隐隐的嫌恶。即使在梦里，她也知道不能哭，只是紧紧咬着下唇。清晨醒来，镜中的她神情委顿，下唇有几道齿痕。她暗暗立誓，一定要离开这讨厌的地方。

做了两年侍女，她终于走了，去了京都下河原的山根子廊。山根子廊在祇园附近，高台寺西，是由来已久的歌舞地。两百多年前的庆长年间，太阁丰臣秀吉的遗孀北政所进入高台寺修佛，她向来喜欢热闹，虽然落发出家，也不忘召集精于弹唱的女子表演。久而久之，许多艺妓来到高台寺附近招揽生意，山根子廊渐渐成型。京都人人皆知此处艺妓清高，专心卖艺，并不做下等营生。

村山多加留在了山根子廊，寄身于一家艺妓屋，老板给她取了"可寿江"的艺名。她有好容貌，弹唱也精，很快有了不少熟客。卖艺吃饭，谈不上开心，也自由自在，直到遇见了金阁寺僧人北润承学。

京都下河原的一轩院落，院里种着大株栀子。阴雨连绵的黄梅天，花朵湿漉漉的，香气甜腻。琥珀色蜗牛摇摆着触角，在阔大叶片上缓慢蠕动。北润承学为她赎了身，又租下这院落，她肚子一天天大起来。

北润承学不能常来，她整日对着院子发呆。石灯笼上爬满绿苔，又被皑皑白雪覆盖。雪白栀子褪成黄色，金丝菊开了再谢，山茶又打了骨朵。竹添水不知疲倦地发出清脆声响。村山多加讨厌京都，梅雨时又湿又热，发丝腻腻地黏在颈上。寒风一起，房内冰冷刺骨，火钵得整日点上。她放下手炉，用火箸挑了挑长火钵里的炭。白地红鹿子纹的棉外褂把腹部裹得紧紧的，她皱了皱眉，就在这两日了。

是个男孩。她痛得神志模糊，只看了一眼，早不记得模样了。全身红彤彤，满心委屈似地哇哇大哭。天上飘着鹅毛大雪，产婆的助手把他抱走，送去金阁寺代官多田源左卫门家，北润承学已安排妥当。

一切安排妥当。北润承学还为她雇了女佣，一个叫阿米的中年妇人，一脸恭顺，狭长的眼睛里有一点了然于胸的光亮。火钵烧得热热的，她穿着白棉布衣裳，直挺挺地坐着，围着一层层被褥。阿米口齿伶俐，一边忙来忙去，一边给她讲自家闲事：生了孩子无人照顾，挣扎着起来煮饭。丈夫早出晚归，一心念着赌博，没钱就和酒馆的女人打情骂俏。阿米喃喃地咒骂丈夫，多加只做不闻——对着旁人骂丈夫是妻子的特权，她可没有。

阳光正好，天空是含蓄的淡青色，挂在屋檐下的冰棱开始融化，她坐在院子里看山茶花。花朵有单瓣，有复瓣，远看像一团雪，近看有金丝般的花蕊，密密排着，顶着淡金色花粉。金阁寺的雪也该化了吧？北润承学有一个月没来了。

世　子

　　虽是初春，晚上依然寒气袭人。彦根城的槻御殿灯火通明，却有驱不散的惨淡气氛。

　　寒风呜呜地吼着，吹得窗棂咯咯作响。绢行灯里的火苗不停摇晃，照得人脸上阴晴不定。藩主井伊直亮坐在父亲被褥边，德之助、铁三郎和直恭三个弟弟排在他身后，都是默默无语。

　　父亲身上压着几层被，瘦得像张纸。房里一片寂静，病人的呼吸急促又沉重，听得人心烦意乱。

　　"到底怎么样？"井伊直亮坐得两脚发麻，眉头又皱了起来。

　　随侍的医生膝行上前。"大殿大人……今晚要格外当心。"

　　背后有呜咽声，年纪最小的直恭用袖子捂住嘴巴，他刚满十岁。井伊直亮憎恶地瞪了一眼，无论多大，武家男儿都不能如此软弱。

呜咽变成了抽泣。铁三郎悄悄握住弟弟的手，以示安慰。

井伊直亮瞧在眼里，只觉得恶意在胸中翻腾。他母亲是陆奥盛冈藩的姬君[1]，嫁到彦根做藩主正室。按幕府规矩，正室和世子都得在江户长居，母亲难得回彦根。父亲看上了侍女阿富，不顾她出身低微，对她百般宠爱。不少人趋炎附势，说她年轻貌美，还体恤下人。他看不起阿富，连长相都讨厌，小小一张脸，乌沉沉的眼，有幽深的光芒在闪。他对她一向傲慢，有时故意让她难堪，他在为母亲报仇。

看看铁三郎的眼睛鼻子，简直和阿富一模一样。德之助也是阿富生的，脸上倒没有她的影子。

井伊直亮瞥了一眼德之助。一直端正坐着，板着脸。德之助对他言听计从，为人也机巧。自己没有儿子，井伊家不能无后，便立了德之助做世子。投桃报李。

房里门窗紧闭，空气里有病人身上的陈腐气息。他缓缓起身，对德之助做了个手势。德之助赶紧站起，悄悄跟了出去。

槻御殿是父亲隐居后建的。井伊直亮做了藩主，住进表御殿，父亲带着阿富和孩子搬入这里，规模不大，却极尽雅致风流。在井伊直亮看来，一花一树、一草一木都是多余的，不该有的。

---

① 姬君：对贵人女儿的敬称。

"父亲大人的事一了，就把铁三郎和直恭迁出去。"蜡梅已过花期，枝上仍有零星花朵，香气早散尽了。

德之助心里打了个突，勉强点了点头。

"佐和口御门边的尾末町有几间官舍，收拾一下给他们。"井伊直亮的声音里没一点感情，像在说陌生人的事。

德之助抬眼看着天空。狂风吹走了云朵，漆黑的天上一轮满月，平平板板，发出冷冷的光。他不知井伊直亮的恨意竟那么深。

尾末町官舍原是藩里武士的宿舍，阴暗潮湿，和槻御殿天悬地隔。德之助张了张嘴，终究没有开口。井伊直亮提拔自己做世子，正是因为自己向来言听计从。这一次也不能拂他的意。

"别怪我，铁三郎。只怪父亲不能多活些时日，不能再护着你了。"德之助在心里说。

突然有哭声传来，有人在叫"父亲大人"，是铁三郎的嗓音。

完结了。德之助鼻子酸了一酸。远处好像有钟声，一响又一响。

处理完父亲的后事，铁三郎和直恭果真被迁入尾末町官舍居住。井伊直亮在彦根呆了数月，又去了江户。按照幕府规矩，藩主必须在藩国和江户轮流居住。

刚到江户不久，日向国①延冈藩主内藤政顺遣使者送来书信，说自己膝下无子，想从井伊家收养一名养子。

藩家老犬塚外记恭恭敬敬伏在地下，等藩主大人发话。他是老臣子了，服侍了两代藩主。

"好事啊。如今家里有两个吃闲饭的，少一个也好。"井伊直亮刻薄地说。

犬塚外记不敢答话，头垂得更低了。

"让铁三郎和直恭来江户。再去和内藤家安排见面时间。"

内藤政顺是井伊直亮的妹妹繁子的夫婿，一直病病歪歪。两人生不出儿子，决定亲上加亲，从井伊家收养一个。他眼前浮现出内藤政顺的脸，皮色蜡黄，眼窝下两片乌青，怕没多久好活了。

"会选铁三郎吧，他年长些。"井伊直亮喃喃地说，心里有种奇异的焦躁感。延冈藩石高七万，看着一般，其实藩内财政着实宽裕。铁三郎若被收养，很快就是延冈藩主了。

十几日后，犬塚外记又来了，脸上的皱纹似乎更深了。

"内藤家选了铁三郎？"井伊直亮漫不经心地问。

犬塚外记顿了一顿。"选中了直恭大人。"

老头子声音低沉，似乎有些哀伤。井伊直亮一下松快了，

---

① 日向国：日本古代行政区划之一，现为宫崎县和鹿儿岛县的一部分。

身体里某个隐秘的地方腾起喜悦，像温水一样，慢慢漾到四肢百骸。

"让铁三郎回彦根吧。不用来告辞了。"他故意压低嗓音，生怕泄露了内心的喜气洋洋。

井伊直弼表情凝重。

弟弟直恭做了内藤家养子，以后会呆在江户，很快会做藩主。延冈藩七万石的藩主。

他没被选中，留在江户只是丢脸。家老犬塚外记送他回来，一路小心翼翼，似乎在照顾他的情绪。犬塚外记是个忠厚人。他无司无职，又不讨藩主喜欢，没必要那么用心。

井伊直亮给他三百俵①生活补贴，由藩厅定期送去尾末町官舍。他是井伊家的孩子，这补贴实在不多。

只剩他一个人了，尾末町官舍却更逼仄起来。刚回来那晚，他怎么也睡不着。半夜下起暴雨，他悄悄起身，站在院子里望天。豆大的雨滴从天而降，又急又密，织成一张苍白的雨帘，铺天盖地。

听说母亲过世那晚也下了暴雨。冷厉的闪电划过天际，雷声震震，庭园里一棵松树被落雷击中，烧焦了半边。侍女们说是母亲的怨恨，她太年轻，死时只有三十四岁。

---

① 俵：计量粮食的单位，1俵约10斗，折合60公斤糙米。

他走进院里，冰冷的雨水落在头上、身上，很快全身湿透。哥哥德之助做了彦根藩世子，弟弟直恭也做了延冈藩世子，只有自己一事无成，是吃闲饭的多余人。多余的人还是死了干净。雷声越来越近，是被他的怨恨吸引来的吧。雨滴打在脸上，有钝钝的痛，寝衣吸饱了水，沉沉下坠。他举起短刀，对准了胸口，很快会和母亲相见了，母亲不会嫌弃他的。母亲死时他刚三岁，早不记得她的模样了。没关系，她会认得他的。

门突然开了，两条黑影扑了进来。

他被拖回房间，换了衣服，又被塞进被褥里。

"你这是做什么？"犬塚外记动了气，连敬称都忘了。

宇津木六之丞没有说话，也一脸不以为然。宇津木六之丞也是彦根家臣，向来与犬塚外记交好。

"彦根井伊家世代英雄，没有逃避现实、只想一死了之的胆小鬼！"犬塚外记愤愤地说。

"大人无须灰心。留得青山在，不怕没柴烧。还有机会。"宇津木六之丞年轻些，说话婉转了许多。

"这雨下得大，想起官舍可能漏雨，叫上宇津木一起来了。谁知看见你这丢人样子。你父亲地下有知，不知气成什么样子。"犬塚外记依然气咻咻的。

"大人睡吧。今晚什么事也没发生。"宇津木六之丞含笑说。

"你们放心。直弼是井伊家子孙，不会令先祖蒙羞。"他哑了嗓子。活着比死更难。

清早起来，又是阳光明媚的一天。天空湛蓝，朵朵白云浮在天际，这样好的天气，是容不下颓废与烦恼的。他还年轻，有许多事要做，有许多书要读。他要在院里种树种花，也要继续学茶道、参禅、读国学，还要练习弓马。父亲说过，他是井伊家最有天赋的孩子。

犬塚外记依然不放心，时常来看望。见他整天忙忙碌碌，怡然自得，老头也放了心。不过，听说他把尾末町官舍命名为"埋木舍"，老头摇了摇头，脸也垮了下来，有些伤感的模样。埋木，被埋在土里，无缘绽放花朵的枯木，不正是他的真实写照？

一日又一日，天越来越暖，村山多加的心越来越凉。转眼到了春末，北润承学突然来了。他对她笑了笑，径直进了房。他几个月没来了，连口信也没有，竟没有丝毫局促，举止一如既往。

他取下了头巾，似乎刚剃过头，头顶还有青虚虚的痕迹。长眉俊目，含笑的唇，不像和尚，倒像当红的歌舞伎艺人。

几个月不见，他更容光焕发了。她的喜悦黯淡下去，像被迎头泼了一盆冰水。没有她，他活得更自在。他不需要她，她是多余的人。

"孩子叫多田带刀。多田源左卫门大人膝下无子，对他视如珍宝。"

"带刀。武家男儿的名字。"她点了点头。

"最近寺里法事多，外出不易。多加寂寞了吧？"他一脸恳切地望着她。行灯的光映在乌油油的瞳仁里，火苗似的一跳一跳。

"在京里呆久了，有些倦了。"她淡淡地说，话里带了试探。

他笑意更浓，露出颊上的小小酒窝。"多加是彦根人氏吧？回去散散心也好。"

她的心沉了下去，沉到深不见底的幽暗地方。

他定定地看着她，似乎想看到她心里去。脸上依然有轻俏的笑，眼里却添了警惕与戒备。

"最近也考虑过回去。"她强作镇静。已经失去他了，总不能撒泼哭闹吧。

"回去也好。不过有些舍不得呢。我会一直等着，等你回来。"他垂下眼睛，声音里有无限哀伤，她几乎当了真，以为他是真心。他的睫毛长而密，遮在眼上，眼里一定有泪。她怔怔地盯住他看，形状姣好的眼睛，清澈冰冷，像深山里的寒潭，哪会有一滴热泪？她随即明白过来——他有一身好演技，只要需要，随时能深情款款。他可以深情，可以薄情，更可以无情，他有许多张面孔，她原本不知道。是她傻。

他留下只黑漆螺钿箱，很快告了辞。多加打开一看，里面有数十枚金小判①，排得整整齐齐。京阪一带用银钱，他偏给她黄金铸的小判，是炫耀，也别有深意。他早有预备，预备和她一刀两断，方才若不答应，也只是自取其辱。小判发出耀眼的金色光芒，一直刺到她心里。她阖上箱盖，决心回彦根。

她回了彦根，租了房子，雇了女佣。门前挂上"京·可寿江"的桐木招牌，专门教授三味线和小呗。在京都呆了几年，她只比以前更美。一口上方（京阪地区）话，举手投足都是上方气派，早看不出旧日模样。

一个平淡无奇的早晨，她给门前的南天竹剪枝，迎面走来一位年轻武士。黑衣，绀蓝足袋，腰间插着两把刀，一脸严肃。这是谁？她忽然有些心慌。只顾着回忆，木屐齿间卡住一粒石子，脚下一晃。他隔衣托住她的手臂，皱眉望着她。

铁三郎长大了。她露出笑容。

他有些困惑，"请问……"

"直弼大人，是村山多加，有幸在彦根城里侍奉过。"

"你小呗唱得很好。"

"还是容易摔跤。"

她红了脸，心里有一丝喜悦。他都记得。

"学琴的学生今日告了假。大人若不嫌弃……"

---

① 小判：江户时代流通货币的一种，一枚为 1 两。

"很久没听小呗了。有劳。"

村山多加模模糊糊地想，得让女佣去四番町鹤屋传讯，她染了风寒，想休息一日，让他家女儿明日再来。还要去系屋重兵卫家买些茶果子，栗子蓉太甜，要小豆馅。

起初只是听她唱小呗，后来发现她三味线弹得也好。她看上去静静的，能写一手好字，也懂插花，和歌竟也做得不错。她的院子看上去平常，冬有山茶，夏有沉丁花，还有棵樱花树。天气一暖，满树粉嘟嘟的花朵，春风轻拂，花瓣飞扬，美得不似人间。

他和她一起看花，还喝了富士见。江户建府已二百余年，若论饮食考究，还数京阪一带。京阪附近佳酿被装入杉木酒樽，由专门船只运到江户，途中可远望富士山雄姿，故称"富士见"。本是佳酿，酒浆又经波浪拍打，也吸了杉木香气，滋味越发美。后来好事者将酒运至可见富士山处，再原路返回京阪，酒味亦美，同名"富士见"。这酒很难入手，她一定费了心思。

"富士见"滋味甘甜，一口入喉，全身升起暖意。他是无用的闲人，她是复杂的女人，他不问她的过去，她也不管他的未来。她做过井伊直亮的侍女，做过艺妓，也许有过许多男人。他颓然醉了，枕在她腿上，不愿再向下想。她穿着白地麻叶纹小袖，青绿的麻叶，五个角，密密排着，排到天涯海角。

满地粉白花瓣，边缘有一抹嫩红，远远看去，分不清是飘雪还是落花。他没钱，没前途，什么都没有，她是真心？她的手白皙修长，端端正正放在膝上，他抓住一只不放，她怔了一下，另一只手轻拍他的手背，像安慰哭闹的孩子。他心底一酸，似乎要流泪，忙起身吻在她耳际。雪白的肌肤，能看见细细的青筋，他把嘴唇压在上面，有隐约的白檀香气。

他已不是少年，却像少年似的着了迷。指尖滑过肌肤，身体起了战栗，乌发流淌在素色枕上，枕里填了荞麦，发出簌簌的声响。太美，太不可思议，不像真的，像个温柔沉酣的梦。他喉间逸出微弱的叹息，紧紧闭上眼，只愿长留梦境，不再醒来。

噩梦总是长的，美梦常常短暂。一个汗出如浆的夏日，犬塚外记匆匆来访。犬塚外记是藩里的老人，对他一向关怀。他特意在茶室澍露庵招待，亲手点茶。

澍露庵原是仓库，他改成了茶室，室外的一草一木都是他手植。

犬塚外记把茶碗托在掌中，碗沿上点点白沫，茶汤浓绿。

"三昧线到此为止。表御殿的意思。"表御殿是井伊直亮的住所。

他低头不语，空气似乎凝固了。

犬塚外记加重了语气，"这是好事。身份低微的女子会玷污井伊家的名声。"

"无须见面。一封信即可。"

他依然不做声。釜里的水沸了，升腾的蒸汽像一层纱帘，挡在他与犬塚外记之间。

犬塚外记皱了皱眉。"世子大人①的病一日重似一日，医生说难熬到明春。必须另立世子。"

井伊直亮一直对他不闻不问，忽然间管起他的私事来了，原来如此。要做世子的人，必须谨言慎行。

"原来德之助活不久了。当初把我弃如敝履，如今要立我做世子？怎能任他予取予求？"他暴怒了，把手里的茶筅扔出老远。

犬塚外记也红了脸，大声说："藩主无后，幕府就要收回封地，成千藩士和家眷流落街头。为了来历不明的妇人女子，你忍心让井伊家就此而绝？井伊家至今已传了三十五代，就要断在你手里？"

犬塚外记起身捡起茶筅，端端正正地放在他面前。

"明日来取信。"老头饮尽茶汤，大步走了出去。

土陶瓶插着白色朝颜，花瓣薄得透明，一截翠生生的藤蔓蜿蜒伸出。陶瓶是他手制，原是一对，另一只给了村山多加。不值钱，她却放在几上，日日鲜花不断。今日她选了栀子、桔梗，还是朝颜？他永远不会知道了。

夏蝉不知疲倦地鸣叫，像一阵一阵急雨。烈日炎炎的盛夏，

① 此处指德之助，井伊直弼的同母兄。此时为藩主井伊直亮的养子，下一任藩主人选。

他的心一点一点凉下去。

长野主膳①是位学者，相貌儒雅，却有双锐利如鹰的眼睛。他少年浪荡，游历过京都、伊势、美浓和尾张等不少地方。偶然来到彦根会友，机缘巧合认识了井伊直弼这位藩主的异母弟，无官无职，十足闲人。

长野主膳见过不少落魄子弟，或玩世不恭，游戏人间；或怨天尤人，牢骚满腹。井伊家那位不同。房舍浅陋，衣着简朴，却有掩饰不住的挺拔气质。

早已不是少年，却有少年气概。长野主膳和他接触越多，越觉得他像个谜。他不讨藩主喜欢，母家又是江户町人，永无出头之日。他却学国学、茶道、书法，枪术，还是参禅打坐的高手。日日勤学不辍，究竟为了什么？

连聊了几日国学，他拜长野主膳做了国学师傅。长野主膳也在彦根留了下来，开了间小小的国学私塾。

一个春日，长野主膳在城下町看见了井伊直弼。长曾根口御门不远有一处雅洁院落，挂着桐木招牌"京·可寿江"，是教授三味线的琴师家。

---

① 长野主膳：江户时代末期的学者，后为大老井伊直弼的家臣、得力助手。

门前种着沉丁花，油绿叶片，细碎的浅紫花朵攒成花球，发出清苦香气。井伊直弼从玄关走出，神情眷眷，只望着沉丁花发呆。长野主膳远远站着，脸上有心领神会的笑。

四目相对，他猛地红了脸，像做了错事的少年。

师徒俩像有默契，谁也不提那次偶遇。长野主膳让妻子多纪打听，很快有了答案。那里住着叫村山多加的女人，在彦根城做过侍女，在京里做过艺妓，又回到彦根做琴师，弹得一手好三味线。

那可是在烟花地里打过滚的女子，长野主膳有些担心。多纪笑丈夫多虑——风流破财，井伊直弼无财可破，那女子骗他作甚。而且，根据邻居闲话，他与那琴师已是老相识，两人来往频繁，只怕都动了真情。长野主膳放了心，只觉得有趣。

转眼入夏。烈日炎炎，长野主膳在家里闲坐纳凉。彦根藩家老犬塚外记来访，交给长野主膳一封信。

"一切拜托。"犬塚外记是彦根老臣，举止并不骄矜，十分斯文客气。

井伊直弼的笔迹，寥寥数语，托他照顾村山多加。措辞生硬，掩不住苦涩之意。信封里另有一张密密折着的信笺，是给村山多加的。

长野主膳一夜无眠。

长曾根口御门附近的院落。门前沉丁花落尽，蓝白两色的桔梗盛放，几只蜜蜂嗡嗡作响。

素未谋面，村山多加却知道他。自然，井伊直弼和她提起过。

她衣着简素，只是一件素鼠色松纹小袖，梳着寻常发髻，脸上傅着淡淡的粉。像町人家的好女子，与他想象的不同。

墙上挂着一幅字，墨迹淋漓，像是井伊直弼的笔迹。下面放着只土陶瓶，熟茶色，形状极不规整，看着眼熟。瓶里插着一轮紫色朝颜，沉郁的紫，嫩绿藤蔓颤巍巍的，似乎随时会折断。

在蒲团上坐定，他从怀里取出信来。薄薄的信笺，拿在手里像有千斤重。

她似乎猜到了什么，双手放在膝上，并不去接。他无奈，只好把它放在矮几上。可能是有风，折好的信笺微微颤动，似乎有人想拆开它。

气氛陡然沉重起来，盛夏的燥热荡然无存，空气似乎冻住了。女佣用托盘装了茶来，可能感到房内异样，站在门外踟蹰不前。

她抬头微笑了一下，雪白的脸，连嘴唇都是白的。

树上的蝉叫得热闹，尖锐高亢的鸣叫一声连着一声，无穷无尽，没完没了。

"仿佛是直弼大人的笔迹。"嗓音紧张而扁平，像一条绷得紧紧的丝线。

"嗯。藩家老犬塚大人托我送来。"

"不是大人让你来的？"她眼里忽然有了光彩，像快淹死的人抓住了救命稻草。

他叹了口气。"大人不会再来了。"

她双手交握，越握越紧，指甲挣得发白。

"大人亲口说的？"声音是一根越拉越紧的线，眼看要断了。

"藩主大人膝下无子，世子大人又得了重病。如今井伊家只剩下直弼大人了，藩主大人下令，要谨言慎行。"他生了怜悯，不由得缓和了口气。

"藩主之命，不得不从。直弼大人也很为难。"他又添了一句。

她的身体松弛下来，眼里的光芒也熄灭了，嘴角带上了习惯性的微笑。瞥见女佣站在门外，她示意女佣进来，又亲手给他端上茶水。

"大人托我照顾。若有难处，请千万不要客气。"

"多加在此谢过了。请转告直弼大人，千万保重。"她的嗓音原是甜润的吧，此时听上去只有喑哑。他暗暗叹了口气。

长野主膳走了，她含笑送他出门，又缓缓走回房间。铁三郎写的条幅还在墙上，手制的陶瓶还在几上，穿过的寝衣也整整齐齐收在柜子里。今日和以往任何一个日子都毫无区别，只是铁三郎突然成了直弼大人。他向来不在乎他的出身，她也故意忘记了，把他圈在自己的小屋里，平静又笃定，像最寻常的町人夫妻。可他的出身是改不了的，井伊家来讨还他了，他是井伊家的子孙。她与他曾那么亲密，亲亲热热地挨着，伸伸指头就能触到他的心。忽然间天崩地裂，一切都变了，三十五万石、谱代大名、世子……许多东西将他俩隔了开来。他再不会来她身边。

她和他共度了许多时光，饮茶、写和歌、玩笑，说不尽的旖旎。细细想想，都是模模糊糊的，像在梦里。梦里的时间总是长，长得天荒地老，梦醒后才明白，过去的一切都是短的，靠不住的。只是她当时不知道。

房里一点点暗了下去，树上的蝉依然叫着，一声又一声。

一期一会

　　两百余年前，德川家康一统天下，江户成为全国政治中心，各地大名先后在江户修建了自家藩邸。彦根藩建了三处，其中最豪华的当属外樱田那所。藩主每去江户，必会住在那。

　　外樱田一带与将军所在的千代田城近在咫尺，原是寸土寸金的黄金地段，彦根的外樱田藩邸却占地极广。那块地原是加藤肥后守清正所有，加藤清正①之子忠广无力约束家臣，加藤家惨遭改易，不光失了肥后封国，忠广也被送到出羽酒井家看管。加藤获罪，三代将军家光将外樱田土地赐给当时的彦根藩主井伊直孝，后者斥重金建了藩邸，雕梁画栋，气势恢宏。

　　如今，这座华美藩邸一片愁云惨雾——世子德之助病死了，

---

　　①　加藤清正：安土桃山时代至江户时代前期的武将、大名，肥后熊本藩初代藩主，官秤肥后守。

彦根后继无人。等藩主一命归西，世间再没有彦根井伊的名号了。佣人们举手投足都分外小心，藩主大人心境坏到极点，谁也不敢惹恼了他。

冬夜，西北风扑打着窗户，发出刺耳的呜呜声。房里的火钵烧得旺旺的，金线镶边的锦缎坐垫厚而柔软，井伊直亮依然觉得双脚冰冷，头也疼了起来。身前放着黑漆涂贝莳绘烟草盆，烟管里也装好了烟草，他却懒得拿起。烟草盆顶描着贝壳和海藻，抽屉拉手却是丸橘形，井伊家的家纹。他忽然想起，这烟草盆是他接任藩主时父亲给他的，已有二十多年了。

他叹了口气，头疼得更厉害了。按照幕府规矩，若没有世子，藩主一死，幕府立刻以"家名断绝"为由收回封地，藩士们就丢了饭碗。父亲生下许多子女，早死的早死，过继的过继，德之助一死，只剩下铁三郎了。

他向来不喜欢铁三郎。没办法，彦根藩必须有世子，姓井伊的只剩铁三郎了。事不宜迟，明日就向幕府递交立世子申请，再把铁三郎召到江户来。

他盯着榻榻米的莺色镶边，横一道竖一道，让人心烦意乱。

轻轻咳了一声，守在门外的卫士膝行上前。

"让犬塚外记送世子来江户。把赤坂的藩邸收拾出来，世子住那。"

"是！"

沿赤坂向四谷方向直行，不远就是彦根的赤坂藩邸。附近是半藏门，也是甲州街道的起点，是拱卫千代田城的战略位置。纪州、尾张家的藩邸在不远处。

纪州藩、尾张藩与水户藩合称"御三家"，此三家都姓德川，是亲藩里的亲藩，与将军家同气连枝。纪州、尾张都在赤坂建了藩邸，独独没有水户。谁都知道，论对幕府的忠诚，水户比不上井伊家。井伊家代代忠良，是名副其实的栋梁。

藩主的外樱田藩邸富丽堂皇，赤坂藩邸胜在风流雅致。建园人胸中有沟壑，引附近清水谷活水，在庭园里造出一片瀑布，配上爬满青苔的各色石灯笼，颇有几分野趣。

暮春时节，庭园里开了许多花朵。天慢慢暗了，侍女提着绘有丸橘家纹的提灯，井伊直弼跟在后面边走边看。不远处立着春日石灯笼，边上两棵大树高耸入云。红豆杉和香榧，天明年间种下的，已有六十余年。听到脚步声，歇在树上的夜鸟振翅飞起，侍女吓得缩了缩头。

"提灯留下。你先回去。"他喜欢独处，正好有了借口。

侍女膝盖一软，跪在地上。

"世子大人恕罪……"她抖得厉害，声音也带了哭腔。

哥哥对下人很苛刻啊。他暗暗叹了口气。

他温和地说："想一个人四处看看。"

三三两两的庭石，配上盛开的红白杜鹃，错落有致。庭石在月光下现出暗红色，是佐渡岛的赤玉石，价值千金。

左手是清泉池，养着上百条锦鲤。夜静得很，能听到鱼儿的接喋声。月亮在水面映出倒影，金黄的满月。

井伊直亮住在外樱田，他住在赤坂。哪怕成了父子，两人也很少见面。彼此心知肚明——这父子关系是为保全井伊家，不得已而为之。

他刚到江户十日，幕府老中联署的文书送来，将军家庆次日召见。井伊直亮怕他失礼丢丑，派人为他讲解礼仪，他也偷偷演练了数遍。清早入千代田城，在御白书院见了将军家庆，又去西之丸拜见大御所（前一任将军，将军家庆之父）家齐。见了他，老中们满面堆笑，客气得过了头。

老中是幕府一等一的官职，统领全国政务，地位非同一般，大名遇见他们都要行礼。当然，井伊家是谱代大名里的佼佼者，可老中太过客气，井伊直亮心里疑惑。后来听说，将军大人得知井伊直弼没有正室，有意把养女精姬许给他。精姬是有栖川宫韶仁亲王的女儿，生母也是闲院宫家出身，家世煊赫无比。

精姬是宫家女儿，又是将军养女，娶了她，井伊家就成了将军亲眷。本是天大的好事，井伊直亮却装糊涂。他的正室只是大名之女，比精姬差了许多，他可不愿低铁三郎一等。

井伊直弼假作不知。半年后，井伊直亮选了丹波龟山松平家的昌姬，当时刚满十一岁。家臣们窃窃私语，说门不当户不对，岁数也实在悬殊。井伊家是三十五万石的谱代大名，门第高贵，应循旧例与德岛蜂须贺家结亲，或从京都宫家选妻。丹波龟山虽是"松平十八家"之一的亲藩，石高只有五万，又无司无职。家臣们愤愤不平，井伊直弼仍然无所谓，在他看来，精姬和昌姬都是陌生人，娶谁都没有区别。

夜深了。一条锦鲤跃出水面，打碎了月亮的倒影。他转身回去，背影在身后拖得长长的。

"晚来风寒，大人要茶吗？"一个年轻女子等在门口，微笑着问。

里和，他的第二个侧室。井伊直亮给他选的，还有一个叫静江。两人都是彦根藩士家的女儿，温厚质朴，对他体贴入微。

他摇了摇头。

"今宵又见满月，惜伊人不在，圆月亦缺。"他从前写的和歌，写给那人的。满月常见，那人好久不见了。

脱下被露水打湿的鞋，脚上的足袋白得耀眼。他在彦根时穿绀色足袋，洗得多了，有种颓丧的柔软触感。那人给他买过新的，他不收，还发了脾气。从那之后，那人定期给他缝补。窄小房间里的昏黄灯光，墙上映着女子的侧影，垂着头，纤细的手指捏着银针，破了洞的旧足袋放在膝上。

村山多加。

天气一暖，院里的樱树又开出满树花朵。

暮色四合，村山多加独自坐在矮几前。樱花如锦似霞，她只看着几上的土陶瓶发呆。瓶里的白山茶渐渐融入黑暗，只余下模糊轮廓。

种了许多山茶，一到冬天，红白两色的花朵簇簇拥拥，成了道花墙。春风一起，山茶迅速凋落，这是最后一枝了。

藩主急召，铁三郎星夜赶去江户。那时正是严冬，山茶开得正好。

她正默默想着，走廊响起急促的脚步声，是女佣，后面跟着长野主膳。

她赶紧站起来。女佣取火点亮行灯，手脚利落地上茶。

长野主膳扫了她一眼。茂盛的乌发梳成髻，点缀着金莳绘月形梳，低着头，略露后颈的白腻肌肤。双手端端正正放在膝上，坐姿优美动人。果然是美人，他的眼里带了欣赏。

寒暄了几句，她只含笑等着。他深夜造访，不会只为聊家常。

茶变冷了。很安静，能听到夜风掠过树梢的声响。几片花瓣飘飘荡荡，最后落在他膝上，他穿着浅葱色小袖，有疏疏朗朗的笹叶花纹。

他拈起花瓣，托在手心，仿佛不经意地说："大人已定下了亲事。丹波松平纪伊守的次女昌姬。"

月光照在走廊上，洁白如霜，衬得房内行灯越发昏暗。

她垂下眼帘，睫毛在脸上投下阴影，看不清她的表情，好像嘴角还有笑容。也许是看错了，他不敢确定。

"大人在江户还好吗？"她低着头，声音倒正常。

"谱代大名的世子，任务繁重。要按时去千代田城议事，还要与各大名交往。大人性情耿直，不是长袖善舞的人物，想来十分辛苦。"

"大人自由自在惯了……"她与铁三郎分开许久了，午夜梦回，总觉得铁三郎还在身边。他时常做噩梦，听见他呼吸不稳，她会俯身搂住他。也许是勤于弓马的缘故，他有紧绷的皮肤，前胸有微微隆起的肌肉，一颗心怦怦跳着。

"大人身上流着井伊家的血，是做大事的人，注定与自由自在无缘。"

女人微笑点头。他住的地方是什么样子？想必金碧辉煌吧。他还做噩梦吗？会有人搂住他，安慰他吗？

不动声色地聊了几句，长野主膳告了辞。她送出门外，他望望天空，笑着说："明月不知世间苦，凡人须善自珍重。"她不知说什么好，依旧只能微笑。

村山多加恍恍惚惚回到房内，自小受严格训练，步伐一丝不乱。走到黑漆镜台前，镜台上描着暗金桔梗纹，圆鼓鼓的桔梗开在角角落落。拉开暗屉，再取出一张信笺。

铁三郎的字龙飞凤舞。"今宵又见满月，惜伊人不在，圆月亦缺。"落款处写着"柳王舍主人"。

柳条看似纤柔，风暴再猛也折不断。铁三郎爱柳树，特意在住处多植柳树，自号"柳王舍主人"。他去了江户，柳树也寂寞起来，白发出许多鹅黄嫩叶。她把信笺按在胸前，他置了侧室，又要娶正妻。谱代井伊家的世子当然得娶大名女儿，这样才门当户对。

是件大喜事啊，她怔怔地想。

井伊直弼坐病房里，井伊直亮已昏迷一日一夜了。

病人盖着白地红里唐织被褥，绣有龟鹤松竹等吉祥图案，龟和鹤的嘴巴微微张开，像在嘲笑面色蜡黄的病人。

忽长忽短的呼吸声，医生说就在今晚。他有些不可思议，母亲是晚上去世，父亲也是，如今哥哥也要死在夜里了。不，不能说哥哥，是他的养父。

他正胡思乱想，忽然觉得异样。井伊直亮正盯着他，浑浊的眼睛，像雨后留下的水洼，下面积着混沌的泥，上面汪着水。冷冷的水，不带一点感情。

精神似乎好了许多。是回光返照吧。等在一边的侧室们抽抽搭搭哭了起来。

井伊直亮在枕上摇了摇头，一脸厌恶，她们顿时噤住了。

"不要让井伊家蒙羞。"井伊直亮望进他的眼。

他点了点头。

井伊直亮做出一个笑容，讥诮的笑。"你是井伊家的继承人，身边不能有出身低贱的女人。"

是说多加？那么不放心？临死还要提点嘱咐？

他的脸涨得通红，像受了天大的侮辱。房里的人们尴尬起来，眼睛都盯着地，故意不看他。

静极了。井伊直亮阖上了眼。侧室们爆发出尖锐的哭号。

彦根藩主井伊直亮薨，做过幕府大老，享了一生荣华，最终栖身于伊吹山山麓的清凉寺。从清凉寺归来，井伊直弼特意去了尾末町官舍。一花一木都保存良好，当年种下的柳树更粗壮了许多。他住过彦根城槻御殿，住过尾末町官舍，又住过江户的赤坂藩邸。如今表御殿是他的住所，他是三十五万石彦根之主，谱代大名的栋梁。

"回御殿。召长野主膳。"最后看一眼柳树，他转身进了轿辇。

白白小小的手，有些迟疑扶着三味线琴杆，另一只手捏着拨子。村山多加的新学生阿贵，富商白木门左卫门家的长女。她父亲两日前登门拜访，茶人头巾，鸢茶色小袖，一脸谦虚的笑，却掩不住大商家气派。

白木门左卫门带来一盒糕饼，江户风月堂的瓜菊果子。风月堂是江户名店，为多家大名藩邸供应糕饼，连店名也大有来历——"风月"二字是前幕府老中松平定信的①雅号，松平定信喜

---

① 松平定信：江户时代中期的大名、老中，第八代幕府将军德川吉宗的孙儿，一手实施了"宽政改革"。

爱店主喜右卫门为人清正，故将此号赐做店名。而"风月堂"三字也是前老中水野忠邦[1]亲笔写的。客人带来了稀罕物，多加亲手奉茶，说不完的客气话。

白木门左卫门心情上佳。新藩主把藩库里的大笔银钱分给町人百姓，托大人的福，生意也好了许多。

"大人真是明主。"

"政务繁忙，也坚持坐禅、读书、操练弓马。"

村山多加笑着附和。

"小女一切拜托。也许是痴心妄想，想以后送她去江户旗本[2]家历练。"门左卫门恳切地说。

"必竭尽全力。"

阿贵学三味线第一日。大商家的女儿，从小金尊玉贵地养着。脸上一双圆眼，亮晶晶，清澈见底，像是秋日晴空，寻不见一丝乌云。一双手更指尖圆圆，掌心粉粉，没有膙子，更没有伤疤。别说吃苦，只怕从没受过委屈。

多加吃过苦，更受过委屈，铁三郎也受过。

从前的铁三郎无职无位，也没懈怠过一天。何止坐禅、读书和操练弓马？他学国学、茶道、书法、刀术，他精研和歌与能

① 水野忠邦：江户时代后期的大名、老中，主君为第十二代幕府将军德川家庆。

② 旗本：原为战场上贴身保护主君的武士团，进入江户时代后，指有权直接面见将军的武士，石高在 1 万石以下。

艺。没人知道，没人关心。

在井伊家的弓马操练会上，分配给铁三郎的马跛了腿。他见马儿吃痛，心下不忍，立刻翻身下马。藩主井伊直亮见他在一边闲坐，不问青红皂白，骂他"胆小鬼"。他涨红了脸，却没辩驳。

操练会结束，他来找多加。见他神情郁郁，多加问他缘故，他简单说了前因后果。

"是家臣的错，为何不分辩？"多加有些着急。

他淡淡地说："无须分辩。"

她张口结舌地看着他。真是怪人。

"累了，想休息一会。"

他枕在她腿上，疲倦地阖上眼。他有瘦削的脸，浓眉，眼角略上扬，和他父亲并不像。可能像母亲，町人家的女儿阿富。

多加想起彦根城侍女的闲话——阿富得宠，受了不少明枪暗箭，她如履薄冰，像活在龙潭虎穴。小心也无济于事，谣言离奇，说她有妖术，吸食男人的肝血。她再度怀孕，谣言更盛，她日夜苦恼，身体也衰弱下去。生下铁三郎，没多久一病死了。

铁三郎呼吸匀净，像是睡着了。

她用手指勾画他脸颊的轮廓，一圈又一圈，指尖忽然带了潮湿。他眼角有泪珠沁出，连续不断，像受了委屈的孩子。

"多加在这里。"她柔声说，心里一牵一牵地痛着。

她俯下身搂住他，他无声地哭了。她穿着家常的黑襟浓蓝小袖，他的泪洇进衣襟，留下模糊的斑痕，像衣上绣的朵朵暗花。

今日穿的正是那件小袖。她低头看了看胸口，泪痕早洗得干干净净，那个默默流泪的男人也许久不见了。

"很好。就到这里。"多加望着阿贵，露出和蔼的微笑。

日头西沉了。刚才还是碧蓝的天，忽然染上了耀眼的红，像被谁点了一把火。大朵大朵的白云也被溅出的火星子引着了，烧得噼里啪啦，红得不可开交。

村山多加的课都在上午，下午总是闲的。她坐在走廊上望天，看太阳一点一点沉下去。女佣快步走来："长野大人来访。"

长野主膳最近容光焕发。铁三郎当了藩主，任命他为藩校弘道馆的国学教头，协理藩政改革。他忙得不可开交，每早辰之刻出门，不是去弘道馆就是去藩厅。

"今日去表御殿拜见了大人。大人想巡视领内。明晚从芹川坐船，先去下野国佐野一带。"

她觉得奇怪。"晚上出发，那么匆忙？"

"大人说明晚是满月，乘舟看月最风雅不过。"

铁三郎回了彦根，很快又要走了。芹川离城下町不远，她知道怎么去。

见她若有所思，他也闭口不言。矮几上放着土陶瓶，一枝粉色木槿孤零零养在水里。

他暗暗叹气，从怀里摸出个小包袱。"最近得了件小玩意。白放着浪费了。"

露草地樱吹雪纹包袱皮，里面是把手镜。金高莳绘，纹样是燕子花，嵌着螺钿和锡金，做工精细，一看便知是高手匠人所制。

"太贵重了，多加不能收。"她把手镜重新包上，放回他面前。

"还是适合多纪夫人。"多纪是他的妻室。

他意味深长地摇了摇头。"多纪不配用江户的镜子。"

江户。樱吹雪。燕子花。她的心跳漏了两拍。

"那就多谢了。"她深深低下头。

她有说不出的欢喜。屋外刮着秋天的风，一蓬蓬吹进来，带着菊花的药香，从鼻子透进去，全身都爽快起来。她嘴角弯弯的，眼里也带了笑，笑意浸到乌油油的瞳仁里，是海底的黑珊瑚，上面是粼粼的波光，一闪一闪。

多加是美人，他一直知道。为了心爱的男子，她竟能那么美，他以前从未发觉。可惜那个男子不是他。

"芹川晚上怕有风浪。不知大人几时出发？"她装作不经意地说。

男人深深地看了她一眼，一直看到她心里。

"酉之刻。"

天空一丝云也没有，圆月雾蒙蒙的，像被裹在微湿的绀青薄绢里。芹川静静流着，是无边无际的银色锦缎。远处有淡白的雾气，岸边几丛芦苇摇曳在夜风里，发出深秋的萧瑟气息。

河边有橙红色的火光，藩士们举着火把。一条船泊在岸边，有浓黑的轮廓。船头燃着松枝，秋风带来隐约的人声。

村山多加伏在芦苇边，黑地棉小袖下摆被露水打湿，冰凉地贴在腿上。她不觉得冷，脸颊红彤彤的，像有火在烧，胸口和手心也有汗沁出。

铁三郎上了船。哪怕离得远，她一眼认出了他。一身正装，发髻也束得整齐，步伐匆匆，脚上的雪白足袋在黑暗中格外耀眼。

他进了船舱，她仍留在原地。怀里揣着燕子花的手镜，硬硬的一块，她时不时摸摸它，平静又笃定，像从最灵验的神社求来了护身符。

又一个人匆匆进了船舱。身形熟悉，她一时想不起。

是长野主膳。

井伊直弼坐在几前，手里握着一卷书。角落有盏行灯，船身摇晃，灯光随着摇摆，映得人脸上明暗不定。两名卫士跪坐在门口，一动不动，像两座雕像。

"你来了。"看见长野主膳，他有些吃惊。昨日在表御殿见过，彼此也告了别。

"有些事想同大人说。"长野主膳瞥了一眼卫士，随即垂下眼睛。

他低声说："你们先出去。"

卫士出了船舱，轻轻关上门。

"手镜已交给村山多加。"长野主膳单刀直入。

他有些羞惭，一时不知说什么，只好点了点头。他在江户看见那面镜子，立刻想送给多加。汹涌而出的冲动，怎么都抑制不住。

"她一片痴心。大人可否考虑将她接到身边……"

他心底迸出一阵欢喜，像爆开的烟花越升越高。他又有些恼怒，仿佛心事被对面的男人看穿。他从没忘记她，自从做了藩主，他时时想着把她接到身边。是的，她是美人，美人有千千万，却只有一个她。他怀念她狡黠机慧的谈吐，温暖体贴的怀抱。他想要她，像沙漠里迷路的人渴望清泉，半夜惊醒的孩子哭叫母亲。可他不能要她！他答应过犬塚外记，答应过井伊直亮……井伊家没有她的位置。

他看了眼长野主膳，长野并没有看他，只是垂着头，默默坐在对面。

船身随波浪摆动，给人奇特的眩晕感。他在虚空里看见一个女子，修长的颈项，白皙的手合在膝上。再定睛一看，什么也没有，只有自己的影子投在舱壁上，烛光摇曳，影子也像在摇摆。朦胧间想起从前看过的锦绘，铃木春信①的《雪中相合伞》；青年男

---

① 铃木春信：江户中期浮世绘画师，擅长美人画，"雪中相合伞"为其代表作之一。

女共撑一把伞，互相依偎地走在雪地里。女子一身白衣，微微垂着头，眼里含着万般柔情；黑衣男子修眉俊目，目光恋恋地驻在女子身上。锦绘不够高雅，是町人百姓的玩意儿，他也知道。可那张实在动人，让他忍不住想起多加。多加……他闭上眼，缓缓摇头：铃木春信画的是两情相悦，与他再不相干了。

"手镜的事是我一时软弱，以后再不会了。"他咬着牙说。

长野主膳猛地抬头。"大人！"

"答应过犬塚外记，也答应过旁人。那人虽已不在人世，直弼不能做无信之人。"他的眼是两口幽深的井，阴郁的光芒闪动，是井里的森森鬼火。声音空洞洞的，是死了的声音，灵魂早飞走了。

"帮我保她生活无忧。若她有了好去处，更好。"他低头望着矮几，几上厚厚一卷，是他写的和歌。春有垂樱，夏有繁星，秋有红叶，冬有白雪。他曾与她共度许多时光，回头想想那样短暂。那样的好时光，再不能有了。

远处似乎有钟声，越过芹川传到船上来，钟声染了水汽，听起来格外凄清。斯世似空蝉，人间有变迁。人生短暂，苦恼却悠长。长野主膳心头也惨淡起来，行了礼，悄悄退了出去。

井伊直弼推开舷窗，没有云，一轮满月孤零零地悬在天际。把多加接到身边是他的妄想，他把妄想藏在最隐秘的角落，平日不敢触碰，只在夜深人静时放出来，小心翼翼地想了又想。今晚他不得不做出抉择。他彻彻底底死了心。

长野主膳是好意，他自然不会怪罪。

眼睛酸涩起来，他抬头望向月亮。月亮模糊成一片，又一点一点清晰起来。泪水慢慢干在眼里，最终没有流下。

橙色火光移动起来，船漂向下游。静极了，能听到船桨的吱呀声。渐渐远了，火光像在银色缎子上滑动，恍若梦境。

枯草发出瑟瑟的声响，有人来了。"多加吧？"是长野主膳，嗓音沙哑，像是伤了风。

村山多加羞得脖子都红了，好在光线暗，他可能没发现。

"回去吧。船已经走了。"他轻声说。

两人默默地往城下町走去。路上有晚归的行人，脚步匆匆。有人略带好奇地望向这一对男女。深夜同行，不紧不慢地走着，不像夫妻，也不像情人。

他素日健谈，却一直不语，似乎有心事。

她心情轻快极了，天上的月亮，路上的行人，看起来都分外可亲。看见他闷闷的，她心里一软，很想帮他排解。

"长野大人有烦心事吗？"她诚恳地说。

长野主膳停下脚步，目光灼灼地望向她。月光皎洁，他的眼神纠结复杂，有痛苦，也有同情。她情不自禁地缩了缩脖子，后悔自己多此一举。

"大人最近在写茶道集子，刚才说起'一期一会'。一期一会，细细想来沉重得很。有情人满以为能长久厮守，也许也是一期一会罢了。一旦分开，今生可能不会再见了。"

一期一会。铁三郎说过。开茶会时，主人要尽心待客——客人可能常来，也可能永不再来。每一次相逢都可能是最后一次，主客要珍惜共度的时光。长野主膳为什么说这个？她忽然喘不上气，像被重重打了一拳。

"我对和歌并不精通，只觉得和《万叶集》比较，《古今和歌集》多了哀愁。正像歌仙纪友则①所写，'樱花开烂漫，香色昔时同。唯有人年老，渐成白发翁'。多加院里的樱花年年绽放，看花的人却不一样了。唐人也说'年年岁岁花相似，岁岁年年人不同'。"长野主膳叹了口气，带着无限萧索。

他好像什么都没说，她好像都明白了。她脸上表情不变，眼神完全不一样了。月光照在她脸上，像镀上了一层银光。淡淡的眉和眼，像越前白瓷，美却脆弱，似乎用指尖轻抚就会裂开。

他以为她会哭，结果没有。他渺渺地想起，从没见过她掉眼泪。

"回去吧。"

---

① 纪友则：平安时代前期的诗人，官员，三十六歌仙之一。

黑　船

嘉永六年（一八五三年）六月三日，东冈村渔民林藏在城之岛海域发现四个冒着白烟的黑色怪物，黑船来航！浦和奉行户田氏荣①很快得到消息，随后派继飞脚②向千代田城送信。老中首座阿部伊势守正弘③召集老中连夜合议。直到天明，也没议出结果。

彦根藩协防镰仓、浦贺一带，负责警备的山下藤兵卫当即报信，井伊直弼决定星夜赶往江户。

老中有"首座""一般"之分，各大名在千代田城里也有不同席位。依据谱代、外样、石高、官位等标准，他们被分配在大廊

---

①　户田氏荣：江户时代后期的旗本，幕臣，出任浦贺奉行时遭遇"黑船来航"事件。

②　继飞脚：江户幕府直接管理运营的信使组织，专门运送幕府公文与物品。

③　阿部正弘：江户时代末期的老中之首，性格伶俐，有"八面玲珑"之称。

下、溜之间、大广间、帝鉴间、柳之间、雁之间与菊之间里。大廊下级别最高，里面有尾张、纪州、水户等"御三家"，也有加贺前田家、越前福井松平家、因幡鸟取池田家和阿波德岛蜂须贺家等。其次就是溜之间，溜之间成员有井伊扫部头、松平肥后守、松平赞岐守等名门，他们在紧急事态发生时充当幕府顾问。

如今紧急事态发生了。井伊直弼赶回千代田城，发现乱成一团。

率领黑船的提督佩里带了要求开国的国书。老中首座阿部正弘施展腾挪功夫，命人接下国书，先把佩里劝了回去。阿部正弘又把国书译成和文，秘密送到各大名手中，要求大名们给出处理意见。

共有一百四十余名大名给了意见，只有八位赞成开国，井伊直弼就是其中之一。

早在弘化元年（一八四四年），荷兰国王送来《风说书》，警示列强环伺，劝幕府主动开国通商。从那时起，井伊直弼开始阅读兰学书籍（洋务书），深知幕府与列强的差距不可以道里计。开国通商是必由之路，只有通商才能充盈国力，才能整顿军备，才能不受列强欺辱。这道理再简单不过，可许多人并不这样想。

千代田城依然在没完没了地议事。

"堂堂神国怎能允许蛮夷肆虐？锁国攘夷是正道！"德川齐

昭①的嗓门大得惊天动地。

德川齐昭是"御三家"之一的水户前藩主，也是自命不凡的老顽固。水户藩的藩祖是德川家康最心爱的小儿子德川赖房，可二代藩主德川光圀却对皇室奉若神明。他花了重金，召集学者编撰史书，发愿要以天皇为中心，重新讲述从神武天皇到小松天皇之间两千年的历史。德川光圀虽死，之后数代藩主也继承了宏愿，直编出了三百九十七卷的皇皇巨著。所谓上有所好下必甚焉，水户不少学者也把尊皇史学与国学相结合，发展出整套"水户学"。到了德川齐昭的时代，水户学越发激进，公开宣扬天皇将政务委托给幕府，幕府只是"办事机构"，将军大人也是天皇的臣子。

"水府侯说的也有道理……"阿部正弘笑着说。他是公认的美男子，不但相貌俊俏，仕途上也一帆风顺，十八岁做福山藩主，二十四岁做老中，后来又成了老中首座。

阿部正弘八面玲珑，见谁都笑容可掬。十二代将军家庆重用老中水野忠邦推行天保改革，水野忠邦性如烈火疾风，得罪不少人。改革失败，墙倒众人推，他被免了老中职务，弃如敝屣。有了这前车之鉴，阿部正弘步步小心，议事时只听不说，始终满脸微笑。

德川齐昭的声音还在继续。

---

① 德川齐昭：江户时代后期的大名，"御三家"之一的水户藩第九代藩主，第十五代幕府将军德川庆喜之父，顽固攘夷派，井伊直弼的政敌。

"如今急需在品川修建炮台。一旦蛮夷再来，便给他们些颜色看看！"

井伊直弼皱起了眉头。国力不如人，武器不如人，给他们点颜色看，凭什么？说的比唱的还好听。

阿部正弘微微一笑："前几日也与老中们讨论，如今海防吃紧，需增设一名海防参与。水府侯熟知海防事务，是最佳的人选。"如今攘夷派势大，没必要同他们对抗。黑船暂时走了，随时可能再来，海防参与可是个苦差事。德川齐昭既然要攘夷，就让他做好了。求仁得仁。

房里突然安静了。东照神君开府以来，政务由谱代大名一应承担，"御三家"地位虽高，却也不能插手。阿部正弘坏了规矩。

阿部正弘故作不知，仍然微微笑着。众人都盯着地面，有人抿起嘴，有人皱起眉，可谁也不说话。

阿部正弘嘴上的笑意更深了。

从千代田城回来，井伊直弼一言不发。进了书院坐下，一股气终于发了出来，挥手把折扇扔了出去。

卫士们都伏下身，大气不敢出。宇津木六之丞表情平静，默默坐在一边。井伊直弼做了藩主，他也得了提拔，如今已是藩里的重臣。

"大人为何动怒？"宇津木六之丞轻声问。

"伊势守（阿部正弘）实在糊涂！竟任命水府侯做海防参与！攘夷攘夷，拿什么去攘？"

"伊势守最是精明，怕也是赞成开国的。只是不愿与水府侯冲突。"

"我也听说溜之间大名赞成开国。只是今日在千代田城内，众人都缄口不言，只有水府侯大放厥词。"井伊直弼抓起手边的青绿荒矶纹香合丢了出去，香合在地上撞得粉碎，发出清脆的破裂声。

"大人给伊势守写了建议书，至今没有回音吗？"

刚回江户，井伊直弼连连写出《初度存寄书》与《别段存寄书》，主张对蛮夷随机应变，积极交往。阿部正弘笑吟吟地收下了，却如泥牛入海。

他摇了摇头，脸涨得通红。

有淅淅沥沥的声音，下起雨来了。牛毛般的细雨密密下着，织成一道苍白的雨帘。他闷闷地看着，心里烦躁不已，若能痛痛快快下场暴雨就好了，浇一浇心头的郁气。

折扇被打湿了，软塌塌地粘在地上，香合碎片发出冷冷的光。

宇津木六之丞静静地问："大人，可以收拾了吧？"

他摇了摇头，起身走到外面，亲手捡起了折扇和碎片。回到房里，他笑着说："我幼时陪父亲大人打坐参禅，自以为养气功夫胜过一般人。谁知今日怒火上涌，竟毁损了无辜的折扇香合，想来是涵养不够的缘故。"

宇津木六之丞忽然笑了，"宇津木世代追随井伊家，受了不少恩典。有句话不得不说。"

"你说。"他有些奇怪。

"如今黑船来航，幕府应对失措，大人身为谱代大名，又是溜之间成员，事到如今还想着养气涵养，未免小气了，直与乡野村夫无异。"宇津木六之丞神恭谨，语意却辛辣，一直刺到他心里。

"大人接连上书，伊势守置若罔闻。溜之间的肥后守（会津藩主松平容保①）与赞岐守（高松藩主松平赖胤②）明明赞成开国，却也不施援手。大人可以说是从前的直亮大人性如烈火，坏了井伊家与他们的关系。可宇津木却要说，焉知不是因为大人在议事时不言不语，始终明哲保身，他们对大人心存疑虑呢？"

"宇津木出言无状。大人的爱刀正信正在身后，大可一刀砍下，宇津木绝无半句怨言。"他伏在地下，似乎做好了赴死的准备。

他呆呆地看着地下的男人。幽暗的尾末町官舍，他站在瓢泼大雨中，全身淋得湿透。这个男人见过他最狼狈的时候。

---

① 松平容保：江户时代后期大名，会津藩第九代藩主，极受幕府信任，在千代四城的座席为溜之间。官拜肥后守。

② 松平赖胤：江户时代后期大名，高松藩第十代藩主，座席也为溜之间，官拜赞岐守。

他阖上眼，觉得全身乏力。井伊直亮无后，为保井伊家不绝，他做了世子。井伊直亮死了，他成了三十五万石的彦根藩主，兢兢业业地改革藩政，体恤领民。可这些还不够。他还是谱代大名，溜之间常席，要肩负起辅佐将军的重任。他猛地睁开眼，看着房里的华丽陈设，莳绘、金泥、洒金……自从做了藩主，他从赤坂搬到外樱田藩邸，却始终喜欢不上这金光闪闪的地方。这是金碧辉煌的牢笼，他被牢牢扣在里面。三十五万石、溜之间……脑子里闪过一个个熟悉又陌生的词，听起来荣耀，都是压在身上的巨石，压得他喘不过气。他从不看重功名，只想做个自在闲人，可不知不觉之间，他离自在越来越远了。

宇津木六之丞抬起头看他，那眼神和犬塚外记一模一样。犬塚留在彦根，宇津木成了新的犬塚，时时提醒他是井伊家的人，言行举止要与井伊家的身份相符。他心里涌上一阵笑意，很想狂笑出来，真是可笑极了。他突然想起了井伊直亮，为什么那人脾气越来越暴躁，为什么那人会沉溺于醇酒美人，可能是为了逃避这可笑的一切吧。生在这样的家，半点也由不得自己。

"明白了。"他歪了歪嘴角，像在笑宇津木，也像在笑自己。

幕府果然在品川建了炮台，德川齐昭还献上七十四门大炮。为与蛮夷一战，幕府解禁枪炮训练，各藩可以自由训练射击。开什么玩笑！一旦战败，可能割让国土，更可能亡国，主张攘夷的人难道不懂？井伊直弼心急如焚，他必须说出意见，他得找一个机会。

转眼到了冬日。黑船又来了！

领头的依然是佩里，乘坐在旗舰波哈坦号上，后面跟着六艘舰艇。佩里一行人先到了浦贺，又迅速侵入江户湾。蒸汽船航速惊人，莫说浦贺奉行无力拦截，品川炮台一炮未发，佩里一行已抵达江户湾深处，离江户只有三里距离。船上大炮一字排开，不光江户沿海地区，连将军家的菩提寺增上寺、宽永寺也在射程之内。

黑船再来。众人知道佩里此举乃故意施压，只为让幕府尽快签订开国条约，倒比上回镇定了许多。阿部正弘再次召集议事。做了海防参与，德川齐昭的嗓门更响了。

"纵然一时不敌，天下之士必奋起，必逐蛮夷出吾国。倘若求和，只得一时安泰，自此走上衰亡之道。"

依旧是攘夷的老调调。井伊直弼心头不耐。他偷眼看周围，老中们都低着头，面带不悦。溜之间的松平肥后守与赞岐守盯着榻榻米的白色镶边，嘴角微撇，显然是不赞成。

开国派并不少，只是不愿与"御三家"之一的水户冲突罢了。

他紧张起来，嘴里干得很，嘴唇也像粘在一起。举起茶碗喝了一口，冰冷的水线坠入腹中，心扑通扑通地跳。

"直弼想请教水府侯一事。"声音响亮，连自己都唬了一跳。

老中们不动声色，依然看着地面，心里却带了诧异。松平容保轻轻"咦"了一声，毕竟是年轻人，才二十出头。

他从未在议事时说过话，德川齐昭也挑起了眉毛。

"扫部头请说。"

"水府侯熟悉海防，不知对英吉利与清国的战事有何见解？"他渐渐放松下来，一脸诚恳地问。

德川齐昭顿了一顿，故意问这个，井伊这小子来意不善。

"请水府侯指教。"他的表情更诚恳了，像向老师发问的勤奋学童。

"我记得扫部头对洋务很精通。请扫部头先说。"见势头不好，阿部正弘赶紧打岔。

"清国倒是攘了夷，可惜一败涂地。签约、赔款、割地、开港。"他沉沉地说。

德川齐昭的脸突然红了，有些恼羞成怒的意味。

"扫部头熟悉洋务。"阿部正弘心念急转，想赶紧转换话题。

"直弼对学问不通得很，只知道轻言战事只能令生灵涂炭，有违圣人之道。"

老中们仍然低着头，嘴角都带了笑意。德川齐昭猛地站了起来。

"待会要面见将军大人。今日议事到此为止。"阿部正弘忙忙地站了起来。

众人都走了，只剩下溜之间大名们。松平容保笑个不住。

"水府侯向来耀武扬威，今日也吃个教训。"他是面色白皙的俊美青年。平日做出老气横秋的样子，其实性格活泼得很。

"扫部头好胆识。"松平赖胤笑着说。

"直弼只在溜之间呆了数年，今日也是怒气上涌，让诸位见笑了。"他谦逊地低下头。

"都是溜之间同辈，哪有长短之分。"

"还记得直弼做世子的时候，刚入溜之间，什么都不懂。幸亏赞岐守和上一任肥后守点拨，直弼学了许多。"

上一任肥后守名为松平容敬，是松平容保的养父。赞岐守就是眼前的松平赖胤。

"扫部头过谦了。"

"直弼刚来不久，正赶上大御所家齐大人的法会，赞岐守和上一任肥后守怕直弼失礼，专门赶去赤坂教直弼礼仪。"

"容保也听父亲说过。好像扫部头最终没能参会？"松平容保心直口快，松平赖胤瞥了他一眼，脸上有些尴尬。

"正是。父亲忘了给直弼准备衣冠束带。直弼只能托病。"他低声说，带着无限哀伤。

"过去的事莫要提了。扫部头赞成开国？开国确实是正道。"可能想起了旧事，松平赖胤的眼神也温和起来。

"攘夷只能误国。老中们大多主张开国，可攘夷势力大，谁也不愿做出头鸟。我等溜之间大名须携起手来，一起主张开国。若真与蛮夷打起仗来，一切都晚了。"

"扫部头说的是。"

老中都不反对开国，有两名还是坚定开国派。一名是松平伊贺守忠固，信浓上田藩主，也是深受幕府信任的谱代大名。另一名是松平和泉守乘全，三河西尾藩主。松平乘全的母亲是阿部正弘的亲姑姑，两人算是表兄弟，不过性情迥异，关系极是冷淡。松平乘全性子刚直，待人接物最干脆利落，向来看不上阿部正弘八面玲珑的作风。于是，溜之间大名与两位老中携起手来，一起向阿部正弘施压，主张尽早签订开国条约——主动开国可以在条文上讨价还价，若是被迫签约，十有八九会像步清国后尘，被迫接受许多苛刻条件。

佩里一行人虽然离了江户湾，依然在日本沿海各地游弋。以幕府目前的装备，压根伤不到黑船一根毫毛，阿部正弘也渐渐倾向于尽快签约。他派出大学头林复斋①与佩里谈判，佩里也算客气，并未提出过分要求，除了一年内开放下田和箱馆（函馆）港口，

---

① 林复斋：江户时代末期的儒学者、外交官，幕府朱子学者林家家主，通称林大学头。

为美利坚船只提供补给等，其余都是"日美永久和亲"之类的套话。阿部正弘看了草案，立刻放下了一条心。到了春末，幕府与美利坚签订了《日美和亲条约》，日本踏出了开国的第一步。

虽然条约内容并不算"丧权辱国"，订约的消息传开，全国攘夷派群情激奋。叱责幕府软弱无能，擅自"苟合"者有之；咒骂蛮夷心怀不满，意图欺骗将军者亦有之。千代田城内的攘夷派们更是暴跳如雷，尾张藩主德川庆恕向来与阿部正弘不睦，借机闹了一场。德川齐昭也暗中串联，大有兴师问罪之意。老中松平忠固向来看不起德川齐昭蛮横，曾与他有过若干次冲突。松平乘全性情刚硬，和德川齐昭针尖对麦芒，彼此早已不快。德川齐昭趁机向阿部正弘施压，要求免去两人的老中之位。为免攘夷之火烧到自己头上，阿部正弘当即照办，假借将军大人的台命，剥夺两人老中职位，转入帝鉴间[①]。

听说两位盟友被免了职，溜之间大名们怨气满腹。

"说是将军大人台命，还不是伊势守的主张？"松平容保皱着眉抱怨。

"容保，你要小心。这样的话若被人听见，是十足的不敬公

---

① 帝鉴间：江户时代大名和旗本要按期去千代田城拜谒将军，在等待召见时必须守在不同房间等待，这些房间被称为"伺候席"。帝鉴间是其中之一，地位居于大廊下、大广间、溜间之下。

仪，没准得切腹。"井伊直弼低声说。

松平赖胤轻轻叹了口气。松平容保说的是实情。黑船来航不久，将军家庆急病而逝。如今的将军大人身体孱弱，向来不大过问政事，所以阿部正弘只手遮天了。

"伊势守想左右逢源。我等不能示弱。"松平赖胤喃喃地说。

"直弼已写好了抗议文，要求伊势守尽快补上老中空缺。老中都是从谱代大名里挑选，谱代大都赞成开国。"井伊直弼从怀里取出一纸文书。

"我等联署，待会一起送给伊势守。"松平容保大声说。松平赖胤也点了点头。

"直弼多谢各位。"

溜之间大名一起杀了过来，阿部正弘也有点吃惊。

他微笑着接过抗议文，匆匆看了一眼便连连点头。

"溜之间诸侯和正弘的想法一般无二。莫急莫急，我已有了新老中人选，保证会让列位满意。"

"如此便拭目以待了。"井伊直弼板着脸说。

溜之间大名们走了，阿部正弘皱起了眉头。下总佐仓藩主堀田备中守正睦性情温和，也是开国派，是最适合不过的人选。他又微微笑了一下——选谁都一样，若论在幕府内的影响力，谁比得过老中首座呢？

霜浓露重的秋夜，暗蓝色的天上有一弯纤小的月亮。外樱田藩邸里多了一顶轿辇，有客人来了。

井伊直弼坐在六帖窄茶室里，对面是一脸严肃的松平乘全。

因为德川齐昭的压力，松平乘全失了老中职位，在千代田城的席位也降为帝鉴间。

风炉上的切子釜冒出热气，乳白色的水汽在茶室里弥散开来。

一片寂静，只有沙沙的点茶声。

井伊直弼放下茶筅，把茶碗正面向外，放在客人面前。

客人低头行了一礼，喃喃道谢。

分三口饮尽，拇指和食指夹住茶碗，取出手巾抹净碗口残茶。

客人把茶碗托在掌中看了两圈，乐烧鼠色地蓝釉，疏疏朗朗画着几笔柳枝。边上是"龙池柳色雨中深"的题款，碗底还有柳形花押。

这是井伊直弼手制的乐烧柳图茶碗。

客人再将茶碗正面向外，恭恭敬敬还给主人。

"扫部头大人益发精进了。"

"略忍耐些日子，总会回来的。"

"此次老中任命只是缓兵之计。"

井伊直弼赞许地点了点头。堀田正睦只是挡箭牌，阿部正弘想在开国派与攘夷派之间左右逢源呢。

"攘夷此路不通,开国才是生存之道。"

"真心攘夷的只有水户,伊势守倾向开国。"

"将军御体……一桥家那位声望高,谁都让水户三分。"

将军家定自小身体孱弱,也一直没诞下子嗣。按照幕府规矩,将军没有后嗣,须从"御三家"和"御三卿"家收养,"御三卿"之一的一桥家家主德川庆喜①呼声很高。德川庆喜是水府侯德川齐昭的亲儿子,过继到一桥家的。

"有人在痴心妄想呢,将军之位也敢觊觎。"井伊直弼轻蔑一笑。

论忍耐,谁也胜不过他。自小在彦根清凉寺参禅,打坐功夫无人能及。在埋木舍等了十四年,再等多久也没关系。

夜风带着冷冷寒意,枯叶萧萧而落,又是深秋。柳树的叶子已经落尽了吧。

---

① 德川庆喜:"御大家"之一水户藩第九代藩主第七子,过继到"御三卿"一桥家,官拜民部卿,后为江户幕府第十五代征夷大将军,也是最后一位将军。

政海兴波

黒い波

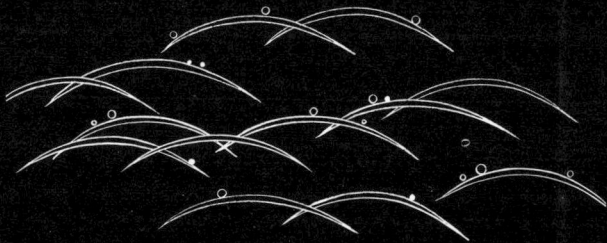

大 奥

泡澡是将军家定少有的爱好。

也许是受首代将军德川家康的影响，历代将军都把狩猎当做爱好，八代将军吉宗更是放鹰捕猎的好手。将军家定生来幼弱，成年后身体依然不结实。比起在晴空下带着侍从们纵马疾奔，累得满头大汗，他更喜欢安静些的活动，也喜欢一个人独处。

贵为将军大人，去哪里都前呼后拥，难得清静。所以他格外珍视泡澡的时候，只有那时，他才能彻底放松，闭上眼，什么都不做，什么都不想。

将军处理政务的地方叫中奥，将军家定讨厌抛头露面，不到非不得已，绝对不去。他对中奥的一切都讨厌，唯一觉得尚可的就是汤殿，也就是泡澡的地方。与大奥比起来，中奥的汤殿少了些旖旎，多了些庄重。长约十二尺①，进深十二尺有余的房间，并不宽敞，墙壁与地上钉着涂了清漆的松木板，天花板上密密拼着桧木条。进门处是桧木厚材的换衣间，再向里便是泡澡的地方了，一只椭圆形白木浴桶显眼地放在正中。

将军尊贵，不能闻见炭火气。泡澡用的热水都是在别处烧好，再运入汤殿，一桶一桶注入浴桶里。将军家定泡澡的时间久，备下的热水也格外多。

暮色四合，将军家定泡在浴桶里，疲惫地闭上了眼睛。身着白棉半袖内衣的侍从在远处静静守着，不时向桶里添加热水。他专门在汤殿伺候，对将军的喜好了如指掌。

泡得久了，将军家定的脸上带了红潮，额上也沁出汗珠。他慢慢起身，坐到浴桶边的四尺木台上。全身热气腾腾，看上去皮肤倒红润，只是太过消瘦，能隐隐看见胸下的肋骨，膝盖骨更高高突了出来。

侍从暗暗叹了口气，和去世的慎德院大人相比，大人御体不够健壮。

取出几个白棉布袋，侍从给将军家定擦洗身体。从脸到躯干，再到手脚，每擦到一个部分就换一个布袋。布袋里装的是米糠，据说能滋润皮肤。

将军家定闭着眼，时不时轻晃头部。侍从扶起他的手，小

---

① 尺：江户时代的度量衡之一，1尺约10寸，约等于30.3厘米。

心翼翼地擦着，他一声不吭，双脚轻轻拍打木台。侍从突然走了神，城里有不少谣言，说将军大人身体孱弱，有时连脑子都不太清楚，不知到底是真是假。

将军大人只来过几次，看起来还算正常。擦洗完了，将军家定垂下头，侍从拿起八寸大的松木圆勺，舀起备好的温水，缓缓浇在他的背上。

将军家定起身走到换衣间，他的贴身卫士已在那里等着了。卫士手里捧着十余件白棉浴衣，轻手轻脚地给他披上一件，旋即又把浴衣脱下，换上一件新的。如此反复十余次，直到吸干将军大人身上的水。这是规矩，将军大人浴后不用手巾擦身。

卫士又给将军家定换衣，腰间插上短刀。

见汤殿伺候的侍从伏在地下，将军家定突然一笑："你伺候得很好。明日做点心，会让人送一个给你。"

侍从吃了一惊，一时张口结舌，不知该说什么。

卫士使了个眼色，侍从赶紧额头贴地，高声说："谢将军大人恩典！"

将军大人果然……有些糊涂。侍从忽然想起以前听过的闲话：将军不爱读书写字，只喜欢做点心。他常把萨摩芋、南瓜煮得半生不熟，再和上砂糖，制成各色点心。哪个侍从讨了他的喜欢，他便赐下点心。据说他的点心出奇地难吃，但将军大人赏的，谁都得满脸欢喜地吃完。

望着将军家定的背影，侍从又叹了口气。黑船来航不久，慎德院大人急病而逝，千斤重担压在他肩上了。那么瘦弱一个人，确实是难为了啊……

将军家定还在泡澡，负责传讯的卫士早到了大奥门口，告知将军大人今晚入大奥就寝。卫士和负责守门的女子说了两句，女子点了点头，迅速入内传话。

大奥是女人的世界，除了将军，其余男子等闲不得入内。大奥占地面积并不大，在里面讨生活的女子并不少，最盛时达到三千人。论地位，将军生母、将军正室是大奥女子里最尊贵的人，若论实权，还数大奥的御年寄①——总管大奥事务的泷山。

泷山是旗本家的女儿，十四岁入大奥，至今已三十余年。她早过了四十岁，也许是养尊处优的缘故，看上去只有三十后半。白皙的鹅蛋脸，长长的黑眼睛，乌黑的发髻，看不见一丝白发。已入了秋，她也按规矩换了衣饰，一身金线刺绣的松竹梅白绢外衣，内里是白缎衣，腰带上有金线刺绣的云纹，说不尽的华美绚烂。

这是泷山在大奥的房间，十二帖②的宽敞屋子，天花板和窗上有银泥绘出的唐草纹样。她端端正正坐着，凝神看着矮几上的物事，梨子地金莳绘化妆箱，暗金葵纹散在各个角落，将军家定的生

---

① 御年寄：江户时代大奥侍女的官职名、权力极大，总理大奥一切事务，其地位可与幕府老中匹敌。

② 帖：1帖指1张榻榻米的面积，约为3尺×6尺，共计1.65m^2。

母本寿院①赏的。

她轻轻叹了口气，并不因为哀愁，而是心满意足。这化妆箱手工精致，还饰着葵纹——葵纹可是德川将军家的御纹。

本寿院原是慎德院大人的侧室，原名美津，大人过世后，美津也落饰出家，法号本寿院。慎德院生前内宠不少，美津运气好，连生下政之助、春之丞和悦五郎等三名男婴。慎德院曾有十多名儿子，可惜大都夭折，只有政之助活了下来。政之助就是如今的将军家定，本寿院也成了呼风唤雨的将军生母。

她阖上眼，回忆本寿院从前的模样。面颊丰润，一双乌亮的大眼睛，彻头彻尾的武家女儿，没什么心机。不过，女子做了母亲，一心为孩子，再木讷的人也会精明起来。本寿院与自己本没什么深交，如今主动示好，想必是为了将军大人吧。

门口响起一个怯怯的声音，是伺候自己的女中。

"将军大人今晚来大奥，已点了志贺夫人相陪。"

"请志贺夫人准备。"她淡淡地吩咐了一句。

志贺夫人……女中走了，她皱了皱眉头。

为了绵延子嗣，将军一般会广置侧室，文恭院大人一生有四十余名侧室，慎德院大人也有九名侧室。可将军大人只有一名侧

① 本寿院：江户幕府第十二代将军德川家庆的侧室，第十三代将军德川家定的生母，本寿院是其出家后的法号，原名美津。

室，也就是宠擅专房的志贺夫人。

眼前浮现出志贺夫人的脸，三十多的人了，眼尾已有了细细皱纹。长眉细目，长相只是清秀，远称不上美人，可将军大人就是宠爱她。

宠爱也是无用，反正不会有孩子的。想到这里，她脸上笼了层红晕，像细白瓷上的樱色釉。她进大奥时立了终身不嫁的志，至今未和男子有过亲密接触。不过，身在大奥多年，男女之事她不是不懂。将军大人只怕是不成的。

秋日的傍晚，斜阳沿着窗棂漏进来，在榻榻米上涂出片片橙黄，鲜艳得过了头。有细微窸窣声，抬头一看，女中举着手烛，一只只点亮走廊上的灯笼，灯笼上罩着黄铜网罩，透出的光也成了富丽的暗金色。

将军大人有隐疾。她是大奥总管，医生们不敢隐瞒。其实她早猜到了。久在大奥，看惯了得宠失宠，早把人心看得透彻。大奥有无数美人，像争奇斗艳的百花，男子都要迷了眼睛。再美又怎样？就算美得惊天动地，也是一时新鲜，久了也丢开手去。将军大人却不同，看起来是一心一意，其实是对女子没有兴趣。

当然，这种事不足为外人道。她知道，将军大人的乳母歌桥可能也知道。歌桥是上臈①，将军大人是她一手带大的。她与歌桥心照不宣了许多年，只有本寿院不知道。

———————
① 上臈：江户时代在大奥侍奉的高级侍女的官职名。

说来也怪，本寿院是生过孩子的人，难道猜不透其中的毛窍？夕阳的余晖照在化妆箱上，遍洒金砂的小箱闪着灿烂金光。本寿院懂的，只是不肯相信。发生在自己身上的坏事，人们总不肯信，仿佛坚持不信，那坏事就不是真的。

太阳还没沉下去，月亮倒出来了。一弯苍白的下弦月，无精打采地挂在淡青色的天上。天无二日，如今大奥却有两个太阳。

当时将军大人还是世子，前后从京都娶了两名正室。一位是关白家的任子，一位是左大臣家的秀子。公家女子向来纤弱，况且江户与京都气候迥异，饮食风俗也不同，这两位都早早殁了。眼看将军大人年纪一天天大了，本寿院病急乱投医，放出话说：只要身体健壮，出身全不重要。

结果本寿院给将军大人娶了萨摩藩岛津家的笃姬，只因听说岛津家女子健康长寿。她觉得匪夷所思——萨摩是外样大名，二百多年前，岛津家和德川家还是敌人。况且，笃姬只是藩主养女，血缘上也不亲近。这样的女子当御台所（将军正室），实在有些不配。

她婉转地劝了本寿院，无奈本寿院只是不听，连歌桥也赞同这蠢主意。再聪明的女子，一牵涉到男子的事，难免就盲了眼睛，不管那男子是情人还是儿子。

为了保险，萨摩藩主岛津齐彬又让右大臣近卫忠熙收了笃姬做养女。笃姬成了顶级公卿的女儿，声势浩大地进了大奥，浩大，未免太浩大了。她是大奥总管，萨摩给笃姬置的嫁妆都经过她的手。葵牡丹莳绘橱台、黑桐凤凰莳绘贝桶、萨摩蓝切子酒壶、锦手狮子香炉……件件价值连城。萨摩是西国强藩，财力惊人，可嫁女到大奥，竟置办这样出格的嫁妆，是要压服大奥诸女吗？

她不喜欢笃姬，可她总是淡淡的，谁也看不出她的喜恶。在大奥那么些年，她早养成了万事藏在心里的本领。她冷眼旁观，只觉得笃姬带来的御年寄几岛可疑，暗地里托人打听，竟探听到了惊天机密。

这秘密太过惊人，她简直不敢相信。不过，她托的人是药师寺元真，那人说的话，她从没怀疑过。

药师寺元真也是旗本出身，与她是旧相识，两家原是邻居，两人算青梅竹马。成年后，她进了大奥，他成了慎德院大人的侍从，之后又成了将军大人的侍从，如今年岁渐长，已是侍从首领的身份。她托人给他送了封信，几日后，寻了个机会，两人在千代田城的吹上庭见了面。

东照神君初入江户时，吹上庭原是一片荒野，杂乱地长着樱树、桃树，还有大片的矮杜鹃，四季花开不断，江户町人常来此游玩。东照神君对吹上庭很是喜爱，命人在风景最佳的区域建起石墙，墙下还挖出护城河，从此吹上庭成为将军家独占的场所。五代将军纲吉最爱风雅，他把吹上庭分为新构、广芝和田地三个地块。新构里设置了花坛、马场以及供游人休憩的茶屋。广芝则是一片翠绿草坪，中间挖出池塘，模拟琵琶湖风光，将军纲吉常带着宠姬泛舟池上。田地则仿照农田景象，种些五谷杂粮，添些农耕意趣。

大奥女官难得外出，那次见面也寻了借口，说要商议重阳节庆典。重阳节是千代田城最重视的五大节之一，诸大名要登城祝将军安泰。中奥大奥都要用菊花装饰，人人还要饮菊花浸泡的佳酿。当时正巧是夏末，也差不多要准备起来了。

泷山到的时候，药师寺元真正立在池边，她刚出轿辇就看见了他。因是在城内，他穿的仍是正经公服。她一直觉得公服呆板，穿在他身上，不知怎么就添了些风流韵致。

跟着她的侍女机灵，轻声请求去花坛看花。她点了点头，忍不住要微笑。

池边种着一丛丛的杜若与鸢尾，已是夏末，浅紫淡白的花朵开到极盛，空气里有隐隐的甜香。池里还播了慈姑草，浅白小花在油绿叶片里若隐若现，羞羞怯怯的，别有一番风情。

药师寺元真望着她微笑。人还是那个人，依然是浓而长的眉，含情脉脉的眼，只是眼下添了细细纹路。是啊，他与她都不年轻了。

她半生耗在大奥，他在外面娶妻生子，如今子女都已成婚，很快就要做祖父。时光滔滔流走，他与她都老了容颜，连心境都不同了。

"泷山大人似乎瘦了些。最近还好吗？"他淡淡地开了口。

"一切都好，药师寺大人身体也康健吧？"他们再不能直呼其名了，大人来大人去，实在啼笑皆非。

"前几日交代的事，已打听到了。"

"药师寺大人辛苦了。泷山不胜感激。"

"你我之间何须如此。"他转过头看她，嗓音带着哀伤。她不敢看他的眼，略低着头，望着池里的水鸟。一对鸳鸯滑行在水面上，一只伸着颈子啄了啄慈姑草，另一只也停了下来，歪着头看，很有兴味似的。

"御台所手下的几岛常与萨摩联系。"见她不做声，他只好接着说。

"唔。御台所是萨摩人氏，思念家乡也是人之常情。"

"不是……"他顿了一顿，不好出口似的。

她抬头望向他，乌黑的瞳仁，上面有滟滟的波光。

"御台所的父亲岛津侯与松平少将等交好，和老中首座阿部伊势守也有了默契，准备拥立一桥民部卿（一桥家主德川庆喜）为将军世子。"他并不看她，只是平板地说着，噼里啪啦地吐出许多不相干的人名。

她低了头，似乎有些不解，再抬起头，眼里带了骇异。她懂了。在大奥那么些年，她早不是泷山家的单纯女孩。他怔怔地想着，有些惆怅，又有些欢喜。

"御台所进大奥是为了一桥？"她一字一顿地说。

"据说奉了养父严命。不光要劝说将军大人，还要说服本寿院。"他叹了口气，像为御台所，也像为自己。

二十出头的娇嫩姑娘，一直无忧无虑地活在遥远的西国萨摩。为了养父的野心，不得不跋山涉水，来到完全陌生的大奥。大奥是什么地方？是金雕玉砌的锦绣牢笼，粉浓脂香的龙潭虎穴。她比谁都清楚。

"几岛与萨摩联络，是报告御台所在大奥的计划进程吧？"

"几岛原是岛津家郁姬的侍女。郁姬嫁到公卿近卫家，几岛也跟着去了，郁姬死后几岛出了家。这次特地还了俗，跟着御台所进了大奥。几岛可是在公家世界里打过滚的人物。"

他似乎还有许多话，见她默不做声，他也停了口。脚下一丛晚生鸢尾，刚到含苞欲放的时候，翠绿叶子又窄又长，像插在土里的利刃，叶间探出点点乌紫，是暗中窥视的眼睛。

她原先就有些疑心。药师寺元真是将军的身边人，有些权势。可是，只是短短几日，他能打探到如此机密的事？萨摩行事不会那么粗心。她闲闲地向下问，他说得有条不紊，显然早已知晓了。

为什么他早知道了？她笑吟吟的，心里有些寂寥，也有些慌张。虽是夏末，空气仍是燥热的。一蓬蓬热风呼呼吹过，泥土和青草气味混在一起，她像被丢在无边无际的荒野里。天圆地方，太阳灼灼地照着，地上长着没膝的蔓草和蓬蒿，她迷了路，找不到回家的方向。

"有些话我只想问元真，不是药师寺大人。"她终于开了口。嘴里发干，嘴唇粘在牙齿上。她舔了舔嘴唇，尝到一丝苦味，是唇上抹的胭脂，山形红花浸汁，一小盒值数十金。

　　他比她高许多，低了头看她，眼睛亮晶晶的，一张脸那样俊秀。以前的日子又回来了，那时他们还是孩子，天真烂漫，没一点心机。可是，旗本家的孩子，生来就是要出人头地的。

　　"为什么你早知道了？"声音倒正常，还带着笑意。人跌进池里，渐渐止了气息，慢慢沉下去，水面上只余下一串气泡，很快消失了，又是一池碧水。表面平静无波，下面有躺着的尸体，睁着眼睛，死不瞑目。

　　他的脸上掠过一阵阴云，随即做出笑容，眼里也带了情意。岁月对他格外温柔，他添了皱纹，笑起来却更像画中人。花开千万种，都似薄情人。花薄情，年年开如旧，人比花还薄情。

　　她垂下头，避开他的眼，只怕发现那情意都是假装。是啊，他们之间本没什么，只是幼时一块长大，谈不上什么情意。只是她傻，是她看不透。

　　"我并不是要瞒你。只是一直不知如何开口。"他急急地说，似乎是怕她误会了。

　　"你不是不知，将军大人怕是不会有子嗣了。"

　　"将军没有子嗣，只得收养子做世子。这些都有规矩可循，你也知道。"他一句一句地说，字斟句酌，不带一丝感情。

　　"你觉得会收哪位大人做养子？"

她不是没想过。自从模模糊糊地知道将军有疾，她也暗暗计较过。将军后嗣必须是德川家后代，无非是"御三家"和"御三卿"的人。

两百余年前的战国时代，群雄蜂起，逐鹿天下。织田信长[①]身死本能寺，手下家臣羽柴秀吉为主君报仇，之后顺理成章地登上天下人的宝座。他改姓丰臣，是为丰臣秀吉。丰臣秀吉事事圆满，却也有一事不足，就是膝下无子。他年过五旬，侧室茶茶生下一名男婴，是为丰臣秀赖。秀吉有了儿子，自然心花怒放，可惜天不假年，秀赖刚满三岁，秀吉一命归西。所谓主少国疑，群臣狼顾，正是因此，德川家康伺机夺了天下，也才有了江户幕府。

德川家康一手颠覆了丰臣政权，从此心里也埋下不安。秀吉若有多个儿子，同仇敌忾，自己还能不能成功？退一步说，秀赖若已成年，自己又有几份胜算？眼下自家长子德川秀忠有儿子，再往后呢？幕府是否会重蹈丰臣家覆辙？思来想去，德川家康把最心爱的三个小儿子立为"别格"。一旦将军直系出现继嗣问题，可以从这三家选拔将军继承人。这三家被合称为"御三家"，领地分别是尾张藩、纪州藩和水户藩，他们可以使用德川姓，也可以使用将军的三叶葵家纹。除了他们，德川家的其他子孙只能使用"松平"

---

① 织田信长：战国时代至安土桃山时代的武将、大名，曾有希望夺取天下，后在本能寺遭遇手下突袭，不敌自尽，羽柴秀吉为其报仇，成为新一代霸主。

姓氏。

德川家康确实老谋深算。他死后一百年，七代将军家继七岁而亡，自然没有子嗣。家继也是独养儿子，并无兄弟手足。幕府主张由"御三家"之首的尾张藩主德川吉通接任将军，可德川吉通急病而逝，死时仅二十五岁。于是，纪州藩主德川吉宗①成了将军大人，是为八代将军吉宗。

将军吉宗是个健壮的年轻人，身材高大，皮肤黝黑，最爱驰马放鹰等户外活动。也许是造化弄人，吉宗的长子长福丸自小孱弱，性情也古怪暴躁，既不爱读书写字，也不爱操练弓马，整天躲在房里与侍女们厮混。而吉宗的次子小次郎（德川宗武）、第四子小五郎（德川宗尹）都是聪明俊秀的人物，小次郎尤为出色。将军吉宗多次起了废长立幼的心思，可无论是将军家还是大名家，一律执行嫡长子继承制，若无嫡子，则以长幼为序。长福丸、小次郎和小五郎都是侧室所出，可长福丸是长子，也是名正言顺的将军继承人。为保幕府秩序不乱，将军吉宗挥泪放弃了心爱的儿子，让长福丸继承了将军之位，是为九代将军家重。不过，因为爱子之心，他仿照先祖故事，把小次郎和小五郎立为"别格"，赐他们使用德川姓氏和三叶葵家纹的权利，将军家重若无子嗣，可以从这两家选拔。将军吉宗还赐了广大的土地供他俩建立府邸，小次郎的府邸在

---

① 德川吉宗：原为"御三家"之一的纪州藩主，后成为幕府第八代征夷大将军，有"幕府中兴之主"的美名。

千代田城的田安门附近，俗称"田安家"，小五郎的府邸在一桥门附近，俗称"一桥家"。

将军吉宗死后，将军家重终于扬眉吐气。他不忿父亲偏爱幼子，故意把自己的次子万二郎（德川重次）也立为别格，与"田安家""一桥家"并肩。万二郎的府邸在千代田城清水门内，俗称"清水家"。从此，田安家、一桥家和清水家合称"御三卿"。

泷山叹了口气。天暗了下来，云影遮住了太阳。右手处有郁郁的丛林，像吹上庭望富士山的高台一般高，有着浓绿的狭长叶子。也许是太高了的缘故，那浓绿色铺天盖地，连天空都被染成了青色。一阵风吹过，叶子沙拉沙拉地响，给夏末的午后添了些深秋的萧瑟。

"这是熊笹，原是虾夷地（现北海道）的奇树，松前藩主献上的。"他轻声说，像是闲话家常。

虾夷地，多陌生的名字，在遥远的北方。据说冬日积雪及膝，盛夏也不燥热，只是凉爽。奇怪的树，长在奇怪的地方。

"说是奇树，你看它的叶子。就是大的笹叶而已。"

果真。那叶子果然是笹叶的形状，只是比笹叶大了许多倍。风一阵阵吹着，叶子瑟瑟抖动，像孩子含在嘴上的竹哨，漫不经心地，一声一声响着。

"自有德院（八代将军吉宗）大人起，数代将军都是纪州血脉。将军大人收养子，怕也不会例外吧。"她望着熊笹，像在喃喃自语。

"不错。'御三卿'名为纪州血脉，实际早不全是了。"

"御三卿"之一的一桥家从上代起就没了子嗣，如今的家主德川庆喜是从"御三家"之一的水户藩收养的。清水家向来子嗣艰难，如今也断了后继。田安家倒是有，可家主德川庆赖太过老实，近乎木讷，人人都不看好。

"别忘了'御三家'的纪州中纳言（德川庆福）。"他平静地说，语调呆板，呆板地过了头。

德川庆福是纪州藩主。她见过那少年，清秀的长脸，一对羞怯的眼睛，肤色白皙，身材也细弱，像个女孩儿。父亲死得早，他四岁就做了藩主，一直呆在江户。论血脉，他是文恭院大人的亲孙儿，慎德院的亲侄儿，将军大人的堂弟，名正言顺的将军世子人选。

药师寺元真只是望着池塘，脸上淡淡的，看不出是喜是悲。风吹着熊笹，叶子摇摇摆摆，映在他脸上。一明一暗，光影往来，他的脸上似有万种表情变幻。

"你支持纪州中纳言？"她猛地转头，一双眼睛瞬也不瞬地盯着他，似乎想看到他的心里。

他避开她的眼，只是不做声。不否认，那就是默认。她心里一震，随后也释然了。一朝天子一朝臣，他是将军大人的身边人，想保住荣华富贵，自然得早作打算。男子不像女子，有的是野心。

他仍是默然，隔了一会说："我并不单单为自己。"

她觉得倦了，不愿再听下去，只是摇了摇头。他忙忙地说下去，似乎千言万语都在嘴边，容不得她不听。

"论血脉，纪州中纳言是最好人选。况且……一桥民部卿的生父水府侯向来与大奥不睦，与你也有过冲突。我不是不知道。"

她忽然有些怕，两手交握在身前，脸色也慢慢变了。她肤色原本白皙，更变得没一点血色。他低着头看她，眼里有痛苦，也有柔情。地上有细细的草，一片连着一片，像上好的萌葱色缎子，草色映在他眼里，乌亮的瞳仁也带了些碧色。她恍恍惚惚想起小时候爱吃的抹茶团子——宇治新茶研末，揉上糯米粉，捏出圆圆的淡绿团子，里面藏着暗紫小豆馅，甜蜜里绞着苦涩。

太阳从云层里钻出来，阳光直射下来，她只觉得睁不开眼。垂下头，发髻上的藤棚蝶鳖甲花笄摇了摇。他还在看她，她能感到那炙热的视线。

"多谢药师寺大人厚意。"她行了一礼。

他站在她身边，一下又挪远了。

"陈年旧事了，我一直记在心里。从我记事，心里就有个人的影子。我和她都是旗本家孩子，身份也般配。可她进了大奥，我再没机会了。我费了好大工夫，在千代田城里找了个职位，只盼能和她偶尔相见。这是我的痴心，她只会觉得可笑吧。"他喃喃地说，像说给自己听。

长风从树梢上掠过，像笛子奏出的乐声，心咚咚地跳，像远处传来的太鼓。她仍然低着头，心里有汹涌的欢喜。那么多年，她偷偷念着他，原来他也一样。可是有什么用呢？半辈子已经完了。他不再是纯真少年，她也不是天真姑娘了。他还有了家室，一切都晚了。晚了三十年。

"我官职低微，能做的有限。可我立了誓，一定要保你平安。"

他说的是真的吗？一个痴情少年的故事，天衣无缝，圆满极了。也许太圆满了，圆满得不像真的。她心里涌上一阵酸楚，两行眼泪直流了下来。他从怀里取出手巾，递在她手里。他有瘦长的手指，即使在夏末，依然冷得异常。她轻轻地按着面颊，不能花了脸上的粉。

"你和谁结了盟？莫非是纪州新宫的水野大人？"刚才流了泪，她嗓音里带了些沙哑，倒添了些凄楚韵致。调子柔柔弱弱，语意却尖锐，像唐织锦垫里的一根针。

甜言蜜语是好的，听起来熨帖得紧。可她已不是三十年前的天真少女了。她的手微微抖着，索性藏在袖子里。

他略有些尴尬，只是一刹那，又用似笑非笑的眼睛看着她。"我势单力薄，总得找个强援。"

没错。纪州新宫的水野忠央是个人物。新宫是纪州藩的支藩，新宫之主水野家代代任纪州藩家老，水野忠央已是第九代。藩主德川庆福年幼，又久在江户，纪州藩大小事宜均由水野忠央一手操办。那人心机深沉，早在数年前就把最美的妹妹送到大奥，做了慎德院大人的侧室，慎德院大人薨了，又和将军大人身边的侍从首领连上了线。

"我收了水野的第五个妹妹做养女。如今药师寺家和水野家是亲眷了。"他笑他自己，笑声又沙又哑。

他和她谁也没说话。池塘里养了红锦鲤，拖着薄纱似的尾巴，在水里自由来去。偶尔碰碰水下的慈姑，也只是好玩，并不是肚子饿。寂寂的一刹那，长得没完没了。

药师寺与水野忠央联了手，水野是为了让自家藩主做将军养子，药师寺为了什么？自己的前途？还是当真为她？也许二者兼有吧，有什么重要？在这混混沌沌的世上，什么是白，什么是黑？什么是真，什么是假？一切都是灰扑扑的，哪有明确的界限？非要探个究竟，只是自寻烦恼。

她微笑着看他，像宽容的母亲看着望着闹个不停的孩子，温柔里带着无奈。

"泷山也觉得纪州中纳言更合适。"

"如此就再好不过了。许多事还得仰仗泷山大人。"

谈话不知不觉地回到了轨道，两个人又重新变成对方口里的"大人"。

"药师寺大人与歌桥大人有些交情。御台所大人的事，还是药师寺大人告诉她比较好。"

他深深地看了她一眼。

"药师寺也是如此打算。歌桥大人自会说给本寿院大人听。"

泷山怔怔地想着心事。不知不觉天已经黑了。女中在门口等着，见她默默出神，不敢出声打扰。

将军大人该来了，志贺夫人也该梳洗好了。得选一名中臈把她送到御小座敷①去。她也得赶紧准备了，要去铃之廊迎接将军大人。

她在镜台前坐下，仔细匀了匀脸上的粉。出门前，她又望了一眼几上的金莳绘化妆箱，脑子里闪过一个念头：药师寺元真动作很快。御台所的事，本寿院已经知道了。

只需静静等着，本寿院会主动找她。

---

① 御小座敷：江户时代千代田城中的房间名，是将军入大奥时的寝室。

将军继嗣

下午是大奥御年寄泷山最安闲的时候。将军去了中奥，整个大奥静悄悄的，她也能偷闲歇一歇。在大奥三十余年，早习惯了忙忙碌碌，可岁数一年年大起来，忙得久了，不免有些腰酸背痛。

重阳节已过，庭园里的金丝菊依然灿烂。薄而纤长的花瓣做柑子色，中间是若草绿花蕊，绿得奇怪，像藏了把草药，让人看着口里发苦。金丝菊的香气也是清苦的。她笑了笑，女子生来辛苦，大奥女子更苦，自春日局①立了森严规矩，到今日已有二百余年，大奥边边角角都被苦水泡得透了，哪还经得起这个？明年还是种些香气甜蜜的花吧。

女中送来一个信封，说是本寿院大人的侍女拿来的。云砂子

---

① 春日局：江户幕府第三代将军德川家光的乳母，大奥各项规则的制定者，权势极大。

地的信笺，短短两行字，字迹却秀丽。本寿院的父亲是书院番，不光武艺精强，据说还写一手好字。

本寿院邀她去赏菊饮茶。她微微一笑，本寿院果然忍不住了。赏菊饮茶是假，商议对策才是真。

对着镜台整了整发髻，又换上件花色素净的外衣，缓缓往本寿院的住所走去。

慎德院（前一任将军家庆）大人的御台所已逝，本寿院是大奥最尊贵的人物。她的起居间大约十六帖，宽敞又华丽。三面拉门绘着海棠花雀，拉手是金葵纹，白地天花板上有金泥涂出的牡丹唐草纹样。秋日暖阳照进房内，与金灿灿的装饰交相辉映，更显得金碧辉煌。主人本寿院却垂着眼坐在黑漆花菱莳绘台前，一副魂不守舍的模样。

泷山恭恭敬敬行了一礼，本寿院勉强一笑，示意她坐下。本寿院与她年龄相仿，也许是落饰出家的关系，看上去颇有些憔悴。

"前日蒙本寿院大人赐下珍品，泷山惶恐。"她笑着道了谢。那梨子地化妆箱是珍品里的珍品。

"都是玩意儿。无须客气。"本寿院心不在焉地说，显然在想如何切入正题。

"你在大奥辛苦多年，这是你该得的。"觉出语气有些冷淡，本寿院赶紧补了一句。

"都是泷山应做的。"本寿院紧张得很啊，她在心里暗笑。

"前几日将军召了志贺夫人陪寝？"

"正是三日前。"

"中臈如何说？"虽是将军生母，虽然年近五旬，本寿院的脸还是红了，不光脸红，整个人都不自在起来。

从五代将军纲吉开始，大奥多了个古怪规矩。将军与侧室同寝，身边必定会有一名中臈随侍。中臈侧身向外，绝不回头看一眼，但也整夜不睡，一直竖着耳朵听身后男女的动静。清晨将军起身，中臈会直接去御年寄处，将晚上听到的一切原封不动告诉御年寄，哪怕只是一声叹息，一句笑语。

制定这古怪规矩也是事出有因。男子满心欢悦时意志最是软弱，贵为将军也是一般。将军纲吉的侍从柳泽吉保最是机敏，他把自家侍妾献给将军，侍妾侍寝时软语相求，竟给柳泽吉保求来了甲州百万石封地。大奥年寄们深觉危险，便有了这样的规矩。

御年寄终身不婚，负责"听床"的中臈也都是未经人事的"清娘"，虽是如此，双方依然尴尬。不过，由于说的是将军大人，中臈羞得满脸飞红，还得恭恭敬敬地慢声细语，御年寄也得正襟端坐，一脸严肃地听着。泷山听了许多年，起初羞得厉害，后来也就惯了。中臈说完，只淡淡说一句"辛苦了，回去休息。"转头便抛在脑后。可今日本寿院突然问起，她还是有些尴尬。

本寿院抢先红了脸，她只有扮出若无其事的样子，平平淡淡地开了口。

"中臈说将军大人很快睡了，睡得十分香甜。"

本寿院叹了口气，脸上有了落寞的神情。她掩饰似地举起茶碗，饴糖色的志野釉，朦朦胧胧地描着两三只春笋。色泽轻柔雅致，衬得本寿院的脸黯淡无光。

"将军还年轻，不过也该考虑一下继嗣问题。未雨绸缪也好。"本寿院取出怀纸按按嘴角。

本来事不关己，泷山忽然生了些怜悯。眼前这母亲始终不愿相信儿子有疾，始终期盼儿子能生下后代，等了许多年，终于到了绝望的时候。本寿院肯定哭了许多回。

"将军大人和御台所大人正当青春，肯定会诞下子嗣的。"得假装毫不知情。

听到御台所几字，本寿院猛地摇了摇头，头上的雪白头巾颤了一颤。

"御台所……既然入了大奥，就是德川家的人，应该处处为将军着想。"本寿院抿住了嘴。她的脸长得稚气，圆脸大眼，纵然添了皱纹，仍有些像小女孩。如今摆出严肃的表情，看着有些好笑。

"御台所大人应该也是这样想的。"她恭恭敬敬地说。索性装糊涂到底。

"不是……"本寿院突然着了恼，把手里的折扇重重拍在台上，四脚花菱绘台微微一晃。

她赶紧低了头。本寿院背后挂着幅雨中渔舟图，下面是一只香炉，袅袅地飘出一缕轻烟。香炉是青瓷千鸟铭，薄而脆的天青色，三足圆身，盖上停着只单脚栖息的水鸟。原是茶圣千利休①之师武野绍鸥②的藏品，后到了太阁丰臣秀吉手中，东照神君得了天下，又成了德川家的宝物。如今在本寿院这，是将军大人的一片孝心。

香炉价值连城，香倒是大奥在秋日常用的落叶香。沉香和藿香揉在一起，香气沉郁，最能养气安神。她从睫毛下瞥了一眼，本寿院依然气咻咻的，这落叶香没什么效果。

"御台所是带着任务入大奥的。她要说服将军立水户的儿子做世子！"本寿院终于说出来了。

"御台所大人身份尊贵，泷山不能相信！"她睁大了眼，嘴唇也抿了起来，做出一副忠肝义胆的模样。

"你是最忠心的，怨不得你不信。我也不愿信。别人还好，水户家的儿子！"本寿院憎恶地吐出水户二字，像吐出一口脏水。

大奥女子人人厌恶水户。水户与尾张、纪州同为"御三家"，可无论在石高还是官位上都逊了两者一筹。也许为了平衡，水户有直指将军之非的"直言劝谏"权。不过，历代藩主韬光养晦，并未把这权利当回事。可二十余年前，德川齐昭新任藩主后

---

① 千利休：战国时代至安土桃山时代的茶道大家，"寂茶"的采大成者，被尊为"茶圣"。

② 武野绍鸥：战国时代的豪商、茶人，其"枯淡""静寂"的审美趣味对千利休影响极大。

立刻指手画脚，指责大奥女子奢靡浪费，应当削减费用，质素简朴。泷山与他见过一面，他虽咄咄逼人，泷山见招拆招，话里绵里藏针，丝毫未落下风。

身为男子，却干涉女子的梳妆穿衣，大奥上下对德川齐昭颇为不满。谁曾想不久后又发生一件惊天丑闻，从此大奥女子视他为十恶不赦的魔王。

德川齐昭是第九代藩主，他的异母哥哥是八代藩主，娶的是将军家齐的女儿峰姬。峰姬出嫁时排场极大，除了嫁妆，也带去不少大奥女中。女中大都貌美，领头的上臈唐桥更是才色兼备的佳人。

唐桥是上方人氏，父亲是朝廷的权中纳言，也是著名歌人。唐桥自小耳濡目染，也是花道、书道、茶道和歌道的行家。她是才女，姿容也端丽，不过她做了上臈，也就选了终身不婚的路。水户八代藩主英年早逝，弟弟德川齐昭做了藩主，峰姬也挪了地方居住。不久，女中们谣言纷纷，说唐桥夜夜哭泣，不思饮食，似乎有些异常。峰姬把唐桥召来询问，唐桥泣不成声，说德川齐昭用强，腹中还有了孩子。峰姬大惊失色，早知德川齐昭好色成性，内宠众多，竟连姬君的上臈也敢下手。她立刻向将军告了一状，将军听说罪魁祸首是"御三家"之一的水户，公开追究有些不体面，决定含糊过去。大奥悄悄派去一名医生，给唐桥堕了孩子，峰姬又把唐桥送回京都养病，才算了结此事。

这是天大的丑事，没多久大奥人人皆知。本寿院当时是将军侧室，岂有不知之理。如今御台所想让德川齐昭的儿子做将军世子，本寿院万万不能接受。

泷山暗暗叹了口气。听说一桥民部卿（德川庆喜）少有才名，在各大名里颇有人气，也许是不错的世子人选。不过也没办法，谁叫他有那样的父亲呢。德川齐昭以为春梦了无痕，怕早忘了唐桥这个人，谁知天理循环，会千回百转报应到儿子身上呢。

有短暂的静默。本寿院垂着眼睛，只看着摆在金莳绘台上的茶点。黑檀木匣子，上了层薄薄的黑漆，边角处遍洒金砂，拼成小巧的暗金色葵纹。匣子里盛着猩猩羹，真绯色的长条，像是鲜血染出来的。

猩猩羹是羊羹的一种，金时小豆加上砂糖熬煮，再掺入葛根粉和染料制成。因加了太多糖，泷山一直嫌它甜腻，吃在口中黏黏的，不够清爽。不过，据说御台所十分喜爱猩猩羹。

黑檀匣子光洁如镜，匣底黑幽幽的，衬得猩猩羹红得刺眼。泷山怔怔地看着，突然瞥见匣上的葵纹，不禁有些刺心。她慢慢抬头，发现本寿院也看得呆了，可能也在想同样的事。

落叶香燃尽了，香炉盖上的水鸟也落寞起来，还是单脚立着，只是闷得盹着了。秋日的风一阵一阵吹进来，带着菊花的香气，苦茵茵的，像吞了口苦药，一直苦到心里。得吩咐人多种些金木樨，冲冲这浓得化不开的苦。泷山惘惘地想。

"将军世子的事还得考虑。"本寿院突然说。

泷山点了点头。

"纪州中纳言是个好孩子。"

泷山在心里笑了出来。本寿院果然是直心肠的女子，说话直来直去，没一点掩饰。能在大奥里有今日地位，只能说运气好。

本寿院也觉得不妥，掏出怀纸按了按嘴角。"论血缘，纪州中纳言是将军的堂弟。况且他年纪小。世子年纪太大，看起来古怪。"

本寿院赶紧举出两个理由，表明自己有理有据，并非弄权的野心妇人。

不用着急，本来就不是。泷山暗暗说。

脸上还是佩服的神色。"本寿院大人考虑得周全。"

再添上一句。"泷山唯本寿院大人马首是瞻。"

本寿院松了口气。"你在大奥多年，上下无不拜服，将军也对你赞不绝口。如今有你相助，我们也安心了。"

我们到底是谁？泷山突然起了促狭的心。

"本寿院大人请放心。大奥之内交给泷山。"她特地选了慷慨激昂的调子。

"那就好。外面有筑前守操心。"本寿院脱口而出。

药师寺元真官名筑前守。果然是他。

女人对美男子总是偏心，更何况他谈吐温柔，举手投足都似含情，说起话来千回百转，似乎全心全意为对方考虑。本寿院这样单纯的女子，哪里敌得过他的九曲肚肠？

她原本抱了云端看厮杀的玩笑心态，谁知念头一转，又转到自己身上。自己和本寿院岂不是一样？不，自己笑本寿院，其实自己更傻，明知药师寺元真的话不尽不实，依然决定要帮他。

在大奥呆了三十余年，自诩清醒超脱，原来都是自欺欺人。女人总是傻的。泷山暗暗叹了口气。

同　盟

　　西国雄藩萨摩在江户的藩邸位于芝三田，俗称三田藩邸。因是七十万石的雄藩，藩邸金雕玉砌，气派豪华。加上御台所入大奥前曾在此暂住，为迎接贵人降临，藩主岛津齐彬更花了重金整修，还在庭园里广植奇花异卉，不少珍品是从萨摩千里迢迢运来的，花费惊人。

　　正是初秋，江户的燥热一扫而光，空气干净澄明，晚风带来菊花清苦的药香。藩主岛津齐彬最爱白菊，三田藩邸里种了许多。秋风刚起，白菊开得灿烂，远看像团团残雪。

　　花开正好，西乡吉之助①却无心欣赏。他身材健壮，方脸浓眉，很有萨摩男子的气概。他原是下级藩士出身，本该碌碌一生，

---

　　① 西乡吉之助：江户时代后期至明治初期的武士、军人、政治家，后名西乡隆盛，"明治维新三杰"之一。

却因一纸建议书得了藩主的青眼。藩主喜爱兰学（洋学），在藩内兴洋务、重整军备，也不拘一格选拔人才。他的建议书情真意切，引起了藩主的注意。正巧藩主要上江户公干，把他也带了来。

他出身低微，没有直接拜见藩主的资格。藩主特地给了他"庭方役"的职位，召他谈论政务。他对农业有些见识，藩主听得频频点头，之后也给他讲了许多兰学知识。藩主做世子时便大有名气，被时人称为"四贤侯"之一，与越前福井藩的松平庆永、土佐藩的山内丰信、宇和岛藩的伊达宗城齐名。

也许是前世有缘，初见藩主，他佩服得五体投地，还在日记里写道："甘为大人鞠躬尽瘁。"藩主也赏识他，时时召他谈论政务，对他的信任超过了许多藩内老人。藩邸里的侍女们都知道，西乡一来，藩主大人敲烟管的声音都越发响些，因为谈得实在高兴。

藩主大人恩深义重。回忆旧事，西乡吉之助反而哀伤了起来。侧头向外看去，一轮月亮高悬天际，说圆不圆，说扁不扁，像女人的脸，是模糊的鸭蛋形。月亮发出冷冷的光，煞白的，是女人脸上的厚粉。西乡家世代都是萨摩人氏，习惯了暖热气候，江户虽然繁华，他就是爱不上。在他眼里，连月亮都是萨摩的好。金色的月亮，低低悬在海上，上有幽蓝的天，下有闪着银光的海，远处是黑黝黝的一大片，那是浮在海上的樱岛。

今晚天色尤其不好。月亮阴沉沉的，天空也黯淡，墨灰色，没有一丝云，无边无际地伸展着。看着天，人像孤身呆在荒野里，心里有隐隐的恐惧。

也许是因为心情不好。藩邸的侍女总管小岛找过他，还带来了几岛的密信。几岛是御台所身边的侍女，在近卫家呆过几年，待人接物最是得体，更难得精明机警。御台所身负重任，藩主特意把几岛召了回来，跟着御台所入大奥。几岛是御台所身边最得力的人，计划进行得如何，都是几岛直接与小岛联络。频繁书信来往未免遭人疑心，几岛会以御台所思念家乡饮食为由写去书信，小岛的回信再由送吃食的人带入大奥。大奥人人皆知，御台所酷爱萨摩的赤味噌，没了它一口饭也吃不下。

几岛在信里说计划尚无进展。将军生母本寿院总说将军与御台所正当青春，关系又和睦，很快子嗣有望。御台所和将军大人提起立世子一事，大人也不兜揽，总淡淡地岔过话去。大奥女中们与御台所带来的侍女不太来往，大奥总管泷山还命人在仓库里特别设了味噌桶，说难得御台所有爱吃的食物，最好能在大奥做出来，不用老劳烦御台所母家。

西乡吉之助叹了口气，眼里带了焦虑的神气。看样子大奥已知道了。泷山是要斩断御台所与萨摩之间的联络呢。

御台所当真辛苦。他想起笃姬的模样，长圆脸，乌沉沉的大眼，略厚的嘴唇紧紧抿着，神情坚毅，没有一般女子的娇弱气质。她不是藩主女儿，是从岛津分支今和泉家收养的。因为身份略逊，藩主还把她送到近卫家，由右大臣近卫忠熙收为养女，改名敬子。近卫家是公家社会顶尖的"五摄"家之一，当得起御台所母家。

为了让她在大奥里不受轻视，藩主还拨了大笔银子，专门给她购置嫁妆。藩主唤了他去，把备嫁妆的任务交给他，叮嘱所有物件都要足够珍奇。所有嫁妆都经过他的手，无一不光华灿烂，梨子地、莳绘、金泥、金线、加罗纱，所有奢靡手段都用尽了。嫁妆加婚礼花费超过了十万两，御台所终于声势浩大地进了大奥。可是，如今也是不成了。

藩主在萨摩，必须尽快告知他这个消息。大奥指望不上了，只有赶紧换其他方法。若是用飞脚，书信最快七天能送到萨摩鹤丸城。

一连十多日，一直没收到几岛的密函。泷山当真厉害，把大奥守得像铁桶，连根针都插不进。送御台所入城时他曾见过泷山，四十多岁的女子，看上去极年轻，直如三十许，单看脸也是美人。说话周到客气，举止文雅优美。不过，他第一眼见她就觉得不好惹，脸上虽有微微的笑，那神气却是发号施令惯了的。

转眼已是初冬。他最恨江户的冬天，白天有阳光还好，一到夜里简直滴水成冰。一早起来，走廊上亮堂堂的，阳光正好。他随手拿了一卷书，近来心绪不宁，读书静静心也好。

105

冬日的阳光，看着金灿灿的，照在身上只有稀薄的热。空气冰凉，一呼一吸，鼻子里酸溜溜的。他盘腿坐着，捧着杯热茶。一口一口喝着，不是品茶，只是为取那一点暖意。茶是滚烫的，手心贴着茶杯，烫得微微发红，指尖还是冷的，冷得发了木，翻书都不灵便。好容易翻开书页，不经意一瞥，却是水户学者藤田东湖赠给他的。他心中一痛，像被扎上了一根针——东湖先生已经不在了啊。

藤田东湖是原水户藩主德川齐昭的亲信，更是全国知名的"水户学"学者。西乡吉之助刚入江户时曾慕名拜访，深为折服，之后屡屡出入藤田东湖所在的水户藩邸，也结识了许多水户藩士。可惜一年前江户突遭地震，藤田东湖逃出房间，却发现老母被困。他回身营救，刚把母亲抱在怀里，一根屋梁落下，生生打在他身上。母亲得了救，他却死了。

西乡吉之助怔怔地望着书，佣人悄悄走了进来："桥本大人来访。"

他赶紧起身，桥本左内①站在远处笑吟吟地望着他。

桥本左内是越前福井藩士，原是藩医世家出身，被父亲送去大阪学兰医（西医）。桥本自幼聪明，有"麒麟儿"之称，除了兰

---

① 桥本左内：江户时代末期志士、思想家，越前福井藩藩士，少有才名，15 岁著有《启发录》一书。

医，桥本还在大阪学了不少兰学，也与若狭小浜藩士梅田云滨[①]、肥后藩士横井小楠[②]等知名豪杰有所来往。藩主松平庆永对桥本很是看重，提拔他为书院番，还把他派到江户公干。

去年年末，他与桥本在水户藩士原田八兵卫家相识。初见时觉得桥本有些古怪，虽是北陆的越前福井出身，言谈举止却有上方气派，相貌也太俊俏了些。聊得熟了，发现桥本对兰学极是精熟，才知他少年在大阪求学，比起越前福井，倒在大阪呆得更久些。刚从大阪回去，又被藩主松平庆永派到江户来了。

后来两人常常见面，没多久成了意气相投的朋友。今日桥本又来了。

桥本左内比西乡吉之助小三岁，形貌风采也大不相同。西乡是宽肩窄腰的健壮男子，面色黝黑，浓眉大眼。桥本身材颀长，肤色白皙，举手投足都潇洒得紧。西乡在衣着打扮上向来随性，桥本却不同。

桥本左内披着黑八丈长外套。唔，今日倒简素，西乡吉之助默默地想。再定睛一看，里面衬着纳户蓝小袖，隐隐透出贴身内着，团十郎茶的底子，遍染红蓝二色的暗纹。

---

① 梅田云滨：原名源次郎，云滨为雅号。江户时代末期儒学者，尊王攘夷志士们的偶像。

② 横井小楠：江户末期武士、儒学者、政治家，推崇改革主张。曾被福井藩主松平庆永聘为顾问。

团十郎是有名的歌舞伎艺人，容貌俊美，在江户大有人气。他肤色极白，偏爱穿一种浓得化不开的茶色衣服，江户人便把那茶色唤作"团十郎茶"。桥本刚来江户一年，却把握了江户流行。

"冬日不出门，闭户观书。西乡大人当真风雅。"桥本微笑着坐了下来。

"随手取了本，一看竟是东湖先生的遗品。心里有些感触。"西乡垂下了眼睛。

"天妒英才。东湖先生学识渊博。因为他，天下谁人不知'水户学'？"

"正是。犹记得我与先生初逢时。听先生滔滔不绝，直如置身一泓清水，全身洁净，心中无一丝阴云。差点连回家的路都忘了。"西乡长长叹了一声。那时他还是刚来江户的乡下青年。萨摩虽是大藩，毕竟僻处西国，难免见识浅陋，一见藤田东湖，他立刻惊如天人。

桥本点了点头。"若无东湖先生，我二人也无缘相识了。"

正是。因为藤田东湖，他们与水户藩士多有来往，才会在原田八兵卫家相识。

"十二月二十七日晚上。"西乡微笑着说。

"原来你还记得。初见西乡，只觉得是血气旺盛的燕赵悲歌之士。没想到后来成了知交。"

西乡吉之助想起初见桥本的情景。狭小拥挤的原田宅，挨挨擦擦坐了许多武士，大都衣着随便，吵吵嚷嚷。桥本左内端坐在屋角，衣饰雅洁，器宇轩昂，像是鹤立鸡群。

"我二人有缘，一居萨摩，一处越前，山长水远，本来不会相遇。可你我都得藩主大人眷顾，又被大人带到江户来，于是有了今日。"

桥本左内低了头，似乎有些感慨。藤田东湖的书还在西乡手边，阳光照在上面，书页被笼上一层淡金色的光芒。有些话哽在心里，像鱼刺卡在喉中，总得说出来，不吐不快。

"东湖先生主张攘夷，桥本不敢苟同。"桥本安安静静地说，声音单调，脸上也没有表情。说完后垂着头，不敢看西乡的眼。西乡视藤田东湖为恩师。

有一阵短暂的静默。没有点火钵，房里非常冷，只觉得天寒如冰，两人坐着不动，一呼一吸冒着白气，像深山修炼的仙人。

"我国乃神国，蛮夷滋扰，使我不得安生，所以攘夷是大义。上至尊贵大名，下至我等，无论心中如何想，表面总要支持攘夷。只有你才如此坦荡。正是因此，我才始终当你是最好的朋友。"西乡脸上露出了微笑，雪白的牙齿闪了闪，映着黝黑的脸膛，分外耀眼。

一只麻雀在走廊下一跳一跳，像是累了，缩着脖子停了下来。也许为了御寒，它有丰盛的羽毛，看上去鼓鼓囊囊，像穿了几层焦茶色棉外罩。圆圆的脑袋歪着，乌油油的眼好奇地看着他们。桥本左内微微笑了。

"原先我家大人也一心攘夷，与水府侯算是同志。后来听了伊势守的劝说，知晓以当今国力，盲目攘夷毫无胜算。只有待海防充实，国力强盛，才可与美英列强平等交流。"他口中的大人正是越前福井藩主松平庆永。

"萨摩也在兴洋务，置了不少洋式枪械。口口声声说蛮夷，他们比我们先进地多。就拿枪械来说，我们用惯了的火绳枪不值一提，天悬地隔。"西乡叹了口气。

"所以岛津侯与我家大人交好，想法着实相似。人人皆知'四贤侯'之名。"

"四贤侯"说的是四位英明聪慧的大名，分别是松平庆永、岛津齐彬、山内丰信和伊达宗城。只有松平庆永是与将军家一脉相连的亲藩，后三家都是外样大名。外样大名与将军家并不亲近，虽然石高不低，一直不被信任，也不能在幕府担任职务。

"我家大人是外样，与松平少将大人始终是不同的。亲藩与将军家血脉相连。"西乡喃喃地说，眼睛盯在手上，手指上有微微的凸起，是长年练刀留下的腒子。萨摩向来是西国之雄，兵雄势大，军士也勇悍。战国时萨摩若拼死抵抗，德川家康未必能一统天下。直到今日，幕府依然对萨摩岛津有几分忌惮。

"我家大人性情直爽，向来不以亲藩自居。其实亲藩不亲藩打什么紧？今时非比往日，幕府也不是以前的幕府了。"

阳光淡淡的，像快烧尽了的火把，再努力，也只能放出微微的光。这就是冬日的太阳，缺乏热力，也少了灼人的威势。眯着眼向天上看，只是个白色圆球，高高地挂着，让人心生恍惚，分不清到底是太阳还是月亮。

桥本说的是。今日幕府早不复往日威严了。

两人都低了头，各自想着心事。幕府主张开国，开国确实是正道，盲目攘夷毫无胜算。可不少人并不这样想。水府侯之流的攘夷派不少，还有许多打着攘夷旗帜的人，明里攘夷，暗里想要分一杯羹，借攘夷插手幕政。

自家大人是开国派，但萨摩藩里的攘夷势力依然很盛。大人不斩草除根，难免是在留一手。岛津家当了许久的外样大名，对幕政毫无发言权，也是憋屈，大人只怕有所图谋吧。西乡渺渺想着。抬头一看，桥本正望着他，眼里有一点了然的光。只怕桥本也猜得到。不过，许多事还是不要说穿吧，对彼此都好。

好在两藩交好，目前仍是同盟。

朔风一起，江户一日冷似一日。在芝三田的萨摩藩邸，西乡吉之助终于点上了旺旺的火钵。火钵上架着丝网，上面零散地放着几块年糕。萨摩的年糕是圆形，江户却是方的。雪白细腻的方块，遇了火，慢慢鼓胀起来，成了胖大的不规则体。涨到极限，中间裂开细细的缝隙，有些焦黄色泽，香气在房内弥散开来。

边上放着只白釉萨摩浅碟，盛着江户本地产的酱油。年糕快好了，待会要刷些酱油上去。标准的江户吃法。

西乡握着火箸，耐心地给年糕翻个。江户寒冷，因此有了萨摩不常有的冬日风情，比方说围炉烤年糕。不过闻着香得很，吃在嘴里也一般。闻着比吃着好，吃着不如吃不着。他微微笑了。

还是烤鱼干合他的胃口。江户湾打捞的柳条鱼，细细窄窄，没多少肉。渔夫捞上来后摊在笸里晾晒，几天后成了筷子粗细的鱼干。架在网上略烤烤，焦香四溢，比烤年糕有嚼头。

藩主大人的回信来了。说不好让御台所为难，举荐一桥民部卿的事得另想办法，不能再拖下去了。西乡对藩主大人忠心耿耿，有时也不免有些疑惑：藩主为一桥民部卿费心费力，是否只是因为一桥聪明有见识，能有力统帅幕府，应对"三百年未遇之变局"？萨摩是外样大名，与幕府关系向来不亲厚，甚至有些尴尬，何必如此尽心？与藩主志同道合的还有土佐山内侯、宇和岛伊达侯，这两位也是外样大名啊。联想到藩内的攘夷势力，他暗暗叹了口气，藩主大人其志不小，想要借将军继嗣一事插手幕政呢，若是不成，攘夷也是借口。只怕山内侯、伊达侯的想法也差不多吧。

乌鸦呱呱叫了两声，叫声暗哑，还带着忧愁，像有说不出口的心事。乌鸦成群也是江户特色，无论春夏秋冬，江户日日都有乌鸦盘旋空中。

有焦味钻进鼻子。不好！沉在思绪里，竟忘了火钵上还烤着年糕。丝网上排着几块焦黑物事，完全看不出曾经的白胖模样。西乡吉之助呆了一呆，半皱着眉头笑了。

各怀鬼胎

东照神君初入江户时，江户只是小小城池，城周的护城河叫日比谷入江，直接与江户湾相通。东照神君命人填了日比谷入江，造出一片新地。神君开府后，这片新地被称为御曲轮内，相继有二十余位大名在此建了藩邸。经过历代将军经营，江户面积逐渐扩大，道路也屡有变化，御曲轮内成为中心的中心。

如今过了常盘桥就是御曲轮内，中间一条小路，两侧是鳞次栉比的藩邸。因为藩邸众多，江户町人将这条路称为"大名小路"。

大名小路的左手第一家是越前福井藩邸。越前福井藩是亲藩，不仅与将军家血脉相连，更是亲藩中的领袖，"御家门"之首。越前福井藩地处北陆，与加贺前田家领地不远。加贺前田家财雄势大，与丰臣家又大有渊源，虽向神君表示恭顺，神君依然放心不下。他把次子结城秀康封在越前福井，正是有监视加贺前田家的用意。因为身兼重任，历代将军都对越前福井藩另眼相看。单从藩邸就看得出来，同在大名小路，越前福井藩邸比对面植村骏河守和松前伊豆守两家加起来还大。

越前福井藩邸的书院里点着两只长火钵，火烧得旺旺的，烘得室内温暖如春。藩主松平庆永坐在黑漆涂笹唐草纹棋台前，桥本左内斜斜坐在对面。松平庆永拈着一只棋子，侧头望了望室外，突然看住了。早起天空乌云密布，到了午后，终于飘了雪。刚开始只是细小的雪珠儿，渐渐变大了，纷纷扬扬地下着，雪花却是灰白的，还没落地就被像踩了一脚。

松平庆永回过头，脸上带了笑，"江户的雪，最大也就这样了吧。"

"和越前福井相比，江户的雪只是一点雪影儿。"

"你是越前福井人氏，在大阪求学多年，如今又来了江户，这三地的雪有什么不同？"

桥本左内想了想。

"越前福井的雪晶莹洁白，却让人生了寂寞。京阪的雪厚重沉郁，像带着千年的尘埃。江户的雪有人气，有烟火气，最热闹嘈杂。"

"我生长在江户，后来去了越前福井，转眼也十年了，仍然觉得不惯。"松平庆永叹了口气。

松平庆永是"御三卿"之一田安家的第八子，虽是侧室所生，自小也娇生惯养。长到九岁，伊予松山藩主松平胜善膝下无子，先定了他做养子。谁知一年后越前福井藩出了不吉事，藩主松平齐善急死，还未留下子嗣。藩主无后，难免要交回封地，越前福井藩托了不少关系，抢先将松平庆永收为养子。于是，刚满十岁的松平庆永成了"御家门"之首的越前福井藩主。

虽然做了藩主，他一直留在江户，十五岁那年才第一次去了越前福井。叫来家老查账，发现藩里有九十万两银子亏空，藩财政已到崩溃边缘。松平庆永主张改革藩政，可藩内守旧派阳奉阴违，只把他当做无知小儿。松平庆永是将军本家出身，哪里受过这等轻视，一怒之下把守旧派全部罢免。他也亲手提拔了一批年轻俊杰，桥本左内就是其中之一。

松平庆永只比桥本左内大几岁，是地地道道的江户性格，喜华服、爱美食，欣赏风流倜傥的人物。桥本左内生在越前福井，却在京阪过了多年，举手投足都是上方气派。松平庆永原看重他精通洋学，几次接触，发现他谈吐不俗，举止风雅，对他的喜爱又多了一层。此次来江户公干，也把他带了来。

长火钵烧得正旺，两人身上都起了汗意。桥本左内走到火钵前，赤红的炭窝在灰白的灰烬里，发出噼噼啪啪的微弱声响。提起火箸挑了挑，火箸拿在手里沉甸甸的。他低头看了看，象牙嵌黑檀的柄，前端是黄铜所制，象牙镂出螺旋状，看上去颇有西洋趣味。

没有一丝风，雪安静地下着。地下积了一层雪，天空竟也是白的，白茫茫的天，白茫茫的地，中间是飘洒的雪，白色笼罩了世界。

松平庆永一脸若有所思，"萨摩的人该来了吧？"

芝三田萨摩藩邸昨日派了人来，说想面见藩主。已约了今日申之刻，快到时间了。

话音刚落，有卫士匆匆赶来，萨摩的人已等在门口了。

松平庆永扬了扬下巴。是谁呢？是在江户的家老？还是居留役？岛津齐彬有什么事？

一位武士伏在地上，身材壮实，面色黝黑，正是西乡吉之助。

"芝三田藩邸庭方役西乡吉之助拜见大人。"

松平庆永皱起眉头。庭方役只是寻常职位，岛津齐彬为何派他来见自己？

"西乡官职低微，本无缘拜见大人。只是鄙上有密函，西乡不敢托人转交。"像是看穿了他的心思，伏在地下的武士朗声说。

松平庆永笑了笑。不愧是岛津齐彬的亲信，看着朴实，心思倒灵敏。

西乡吉之助从怀里掏出一个信封，桥本左内接了过来，向他挤了挤眼。

西乡吉之助只作不见，依然一脸严肃。

岛津齐彬的信并不长，写得也隐晦。说大奥之事不谐，只有请老中们一起推荐。他与土佐藩主山内丰信、宇和岛藩主伊达宗城也会上建议书。松平庆永撇了撇嘴，将军继嗣一事，岛津齐彬当真花了大心思。

"御台所在大奥很辛苦吧？"松平庆永放下信笺。

"正是。大奥御年寄泷山守得很紧。"

"告诉你家大人，我已明白了。近日联络老中们，你在芝三田等着，一有信我就派人去。"

"西乡代鄙上感谢大人。"西乡吉之助俯下身，额头贴在榻榻米上。

"无须客气。我与岛津齐彬是多年知交了。"松平庆永笑着说。

西乡吉之助告辞回去，偌大的房内又只有松平庆永与桥本左内了。

松平庆永望着棋台默默出神，桥本左内不敢出声打扰，正好欣赏屋角放着的一瓶红梅。松平庆永喜欢华美装饰，命人折了极大枝的红梅插瓶。墨黑的虬曲枝条，紧贴着朵朵梅花，上午还是含苞欲放，许是房内温暖，竟一起开了。嫣红花瓣，淡金花蕊，颜色太鲜艳了，花朵虽不多，看上去却密密匝匝的，有种说不出的热闹。下面却是只素到极点的青瓷瓶，是明的唐物①，漂洋过海来

① 唐物：日本古代对中国制品的雅称，多指宋、元、明时代的艺术作品。

到日本。极清淡的青色，瓶口瓶颈有隐隐的牡丹纹，瓶下有锯齿纹，据说叫"九官青瓷"，极是珍贵。桥本左内暗暗点了点头。红梅太艳，若插得不好，有种小门小户的喜气，可主君特别配了拙拙的花瓶，一下压住了红梅的俗气，只留富丽华贵。

"岛津齐彬是聪明人。"松平庆永突然笑了。他仍然垂着头，一双眼睛盯在自己手上。白皙细巧的手，没吃过一点苦。他是金枝玉叶的出身。

桥本左内只是点头，知道主君还有话说。

"他花了许多银子，更花了许多心思，才把笃姬送到大奥去。他对她寄予厚望，我却始终不赞成。大奥是什么地方？女子都是成了精的。笃姬一个西国女子，在里面有什么作为？果然让我猜中了。"

"再说，大奥对德川齐昭的恨意……那时我年纪小，却也见过唐桥，确实是风姿秀雅。德川齐昭真是唐突佳人……"

桥本左内低下了头。唐桥的事他听主君说过。

"如今岛津齐彬又求我向老中们分说。老中们都是明哲保身的人精，哪有那么容易。"

桥本左内心头一动。"请恕桥本无礼。岛津侯是否在利用大人？"

"唔。岛津也好、山内也好、伊达也好，石高再多，领地再大，毕竟是外样大名。想与老中们交结，还是有些困难，所以他们要央我出面。要说利用也是利用，不过我却要帮他们。一则幕政确实糟糕，我看着干着急，也插不上手。二则，如今的'芋公方'也够呛了，幕府需个像样的将军。一桥虽有个攘夷的糊涂爹，自己却不糊涂。"

"芋公方"是松平庆永给将军家定起的诨号。"芋"字暗指将军家定喜用萨摩芋制作点心，同时也有呆傻的意思。

"一桥一成将军世子，就立刻让'芋公方'退位隐居。岛津他们要参与幕政，但他们身份不够，必须要一个德川家的人。如今德川家还有谁呢？"松平庆永笑了笑，侧头看着门外的雪花。

桥本左内看了眼主君。窄脸高鼻，大而亮的眼，虽然带着笑，眼里却毫无温度，像是冬日的江户湾。阳光照着，海水波光粼粼，带着些金色，给人温暖的错觉，伸手一触，却是冰冷刺骨。

主君是第十一代将军家齐的亲侄儿，据说相貌有八成相似，铺张的性子更像了个十足十。论血缘，他是天潢贵胄，论辈分，他是将军家定的亲堂叔。藩里的老人们曾暗中叹息，主君若留在"御三卿"田安家，没准能做将军世子，再登上将军宝座。可惜他入了越前福井藩做养子，改姓了松平。虽然还是亲藩，还是将军一脉，可毕竟是不同的了。

三十二万石的"御家门"之首，千代田城大廊下的常席……这些凡人艳羡不已的身份，在主君眼里根本算不了什么——他原本可以得到更多。桥本左内忍不住打了寒颤，幕府欠他的，他要讨回来？所以不惜与外样大名们携手，要借他们的力回幕府去。他做不了将军，可以做大老，一人之下万人之上，比老中们还威风得多。

已是傍晚。因为下雪的缘故，天空还带着灰白色的亮影，不像夜幕将至，倒像破晓之前。松树上积了雪，看上去胖胖的，有些滑稽。山茶也积了雪，花朵和雪做了一处，越发分不清哪里是雪，哪里是花。空气是清冷的，更显得房内暖和，红梅被热气烘了许久，憋足劲散出浓烈的芬芳。梅香原本清寒，因在主君房里，竟也改了性，香气氤氲，熏得人混混沌沌。

松平庆永脸上的笑意更浓。他在笑什么？桥本左内想起小时候，那时母亲爱养朝颜。院子窄小，母亲特意搭了篱笆，让朝颜的藤蔓横向生长。可它偏偏要向上，伸出嫩绿的小小触手，两日后就爬上了墙头，是觉得那儿离太阳更近，也更宽敞吧。墙那边就是邻居家，母亲怕邻居闲话，总把藤蔓一刀割断。可它依然伸出触手，不久又回了原地。他觉得朝颜奇蠢无比，一次次被割断，又一次次长回去，爬上墙头也呆不久，干吗不沿着篱笆横向长？如今他忽然明白了。藤蔓向阳，飞蛾扑火，那是命里注定的渴望。藤蔓断了还会长出新的，飞蛾落在几上，依然有更多的同类前赴后继。刻在心里的渴望是抑制不住的，为了它，什么都可以牺牲，什么都能放弃。人也一样。为了接近权力，主君要做反德川的事，哪怕身上流着德川家的血——外样大名曾是德川家的敌人，也是幕府二百余年一直提防的对象。

"好了。我得给好女婿写封信哪。"松平庆永突然开了口，玩笑的口气，还带着一丝嘲讽。

桥本左内低下头，在肚子里笑了笑。主君口里的"好女婿"

是老中首座阿部正弘。阿部正弘中年丧妻，主君听说越前福井下面的支藩有位姬君十分美貌，特地收了她做养女，又把她嫁给阿部正弘做填房。那姬君叫谧姬，出嫁时年方十六，足足比阿部正弘小了十九岁。阿部正弘对谧姬百般宠爱，对松平庆永这"岳父"也客气非常。虽然松平庆永比他还小上几岁。

"上次你开的方子还行。不过近日早起有些头晕。"松平庆永低声说。

"莫不是因为新纳了侍妾的原因？"桥本左内歪着嘴角。

"罢了罢了，我还未满三十呢。你先回去，晚上过来取信，再帮我诊断诊断。"松平庆永大笑着说。

前日下了半日的雪，下到晚上也没停。一早醒来，地下积了厚厚的雪，天上倒有一轮金色太阳。用了早饭，天晴得越发好了，淡金色的阳光映着皑皑白雪，有种渺渺的不真实感。阿部正弘上了轿辇，准备往千代田城去。

自宽永年间开始，老中实行轮休制。十五天为期，众老中轮流去千代田城处理政事，有重大事件才会一起上城。不过，阿部正弘是老中首座，上城的频率要高得多。

江户是首屈一指的大城，街上人来人往，热闹非凡。阳光暖暖地照着，又受了雪木屐的碾压，地上的积雪迅速融了，和屋檐上滴下的雪水融在一起。流水潺潺，人像走在溪边，人声鼎沸的江户顿时有了些山野风情。

上午还暖洋洋的，到了阿部正弘下城时，又是寒风刺骨的冬日天气。融化了的雪水重新冻住，地上多了亮晶晶的一层。路人小心翼翼地走着，江户人素来爱体面，若当众跌了一跤，真是大大的丢脸。

阿部正弘的福山藩邸在千代田城西之丸下，近在咫尺。不过，也许是脚下湿滑，轿夫们的步子比往常小了许多。

按规矩，老中们的轿辇必须急行，要比一般轿辇快出许多。这里面有个缘故：老中轿辇若平日缓行，一旦有紧急情况，老中心里焦躁，轿夫的脚步也比寻常快出许多。路上的町人看见，自然能猜到政局有变，顿时生出许多谣言。而无论有事无事一律急行，町人也无从琢磨了。

回了藩邸，阿部正弘匆匆吃了饭，一头钻进书院。他有事情要想。

松平庆永给他写了信，让他说服老中，一起拥立一桥民部卿做将军世子。本来，谁做将军都一样，政务向来是老中们处理，将军只是点点头罢了。可松平庆永来信，他也不能置之不理。一则那人是与德川家血脉相连的亲藩，二则也是名义上的岳父，再说回来，那人与外样大名交好，不可小觑。不过，老中们各怀鬼胎，全部说服不是容易事。

他皱起眉头想了又想。

内藤纪伊守信亲只怕是不成的。那人对将军最忠心耿耿。去年江户地震，那人刚逃出藩邸，立刻去了千代田城确认将军安康。既然如此，肯定认为血缘重要，一桥民部卿在血缘上与将军远了些。

牧野备前守忠雅倒是不妨。在一起共事多年，那人对自己言听计从。今早给那人送了信，回信已来了："唯伊势守马首是瞻。"

久世大和守广周（久世广周①）已经答应了。今日在千代田城遇见了，淡淡说了几句，他没有异议。本来就是老实人，还是自己的妹夫。既是同僚，也是姻亲。

还剩堀田备中守正睦，也棘手。那人似乎和溜之间大名走得很近。

二比二，胜负未分。他举手托腮。无妨。请松平庆永略提一下此事，他是将军本家，老中们都得买他的面子。

后日召集老中一起登城，议论将军继嗣一事。他打定了主意。

步伐轻快地出了书院，绕过两个回廊就是起居间。刚到门前就闻见一股香气，谧姬正坐在狮子香炉前，一缕轻烟从狮子口里袅袅升起。

"你倒会偷懒，一个人在品香呢。"阿部正弘故意板起脸。

---

① 久世广周：江户时代后期的老中，官任大和守，老中首座阿部正弘的姻亲。

谧姬起身迎接，并不答话，只是低头一笑。阿部正弘也笑了出来。

男人对比自己年轻许多的妻子总是宽容的，更何况妻子还是美人。阿部正弘是大权在握的老中首座，也是寻常男人。

谧姬穿着家常棉外褂，绯色缎内衬，满绣着姿态各异的蝴蝶。纹样花了些，穿在她身上却合适得很，毕竟只有十八岁。

阿部正弘微笑着。谧姬身后悬着幅红芙蓉图，是大名私下赠的，据说价值连城。做老中许多年，他也蓄了些私财。

画上两朵浅粉芙蓉开得正好，花朵硕大，花瓣层层叠叠，顶上带着一抹嫣红，像美人醉酒后脸上的红晕。他想起与谧姬共饮的时候，她酒量甚浅，一杯入喉，脸上便添了两朵酡红，一双横波目更多了万般情意。

他满足地叹了口气。出身不错，相貌又佳，又正当妙龄，哪里找这样的大名正室？

谧姬见他出神，也不说话，只是笑吟吟地望着他。

"这香仿佛是白梅？我记得家里有伽罗、沉香，并没有白梅。"他略有些窘，连忙岔开话题。

"大人好记性。这白梅是父亲遣人送来的。父亲说大人辛苦，这香最能静心安神。"

静心安神。松平庆永这是在催他呢。

算了。许多话不必和谧姬说。天真单纯的美人才可爱。

他随手拉开左手的拉门，里面已铺好了被褥，红缎子，幸菱鸳鸯的纹样。屋角点着四脚提灯，灯上笼着绯色轻绢，透出的光也成了旖旎的浅樱色。

"灯下看美人，会不会比寻常更美些？"他转头笑着说。

谧姬赶紧低下了头。

溜之间

前几日下了场大雪，如今冰融雪消，一点看不出落雪的痕迹。淡金色的太阳高悬在空中，暖和得像是春日。

老中们虽是轮休制，每逢重大事件，所有老中都要入千代田城议事。前日阿部伊势守已遣使告知，刚到巳之刻，太鼓徐徐响起，表示老中们已全部到齐。

老中们在千代田城中的房间叫竹之间，在中之口廊下附近，离将军所在的中奥不远。原本老中房间与将军房间紧邻，可一百七十余年前，在老中房间边的走廊上，大老堀田正俊被若年寄稻叶正休斩杀，血流遍地，连将军纲吉都被惊着了。自此，为保护将军大人安全，老中房间被搬到稍远的地方，也就是如今的竹之间。

老中们大都是谱代出身，石高也高低不等。同为老中，互相以官名称呼，为了简便，大家都省去官名末尾的"守"字。

"备中，好久不见。"阿部正弘似笑非笑地看着堀田备中守正睦。他向来最是圆滑，喜怒哀乐从不挂在脸上，老是笑吟吟的样子。

"感谢伊势挂念。"堀田正睦干巴巴地说。阿部正弘相貌俊美，笑起来更如春风拂面。堀田正睦长相平平，性格也古板，向来不喜欢这八面玲珑的美男子。

"伊势是首座，平日最是辛苦。"久世大和守广周赶紧打圆场，他是阿部正弘妹夫，两人既是同僚，也是亲眷。

内藤纪伊守信亲性格木讷，最是沉默寡言。他咳了一声，缓缓说："按照规矩，讨论重要事务需去溜之间，请溜之间大名们共议。"

阿部正弘心里着恼，脸上依然带笑。"纪伊谨守公仪。那就去吧。"

溜之间在将军日常办公的黑书院门口，井伊直弼等人正在里面闲坐。

几位老中摇摇摆摆地来了，松平肥后守容保笑着说："老中大人们大驾光临，有失远迎。"

阿部正弘连连摇手："肥后勿要玩笑。今日有重大事务，想请溜之间诸侯们一起商议。"

阿部正弘最是精刮，知道松平容保年纪虽小，却是万万惹不起的，他不但是溜之间成员，更是会津藩主。会津藩祖是保科正之，是二代将军秀忠的亲儿子，备受三代将军家光信任。将军家光临终前向保科正之托孤，把尚是孩童的四代将军家纲托付给他。感激涕零的保科正之立下家训，要求会津代代藩主都要为将军家尽忠。正是因此，会津藩在幕府里的地位十分特殊。

众老中寒暄了一圈，先后坐定。松平赞岐守赖胤朗声问："重大事务是？"坐在他身侧的井伊直弼也点了点头。

"幕府安泰系于将军大人一身。如今将军大人春秋鼎盛，虽有些小恙，想必是不打紧的。继嗣不定，人心不稳。为防万一，我等不妨私下议议继嗣人选，只是有备无患。"阿部正弘含笑说。

井伊直弼皱了皱眉头。该来的终究会来，药师寺元真没说错。

前几日的一个晚上，宇津木六之丞禀告有客拜访，正是将军大人身边的药师寺元真。他当时怔了一怔，与药师寺只是点头之交，怎会不请自来了呢？又是在天寒地冻的冬夜。

他急忙换衣，同时考虑在哪里招呼药师寺元真。他自幼学禅，又通茶道，一向喜爱枯淡质素的装饰。做了藩主后，他陆续撤去许多金碧辉煌的器具，如今只有客间还保持原样。只有在客间了，他匆匆迎了出去。药师寺元真满脸带笑，客气又亲热。

主客两人在客间坐定，药师寺元真细细欣赏壁前饰着的四季花鸟苇帘屏风，看了又看，极有兴味似的。金地屏风上绘着三十余种四季花草，还有十余种珍禽。屏风正中嵌着四条苇帘，帘上也描着硕大花朵。一面屏风把四季美景都收了进去，绚烂色彩配上洒金地，极是灿烂辉煌。

"果然是谱代栋梁的井伊家，这实在是稀罕物事。"药师寺元真赞不绝口。

"筑前守大人过奖了。筑前守久在将军大人身边，见过各种奇珍异宝。"他淡淡地说。

两人客套地寒暄着，彼此不熟悉，都带着几分戒备。越是不熟，越不能断了话头，一问一答，始终得继续下去，有一分一毫的静默都会被放大。

房里点着两个长火钵，烧得旺旺的。两人本就紧张，被炭火一蒸，越发生了汗意，脸颊红红的，一副酒酣耳热的样子。药师寺元真从怀里取出手巾，不动声色地在鬓边按了按。

"扫部头大人忙于政务，元真本不该叨扰。不过，元真官职卑微，与政事隔膜得很，却也知道扫部头大人向来仗义执言。前些日子不顾水府侯威势，力陈攘夷之非，千代田城上下无人不服。"见他始终闲闲的，并不询问来意，药师寺元真主动切入正题。

"哪里。直弼一时鲁莽，一直后悔不迭呢。"

"扫部头大人谦虚了。井伊家世代忠勇，就拿那二百五十余年前的关原之战来说，直政公违背军令，一马当先冲向西军队伍。东照神君在战后骂了他，可谁都知道神君欢喜得紧——转手又赐了佐和山城。"

他心中念头急转，一顶顶高帽子送过来，药师寺元真到底是何用意？

"直弼实在不才，与井伊家先祖天悬地隔。况且，元和偃武后，我等也安享太平盛世了。"他早已不是昔日心直口快的耿直男子，在江户呆了数年，也学会了一套腾挪功夫。

"扫部头大人不能掉以轻心。如今外有蛮夷，内有隐忧啊。"

"筑前守大人何出此言？"

"元真是旗本出身，旗本是直属将军的臣子，最大使命是保护将军家。扫部头大人是谱代，从先祖算起，跟随将军家已有三百年。元真与大人身份悬殊，但对将军大人的赤胆忠心并无二致。元真冒昧前来，正是请大人出手相助。"药师寺元真一脸恳切。

终于不绕圈子了。他暗暗松了口气，绕来绕去，他也乏了。

"筑前守大人请讲。"

"将军大人……只怕在子嗣上有些艰难。不能不考虑将军继嗣问题。"

"将军大人与御台所大人十分相合，再等个一两年，一定会诞下世子。"

药师寺元真摇了摇头。"元真死罪，子嗣是无望了。"

他在心里叹气，贵为将军，也有不如意事。

"萨摩岛津侯与越前福井的松平少将结盟，要拥立一桥民部卿为将军世子。不仅他们，土佐山内侯、宇和岛伊达侯，甚至老中首座阿部伊势守都点了头。"药师寺缓缓地说，头也垂了下去，英俊的脸上满是愁容。

他吃了一惊。一桥家的德川庆喜登上将军御座，生父德川齐昭就成"大御所"了。当真攘起夷来，不仅江户，日本全国都可能燃起战火。

吃惊是吃惊，脸上还是笑容不变，一双眼也平静无波，只看着面前的赤绘金彩罗汉云鹤茶碗。碗外绘着云鹤，碗内却是罗汉，还密密写着长文汉诗。这是哥哥井伊直亮请高手匠人定做的，据说画师原是飞弹山的僧人，还俗后做了画师，画得一手好佛画。小小茶碗，罗汉画得惟妙惟肖，咧着嘴，无忧无虑地笑着。笑什么？也许是笑自寻烦恼的俗人。

"元真斗胆说一句，御台所大人也是支持一桥民部卿的。"见他只是不出声，药师寺元真略有些焦躁，两眼一眨不眨，只盯在他脸上。

这就是贵人，夫妻之间也不过如此。倒也是，自己与昌姬的关系也好不到哪去。心头突然涌上一阵悲哀，人也异常委顿。许是火钵点得太旺，热得不舒服了。

他依然没有表情，垂下了眼，睫毛动了一动。

自八代将军吉宗以来，代代将军都是"御三家"之一的纪州血脉。纪州藩主德川庆福自然是最好的人选。阿部伊势守苦心推荐一桥民部卿，究竟在策划什么？

况且，外样大名向来不能参与幕政，如今倒干涉起将军继嗣了？阿部伊势守身为老中首座，不仅不制止，还与他们互通声气，白辜负了将军家信任。越前福井的松平少将更是糊涂，身为德川家亲眷，与外样大名结盟，无异于火中取栗。

可是，他们是外样大名、亲藩、老中首座，他们结了盟，势力铺天盖地。他敌得过他们吗？光对付攘夷派已让他筋疲力尽了。

他又望了眼茶碗。代代将军对井伊家恩深义重，彦根石高三十五万，是谱代大名的最高级，井伊家是千代田城溜之间的定员，更数次被任命为幕府大老。哥哥也做过大老，老中水野忠邦锋芒毕露，他不愿直撄其锋，主动辞去大老职务，回了彦根。他不能和哥哥一样。

井伊一门誓死报效将军家。这是彦根藩祖直政公的遗训。

西北风呜呜地吹着，吹得窗棂咯咯作响。他知道自己该说什么，也知道药师寺元真希望听到什么。可是，从心底升起一股灰色的倦意，心被牢牢捆住，沉甸甸的，倦意还一路升上来，满满堵在嘴里，一句话也说不出。

药师寺元真静静地坐在对面，脸上单板又平静。乌黑的眉，寒星般的眼，这样的相貌，难怪会受大奥女子们欢迎，他也听人说过。只怕药师寺和大奥已有默契了吧？大奥不会允许水户家的儿子做将军世子。不能小觑大奥诸女，她们对将军大人的影响非同一般。

他突然有些羞惭。自己是怕了吗？左思右想，只在考虑胜算如何。纪州中纳言是最适合的将军继嗣人选，自己为何不敢说？只在考虑一己私利，和阿部伊势守又有什么不同？自己看不起他们，其实和他们是一类人。

"纪州中纳言乃将军大人的堂弟，是将军继嗣的最佳人选。"他到底决定了。

先前那般辛苦，短短一句话出口，他突然轻松了。原先坐立不安，像独自呆在小屋里，紧紧锁着门，点上了亮堂堂的灯，仍能感到无数视线，如芒在背。视线从天花板上、墙壁间、几下、榻榻米下射出来，无处不在。不是人，是井伊家三十多代的祖先。有的怒发冲冠，有的含悲带怨，欲语还休地看着他，眼里似有千言万语。他闭了眼，他们依然缠绕不去，像围着烛火乱转的飞蛾，一心想求个结果。他知道他们要什么，只是一句话而已。他终于说了出来，他们立即不见了。依然是密闭的小屋，依然点着亮堂堂的灯，这回确实只有他在了。

药师寺元真深深低头，哑着嗓子说："扫部头大人最守公仪，处处为将军家着想。"只听声音，似乎感动到极点。

"井伊家世受恩典，粉身碎骨，在所不辞。"一套一套的话，早就烂熟于心，说出来只是履行仪式。彼此心知肚明，从今日起，他们就是同盟了。如果说支持一桥民部卿的是"一桥派"，他们就是支持纪州中纳言的"南纪派"。

药师寺元真放了心，脸上的笑意越发浓了。两人的谈话继续下去，那节奏和方才全然不同了。少了慢悠悠的客气寒暄，每一句都是单刀直入，像是短兵相接的白刃战。很快，他全清楚了——大奥御年寄泷山、将军生母本寿院、将军乳母歌桥全是南纪派。而且，纪州中纳言虽然年幼，却有个强有力的后台，纪州家老水野忠央，最最精明不过的一个人。

这才过了几日，阿部正弘便开始了动作，一桥派着急了。井伊直弼默默地想。

只见阿部正弘从手边的舞鹤金莳绘文箱里取出一份文书，稳稳地拿在手上，半皱着眉头一笑："萨摩、土佐与宇和岛联名上书，称一桥民部卿英明勇决，是最好的将军世子人选。"说完垂下了眼，脸上依然带笑，似乎在等人回应。

没人说话。众人都低头看地，各怀鬼胎。

"外样大名怎么干涉起将军大人后嗣来了？容保不太明白。"松平容保笑着说，故意做出茫然不解的表情。房里响起一阵轻微的嗡嗡声，像误打误撞飞进来一只蜜蜂。

阿部正弘轻轻咳了一声。"松平少将也签了名。"

房里又安静了。越前福井藩的松平少将是将军大人的亲叔叔，也是"御家门"之首，地位非同一般。

牧野忠雅笑着说："岛津侯等人也是忧心国事吧。毕竟将军大人还没有诞下子嗣。况且一桥民部卿素有才名，故去的慎德院大人对他十分喜爱。"

井伊直弼似笑非笑地看着牧野忠雅，沉声说："备前守也赞同？"

牧野忠雅一张和气的长脸，总是笑容满面。没想到井伊直弼会突然发问，他呆了一呆，喃喃说："一桥民部卿英明果决，是不错的人选。"

"那备前守是赞同的了？"井伊直弼刨根问底，脸上依然带着笑。

"诸位可以各抒己见。"见牧野忠雅的脸慢慢变红，阿部正弘赶紧出来圆场。

"岛津侯等的心意是好的。既然今日共议，不能只议论岛津侯等人的上书，倒要彻底议议将军继嗣问题，到底有哪几位人选。"像是知道了井伊直弼的心思，同属溜之间的松平赖胤淡淡地说。

"正是。"松平容保赶紧点头。

阿部正弘叹了口气，眼睛环视众人："今日老中与溜之间大名齐聚，请诸位群策群力。"嗓音有气无力，像是兴致缺缺。

"若论血缘，还是纪州中纳言最为适合。"井伊直弼大声说。

房内原本安静，顿时成了寂静。静得可怕，像暴雨来临前的荒野，一点风丝儿也没有，野鸟都吓得噤住了，乌云在天上飞快流着，人发疯似的跑，磕磕绊绊的，整个世界像要毁灭了。

阿部正弘依然带笑。也许是经年累月地笑着，眼角嘴角都有了笑纹，不笑看上去也是在笑。他表情柔和，眼睛却亮了起来，点了点头，只是不说话。

松平赖胤轻声说："纪州中纳言久在江户，虽然年纪不大，能看出性子是极和平的。"

阿部正弘瞥了他一眼。

堀田正睦对阿部正弘一直不满。井伊直弼荐了他做老中，可阿部处处压制，自己孤掌难鸣，难有一点作为。人人看得出阿部有意举荐一桥，今日议事只是一番做作。他横下一条心——怎么也不能让他如意。

"东照神君开府以来，将军继嗣向来以血脉远近为首要条件。正睦认为纪州中纳言最为适合。"他煞有介事地说。

抬出了东照神君，众人一时不好反驳。

"罢了罢了，一桥民部卿和纪州中纳言都是人中龙凤。今日议事也只是未雨绸缪，将军大人春秋鼎盛，若能诞下世子，自然是万千之喜。"阿部正弘最是机灵，见势头不好，赶紧打了哈哈。

井伊直弼低头笑了。

老中们又摇摇摆摆地走了，只剩溜之间大名。

"水府侯在大奥的风评坏得紧。"松平容保挤了挤眼睛。

"你年纪小，耳朵倒灵，就是心直口快这点不好。"井伊直弼温和地说。

松平容保摸了摸头，"是。一桥胸有大志，难过大奥这一关。"

松平赖胤也点了点头。

"外样大名们生了野心。松平少将也和他们搅在一起。"松平赖胤黯然说。

"都想分一杯羹呢。"井伊直弼笑了笑。

松平容保张了张嘴，似乎有些不解。

"按武家规矩，外样大名们无权插手幕政。他们若立下拥立之功，是否要论功行赏？"井伊直弼喃喃地说。

隔着窗户向外看，淡白色的天，阳光也是淡淡的，厚厚的云朵湿漉漉的，像被眼泪浸透了的手巾。走廊外有棵树，叶子早落尽了，墨黑的枯枝笔直地刺向天际。这树是樱树吧，春日开出过一树花朵，如今不仅没了花，连叶子也落得干净。他们默默看着，心里都生了悲凉。像这树一样，幕府也已风光不再了。

自从溜之间议事后，阿部正弘似乎灰了心，不但不再提将军继嗣一事，还把老中首座让给了堀田正睦。正当千代田城里议论纷纷时，美利坚又提出新的签约要求。事有轻重缓急，继嗣一事只能暂时放下。

转眼冬去春来。春风一起，天空成了碧青色，江户湾的海水也一日绿似一日。除了看不尽的碧海青天，江户的樱花也到了盛放的时候。

江户人最爱风雅，一年四季都有风流雅事。早在宽永年间，三代将军家光在上野建了德川家菩提寺宽永寺，还在里面栽种了从吉野移来的樱树。除了宽永寺，将军也在隅田川边遍植樱树，从此隅田川成为江户町人赏花的名所。在将军家光的时代，虽已是太平盛世，许多大名武士都曾上过战场厮杀，最讲凶吉兆头。樱花绽放虽美，一阵风来便飘然坠地，似乎不大吉利，武士们对它们敬而远之。数十年后，太平岁月一直延续，武士们对樱花的忌讳也逐渐消散。八代将军吉宗在飞鸟山上广置樱树，江户再添一处赏樱圣地。近年来，染井村的花匠又育出了花朵硕大的染井吉野，一时风靡江户。染井吉野结蕾时是赤红色，初绽变成淡粉，盛开时又转为淡白，色彩多变，十分诱人。不少大名都在自家庭园里种了欣赏，井伊直弼也是其中一人。

春夜，井伊直弼坐在庭前的走廊上看花。宇津木六之丞匆匆来报，药师寺元真又来了。

井伊直弼换了正装，将客人引进自家茶室。

他自小痴爱茶道，至今已写了数本茶道集子，也亲手烧制茶碗，削竹做杓。茶室只有六帖半，布置得很是简素。

"真是让人凝神静气的好地方。"药师寺元真笑着称赞。

他只是微微一笑。药师寺不是茶道中人，偏要强作风雅。

身后挂着一只圆形罐子，斜斜伸出一枝樱枝，点缀着疏疏落落的赤色花蕾，枝头有两朵半开的樱花，淡粉色，有飘坠的姿态。

"樱花美，不过，下面这只花瓶着实有趣。"黑亮的圆形，隐隐还有些花纹。中部金莳绘托出"露之宿"几个暗金字，笔致洒脱，似乎是主人的亲笔。

原来药师寺元真也没俗到不可救药。

"这原是只椰实，直弼把上端切去，嵌上铜环，做成一只挂瓶。小玩意而已，让筑前守大人见笑了。"

"樱花轻盈，配上厚重的花瓶，一明一暗，一轻一重，有意思。"

井伊直弼右手拈着山时雨铭茶杓，右手托着利休茶罐，微微低了低头，表示谢意。

"松平少将和岛津侯都派了人去京都。"

京都……井伊直弼正从茶罐里舀茶粉，手上滞了一滞。

朝廷将政务全权委托给幕府，但新将军就任前，朝廷总要举行"将军宣下"的仪式。原本是将军赴京都听宣，因四代将军家纲年幼，朝廷派了敕使前往江户千代田城宣旨。从那时起，千代田城听宣成为规定作法。

"将军人选向来都是幕府决定，朝廷只是象征性地追认罢了。"井伊直弼冷冷地说。

"正是如此。不过今时非比往日，朝廷公卿们蠢蠢欲动，和一些外样大名也有所联络。"

又是外样大名。他们真是手段频出。井伊直弼皱了皱眉头。

"御台所虽是岛津出身，却拜了近卫忠熙做养父。岛津家与近卫家原是姻亲，关系近得很。"

"怎么，越前和萨摩想挟公卿令幕府？这也太离谱了点。"

"具体情况不明。据元真猜测，他们想鼓动公卿上书，让天皇降下敕旨，指定一桥家那位为世子。"

"这可不合规矩。幕府初开不久就发了《禁中并公家诸法度》，公卿们难道都不记得了吗？"井伊直弼只觉得怒气勃发，把茶杓重重放在一边。

两百余年前，丰臣势力刚被诛灭，幕府立刻发布了系列法令，《禁中并公家诸法度》也是其中一个。该法令共十七条，不但涉及武家，甚至公卿、天皇的行为都在规范之内。这法令是幕府绕在朝廷喉咙上的一根绳索，当时公卿们虽不以为然，慑于幕府威势，只能默默接受。

"幕府有意开国，外样大名以攘夷为由与幕府作对，挽了公卿们出来助拳。如今……当真是乱了。"药师寺元真低了头，似乎也有些伤感。

茶杓上有星星点点的黑斑，散发着枯淡的气息。这是深得三代将军家光宠爱的茶人小堀政尹所制，有"山时雨"三字铭。

"京都……他们这是釜底抽薪之计。如此看来，万不能小心大意。游说公卿的事，我等也可以做。"井伊直弼绷着脸说。

"旗本不好派去，万一千代田城内有事，反而露了相。"药师寺元真沉吟着说。

"无须担心。直弼手下有可靠的人。"

"如此极好。过些日子纪州的水野忠央也会派人过去相助。"

井伊直弼点了点头。切子釜里的水开了，他轻轻提起盖子，稀薄的蒸汽慢慢充满了窄小的茶室。

正在"一桥派"与"南纪派"斗得正酣时，"一桥派"遭到巨大打击——老中阿部正弘病重。

开春后，阿部正弘日益瘦削，两腮深深陷了下去。好在精神还健旺，他把老中首座之位让给了堀田正睦，每逢议事仍以首座自居。人人皆知堀田只是挡箭牌而已。

到了春末，阿部正弘终于一病不起。与他交好的老中、大名先后去看望，却都大吃一惊。躺在厚厚被褥里的阿部正弘瘦得脱了形，原是面颊丰润的美男子，如今只剩一副骨架，上面蒙着层薄薄的皮肤，青筋密布。

不用医生诊断，人人都知他活不了多久了。原是精力充沛的健壮男子，怎会一下病得如此？谧姬满面愁容，只说丈夫腹泻严重，吞下上千碗苦药也毫无效果。可千代田城内谣言纷纷，都说阿部伊势守病情危笃，根源在于他家有美妻，又纳了位更年轻的侧室——向岛樱饼店家的女儿，年方十五，相貌"冠绝江户"。

阿部正弘死在那一年初夏，享年三十八岁。"一桥派"痛失强援。

重　逢

越前福井是大藩，建在京都油小路二条下的藩邸气派豪华。

桥本左内匆匆向外走去，二十四岁的青年，眉清目秀，身段也潇洒。他是越前福井藩主松平庆永新任命的御内用挂，专门负责联络京都公卿，为一桥民部卿德川庆喜造势。

桥本左内边走边盘算，与萨摩的西乡吉之助联手运动数月，公卿大都答应支持德川庆喜。公卿，说来好听，其实穷得紧。宅邸破败，庭院荒废，还摆出高贵架子，一谈政务是俗，张口闭口都是和歌与蹴鞠。装腔作势。他在鼻子里笑了一声。

早听说有公卿派仆人在京都最繁华的寺町通行走，故意撞上行人，再把手里提的文书箱丢在地上。文书箱绘有菊纹，看上去价格不菲。仆人硬说文书箱损坏，扯住行人不放，索要高额赔偿。这是穷公卿的生财之道，京都人尽皆知。

他当笑话说给西乡吉之助听，西乡说他刻薄，不是他刻薄，是西乡太过忠厚。一箱箱金小判送出去，公卿们眼睛瞪得又圆又大。嘴上满不在乎，眼神不一样。黑漆小判箱体积虽小，小判装得满满，谁舍得不要？连前东宫傅、右大臣鹰司辅熙都客气起来。

藩主大人果然英明。听说溜之间的大名们拥护纪州藩的小子，他们懂什么。朝廷不颁敕旨，就算纪州小子当了将军，也是名不正言不顺。

桥本左内加快了脚步，西乡说在南禅寺参道的丹后屋等着。近日暑热，丹后屋的汤豆腐清新爽口，最适合下酒。

樱花落了，杜鹃赶紧登了场。昨日还只是苍绿灌木，早起一看，竟打出密密麻麻的嫣红骨朵。再过一日，骨朵突然爆开，绽出火红花朵，挨挨挤挤的，完全遮住了叶子。远远看去，红而热的一片，像是着了火。

初夏是热烈的时节，不光杜鹃花，连阳光和风都是热的。一蓬蓬热风奔跑在路上，也吹进了村山多加的家。她早已换上了夏衣，白地小袖，有绵延不断的石竹色七宝结花纹，内里是绯色缩缅，黑带子系在腰上，更显出纤细身材。

长野主膳来了，刚坐定就向她道别。

“长野大人要去京都？”村山多加略有些惊讶。

“藩里忙得很，怕是老了，身体吃不消。可巧大人回了彦根，跟大人告了假，到京里养养。也是巧，关白九条殿下想选一名和歌教师。”长野主膳叹了口气。

"长野大人说笑了，正当青春呢，哪里老了。"她抿嘴笑了。

"生来闲云野鹤的性子，还是要做闲人。昨日去表御殿向大人辞行，大人瘦了许多，说江户政务千头万绪，怎么都忙不完。"他表情严肃起来。

瘦了许多……她想起铁三郎染了风寒的样子，脸颊瘦削，两腮深陷，越发显得眉眼冷厉。

像读懂了她的心事，长野主膳忙说："大人精神倒好。"

"大人在彦根歇歇也好。"她低声说。

"唉，说呆几日就回去，江户城还有未处理完的事务。"

铁三郎很快要走。长野主膳也要去京都，她和铁三郎的最后联系也断了。她焦躁起来，像又回到在彦根城做侍女的时候，举目无亲，人人冷眼，世上的热闹欢喜都与她无关。

"大人，能让多加再见铁三郎一面吗？远远看一眼就好。"

他吃了一惊。相识多年，她从没求过什么。

多加伏在地下，按在榻榻米上的双手微微颤抖。与她相识数年了，时光对她格外优柔，依旧是丰茂乌发、细白双手，与旧日毫无分别。

几上还摆着那只土陶瓶，插着一枝雪白栀子。痴情人，也是可怜人。

"世上再没有铁三郎了，只有彦根藩主、从四位上井伊扫部头大人。"男人不知该说什么，搜肠刮肚一番，勉强挤出一句。

榻榻米新换不久，还有兰草的清香。额头贴在上面，两边太阳穴一跳一跳，一颗心沉甸甸的，不知沉到了哪个角落。

"只看一眼，长野大人……"

女人薄薄的肩膀纹丝不动，嗓音是沙哑的，和平日判若两人。

"对不起。"他喃喃地说。千百句话堵在心里，能说出来的只有短短一句。

女人猛地抬头，眼里盛满了绝望和悲哀。乌黑的瞳仁黯淡无光，失了温度，像燃尽的火把。

"对不起。"

长野主膳很想落荒而逃。

彦根清凉寺是井伊家的菩提寺，数代藩主都葬在那里。附近山坡上有不少野生紫阳花。

村山多加穿着高底木屐，慢慢走在山路上，雨滴打在伞上，发出闷闷的声响。

紫阳花开得正好，绿叶托着硕大花朵，远远望去，像一个个淡白圆球。那白色透着隐隐的蓝，像带着三分月色。明明是夏日正午，看上去倒像月夜，万籁俱寂，冷冷的月光笼着紫阳花。她有些恍惚，像个梦游的人——若无其事地躺进被窝，等睁开眼，发现已到了山上。

在《万叶集》里，紫阳花被叫做味狭蓝，古人对它有不少偏见。她却喜欢。团团簇簇的花朵，热闹地开着，花瓣密密相拥，秋天来了也不分开，只是褪色。

铁三郎笑过她。紫阳花是不吉的花朵，色泽忽蓝忽粉，像出没的幽灵，又像变心的情人。她只是笑，她的心早不是自己的了。

怀里揣着燕子花的手镜。燕子花也是夏天的花朵，茎干劲直，花瓣像鸟儿的翅膀。燕子花也美，可她更爱紫阳花。

清凉寺后院是岛左近的旧居。岛左近是佐和山城城主石田三成最倚重的家老，关原之战后生死不明。主人失踪，房舍也被废弃，清凉寺的山门就是从岛家旧居上生生拆下的。彦根百姓传说，每到除夕之夜，无风无月，山门上会传出男人的喃喃自语声。是岛左近的亡灵特地回到人间，来寻他的大门吧。

清凉寺里有云水道场，道场边上有棵梅树，那日红梅开得正好，她遇见了铁三郎。梅树边还有南天竹，他知不知那南天竹也是岛家旧物？可能不知道，他还夸过南天竹的红珠累累垂垂，可爱非常呢。

吉或不吉，无非内心感受。她不信神佛，依然年年去寺里许愿——再见铁三郎一面。

梅雨天，细密的雨丝无休无止地下着，到处湿漉漉的，人也生了烦闷。町人家的房子长了霉，霉点沿着墙根蔓延，墙上洇出一个个黑点。女人骂男人没好好修葺，男人只是尴尬笑着，一句话也答不上来。女人骂了一阵，转身准备晚饭。虽然仍是腌菜、米饭和味噌汤，因为汤里有几颗邻居给的文蛤，汤色都白了一些。这就是町人的生活，充满烟火气，有数不清的琐碎烦恼，但也有淡泊的喜悦。

町人们住的长屋连成一片，窗口透出昏黄灯光，像排列整齐的蜂巢。远处是黑沉沉的彦根城，藩主井伊直弼呆在里面，明日要出发去江户。

井伊直弼也在吃晚饭。黑漆金莳绘的食台摆得满满的，还有一条不小的盐烤鲋鱼。他提起筷子，却觉得没有胃口。

"今日这鲋鱼挺新鲜。"里和含笑说。

里和是井伊直弼的第二位侧室，性情和顺，从不多说一句话。井伊直亮给他娶的昌姬长年住在江户，两人岁数悬殊，性情也不相投，一直很少见面。第一位侧室静江也是美人，可惜生下女儿后身子弱了许多，经常恹恹的。只有里和常伴在身边。

他摇了摇头。今晚是在彦根的最后一晚，不知为什么，他有些心神恍惚。里和吩咐厨房做了他平日最爱的盐烤鲋鱼，鲋鱼是琵琶湖捞出来的，肉质鲜嫩可口。江户临海，鱼虾贝类多是江户湾的海鲜，他在彦根长大，吃惯了琵琶湖的淡水鱼，在江户时时常想念。面前的鲋鱼烤得外焦里嫩，火候正好，他只觉得木木的没有滋味，勉强吃了几口。

"大人无须担心，行装都已经准备妥当，明日一早动身。"

"唔。你跟着来来去去，十分辛苦。"

"大人何须同里和客气。"里和轻轻一笑。

井伊直弼又夹了几口饭，起身进了书院。点上香，随手拿起一卷书，晚来凉爽了许多，正是读书的好天气。他盯着书页，工整的墨字仿佛在跳动，读了许久，还是一字不懂。心浮气躁，再也坐不下去，他猛地起身，大步走出书院。

里和用桐木茶盘托了茶来，滚烫的煎茶，还冒着丝丝热气。她只顾急急地走，差点与他撞了个满怀。

"这种事，交给侍女就行。"他被撞破了秘密，先下手为强地动了怒。

里和忙跪了下去。

"罢了，你回去休息。"他从她身边走过。

身后传来怯怯的声音。"已是戌之刻，里和去叫卫士陪伴大人……"

"只是骑马去芹川看月，不须多事。"他打断了她的话。

"大人，正在落雨……"她的声音带了哀求。

他不再多言，大步流星地去了。不一会，院外传来急促的马蹄声，朝向西北方向，长曾根口御门正在西北。那个叫村山多加的女人住在那儿。

里和的心沉了下去，双脚一软，坐在走廊上。心灰意冷，她依然牢牢捧着茶盘——上面有金襕手唐人物煎茶碗，是大人最爱用的。雨下得更急了。

外面传来一声马嘶，她欢喜极了，像有宝贝失而复得。整了整衣裳，快步迎了出去。

是家老犬塚外记，披着雨合羽①，依然全身湿透。

"大人不在？"他布满皱纹的脸上有一丝焦虑。

她点了点头。"大人说去芹川赏月。"

"赏月？"犬塚外记看了看天，一副见了鬼的表情。

他望向里和，四目相对，都心头雪亮。

她心里升起微弱的希望。大人刚走不久，纵马去追，应该还来得及。可她只是侧室，没权力干涉大人行动，只能暗暗期待着。

"请容犬塚在此等候。"犬塚外记气鼓鼓地说。

她抿住了薄唇，努力不露出失望的神情。

女佣染了风寒，村山多加让她回家休息。女佣千恩万谢地走了，村山多加懒得起身点灯，任由暮色一点一点罩住房间。

远远传来马蹄声。已是夏末，雨水也带了凉意，雨中驰马，想必有要紧事。就算穿了蓑衣，也会淋得湿透吧。她漠然想着。

有人在敲门，敲得很急促。她点燃手烛，快步走到玄关处。

敲门声越发响了。她有些迟疑地开了口："请问是……"

门外的人没有做声。

---

① 雨合羽：江户时代的雨斗篷，以桐油涂于和纸上，起防水作用。

不知从哪里得了勇气，她一下拉开门。风卷着雨滴撞在她身上，一个全身湿透的男人站在门前，烛火在他瞳仁里闪动。

"多加。"声音粗粝沙哑，像是受着酷刑。铁三郎。她脑子里一片空白。门外的栀子发出浓郁的甜香。

房里一几一凳都和从前毫无差别，她也是。

"这是大人穿过的，多加斗胆留下了。请换上吧，莫着了凉。"她从柜子里取出一件路考茶麻寝衣，叠得整整齐齐。

湿透的衣服紧紧贴在身上，他却站着不动，只一瞬不瞬看着她。她为他解开外衣，解开半裤的系带。脱到贴身衣物时，她的手微微一滞。灯光昏暗，她好像红了脸。

他只做不知，一言不发地站着，姿势倒自然。她给他拧干头发，擦干身体，又给他换上了麻寝衣。

麻布有种特别的粗糙质感，沙沙地磨着肌肤。他以前从未觉得，可能是穿惯了绢衣的关系。

她捧上一碗热茶，看着他喝得涓滴不剩。又特地点了火钵，把他的湿衣拧干了，再悬在上面烤。

她忙前忙后，一刻也不停。他心里安宁喜悦，好像自己只是寻常町人，归宅时忽逢大雨，淋成落汤鸡，妻子围着自己不住忙碌。

时间一点点流逝，他的喜悦黯淡下去。在江户时曾去隅田川泛舟，正巧赶上了町人的烟花大会。一声巨响，烟花在天空中变幻出许多模样，映着波光粼粼的河水，美得不可方物，转眼又归于沉寂。绚烂总是短暂，漆黑寂寞的夜空才是永恒。

"我答应过井伊直亮，再不与你有任何瓜葛。"他脸上有悲哀的笑，垂下了眼睛，睫毛长长的，在眼下方投下阴影。

嘴角多了两条纹路，铁三郎瘦了，也老了许多。

"我常常梦见从前，梦见和你在一起的时光。"他握着茶碗，仔细看着碗上的纹样，淡淡几枝柳条，在春风里自在摇摆。

她有满满的喜悦，相思虽苦，她没有白受苦。全身都舒展了，像泡在浴桶里，周身都是温热的水，有柚子的甜蜜香气。

"有段时间我总是想，把你接到身边，会有多欢喜。我很想，可我不能。我在梦里越欢喜，醒来就越悲哀。"他并不看她，像在自言自语。

喜悦里混了一丝悲哀，像浴桶里流进一股冰水，她勉强笑了一下。

"记得《万叶集》里有首和歌，不知作者是谁，多加以为是女子所作。《阿保山之樱》，铁三郎记得吗？"

弥生三月时，阿保山樱满枝。今日又芳姿。风来落樱四下散，只叹无人知。

他喃喃地念。

"一起看过三月樱花，再没有遗憾了。人生一世，常常身不由己，可过去的日子刻在心里，任谁也夺不去。纵然再不相见，一遍一遍回想，也是有滋味的。"她微笑着说。

"你说常梦见我，我很欢喜。这样的话，你以前从不会说。"

是啊。以前从不觉得紧迫，以为长相厮守、天长地久都是寻常。后来才明白，他们是漆黑暗夜里的船，注定被波涛带往不同方向。交汇的一刹那短暂又宝贵，可惜明白得太晚了。

"多加，每每午夜梦回，我都好想回去，回到不名一文的时候。三十五万石，谱代大名，溜之间常席，全都丢掉。那样多好。"他的声音带了呜咽。

她握住他的手，冰凉的，有突出的骨节。他果然瘦了许多。

"'今宵又见满月，惜伊人不在，圆月亦缺。'这是铁三郎写给多加的。其实，无论铁三郎在哪，哪怕相隔千里，我们都望着同一个月亮。正如唐人所说'别后唯所思，千里共明月。'"

他眼里有泪。

房内亮了起来。往窗外一看，雨已停了，一弯新月挂在天上，纤小的月亮，瑟缩着发出清寒的光。

他盯着那弯月亮，恨不得用手巾将它擦去——雨永不要停，天永不要晴，他可以永远呆在这小屋里。

"大人该回去了。"

他不想回去，仍然站起身来。

她脱去他身上的寝衣，再一件一件换上烘干的衣物。

"给大人重新梳头吧。"她领他到镜台前坐下，黑漆镜台上有圆鼓鼓的桔梗花。

解下束发的白色元结，再整齐地束起。

他转身把她搂在怀里，依然是那件白地麻叶小袖，青绿色的麻叶，密密地排在领口、衣襟、下摆。

他突然透不过气，过去的一切都回来了，不是一点一点，是一起涌过来。他从没和她道过别，分手也是突如其来，因为井伊直亮要立他做世子，他与她再没见面。今晚从这里出去，真正是各自天涯了。再也没理由相见。

"珍重，多加。"他声音喑哑。

"大人也是。"

雨后的空气有泥土的气息。他不敢回头看，怕再也不忍离开。

纵马急行，书院灯火通明，犬塚外记等在里面。

"大人！"犬塚外记脸上有意外的神色。

"累了，你回去吧。明日按原计划出发。"他平静地说。

犬塚外记想了许多，甚至准备冒死进谏，谁知全都没用了。老头怅然若失，像一拳打在海绵上。

里和什么也不问，像往常一样为井伊直弼换上了寝衣。

他出门时下着雨，回来时衣服是干的，头上元结的绑法也不对。恨意在她心里蔓延，她恨那个叫村山多加的女人。

再恨也在心里，脸上还是云淡风轻的笑。吹灭了灯，她在黑暗里睁着眼睛。她知道他睡不着，他也知道她醒着。两人默默躺着，保持着仰面朝天的姿势，一动也不动。没想到手和脚很快僵硬，连腰和背都一点点酸痛起来。他翻了个身，低声说："睡吧。"她的眼泪一下涌了出来。不敢哭出声，只好捂住嘴，泪水顺着脸颊滑下，打湿了绣着鸳鸯的白幸菱枕头。

京都・可寿江

京・かずえ

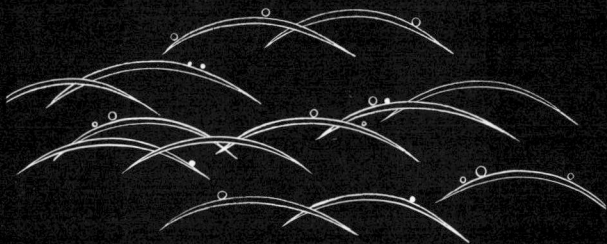

祗园艺妓

天气晴好。京都暑热，太阳落了山，城中仍然热气蒸腾。

今日是祗园祭的宵宵山，日落后庆典才开始。笛和太鼓的乐声在大街小巷回荡，一片太平盛世景象。

暮色越来越重，堺町御门附近的关白九条宅点亮了门前提灯。长野主膳打扮得整整齐齐，匆匆出了九条家大门，似乎要去祗园凑热闹。

四条通东口是八坂神社，边上有家叫花音的酒家，老板娘阿绢一口地道上方话，却是彦根出身。容貌不美，一双眼睛又黑又亮，有些风情。

"哎呀，长野大人，快里面请。"

"天气炎热，上点清爽小菜。还有位客人。"

"新摘的山菜，送来时还带露水呢。"

"那就有劳了。"

一位武士打扮的青年进了房间，老板娘轻轻拉上门。

"冒昧。纪伊新宫水野家手下，贱名三浦休太郎。"

新宫是纪州藩的支藩，新宫之主水野家代代任纪州藩家老，如今已是第九代。纪州藩主德川庆福刚满十二岁，年纪尚小，家老水野忠央总揽纪州政务，权倾一时。

长野主膳点了点头，等对方说下去。

"正如长野大人所知，鄙上忝居付家老位。鄙上与井伊扫部头大人有过一面之缘，扫部头大人精明果断，鄙上甚是心折。"

"水野大人乃纪州栋梁。"

"不敢不敢。扫部头大人身为谱代之首，谨守幕府公仪，实纪州之幸。"

年轻人口齿便给。

"实不相瞒，长野少年时曾在纪州新宫小住，水野大人的尊父乃一代名主。"

年轻人笑了一笑，似乎并不意外。

"正因这难得的缘分，鄙上对长野大人倍感亲近。实不相瞒，一桥派遣了不少人在京都活动，鄙上很是困扰。"

走廊上响起脚步声，老板娘亲自上菜。

"京里的山菜清甜爽口，别有风味，三浦大人远道而来，请先品尝。"长野主膳笑着说。

"新宫一事已悉。可。"龙飞凤舞的几个字，没有花押。萨摩、越前福井等雄藩大名拥护德川庆喜，并不仅仅因为他"英明、年长、有人望"。庆喜做了将军养子，他们定要逼将军隐居，由庆喜接任将军。立下拥立大功，自然要论功行赏，他们就有了插手幕政的机会。

一桥派的势力铺天盖地，连老中阿部正弘都是他们的人。好在阿部死了。

阿部死了，先前被罢免的松平忠固重新做了老中。大人和堀田正睦暂时联手，一面推进开国，一面拥立纪州的德川庆福做世子。据说纪州新宫的水野忠央向来有手段，他派人来京都，更是如虎添翼。

大人一定忙得不可开交。长野主膳叹了口气，准备出门。三浦休太郎在西洞院三条下等他。

纪州藩在京都的藩邸正在西洞院三条下，纪州藩士常来常往，这一带有不少纪州风味的酒家。

三浦休太郎早到了。

"听说萨摩和越前福井都有专人在京都斡旋。"三浦休太郎给长野主膳斟上酒。

"不敢不敢。"他接过铫子，给三浦倒了一杯。三浦含笑举杯。

一口入喉，嘴里满是奇异的香气，喉中似乎着了火，一条热线顺喉而下，全身暖洋洋的。

"这是纪州的忍冬酒，和萨摩名酒泡盛比起来如何？"三浦笑着说。

"泡盛质朴浓烈，可惜少了余味。这酒初尝辛辣，后味甘甜，香气馥郁，却没有脂粉气，实在难得。"

"忍冬寒冬不凋，颇类武士气节。鄙藩的酒屋源次郎太夫取忍冬藤蔓浸酒，酿出的酒也带上了特别香气。"

他又给长野主膳斟满酒。

"大儒荻生徂徕的弟子太宰春台说这酒'苦辣浓烈，海内无双，一滴入喉，直抵脐下，痛快痛快'。"

"的确痛快！"长野主膳哈哈大笑。

"萨摩派来了西乡吉之助，他和越前福井的桥本左内结了盟。西乡吉之助和清水寺成就院的住持月照和尚是莫逆之交，有月照帮忙，西乡他们和多数公卿都有了联系。"长野主膳正色说。

"这些家伙动作好快……只不知具体进展。"三浦握着酒杯，脸色沉重起来。

"唔。桥本等人常在祇园甲部的兰屋聚会，本可买通兰屋的人。可兰屋老板娘和长州、萨摩来往密切，贸然开口，反而坏了事。"长野主膳低声说。

"长野大人所言极是。必须找到可靠的人。"

与三浦休太郎见面后，长野主膳心里添了烦恼。

暮色四合，多纪端上了晚饭。长野主膳并不举筷，只怔怔地看着。牛蒡豆腐甘露煮，腌胡瓜，黑漆碗里的香葱萝卜汤冒着热气。

多纪瞥了丈夫一眼。

"最近频频出门，回来还魂不守舍。莫非在祇园结交了美人？"

"真想结识一位知根知底的美人啊……"他长长叹了口气。

"哎呀呀，这是什么话。长野大人的胆子真是越来越大了。"多纪瞪大了眼睛。

他疲倦地笑了笑。"别误会。一桥派常在祇园聚会，外人很难打探到消息。"

"原来如此。那你赶紧去结交祇园美人啊！"多纪的气还没消。

"好了好了。你还是爱吃醋。"他一把拉住多纪的手。

"光美不行，要有才艺，还要有胆色，还得信得过。哪儿找这样的人去？……"他又叹了口气。

"彦根不就有一位吗？不舍得？"多纪目光炯炯地盯着他。

"彦根……多加？不行不行，有危险。万一……怎么向大人交代？"他心里一动，像火苗一闪，旋即又熄灭了。

"大人不会知道。他们早没了来往。"

"也许她又有了意中人。"他软弱地反驳。

多纪扑哧一笑，像在听梦话。"你明知她不会。"

他缓缓摇了摇头，想把多纪的主意丢在脑后。可确实没有旁人可选，他心中的抵抗一点一点软化。为了大人。没别的办法。

彦根离京都并不远，一路徐行，也只是三四日的路程。先前上京时，长野主膳遍观沿途山水，也写下了不少和歌。这次从京都回彦根，他没了闲情逸致，只是急急地往回赶，归心似箭。

到彦根的第二日，他一早赶去了村山多加的家。

院子里开了不少花，花朵做星形，白紫两色，应该是桔梗。多加正在侍弄花草，抬头看见他，赶紧笑着招呼了一声。

"好久不见。"长野主膳笑了笑，把手里的小包袱放在几上。里面是龟屋清永的荷花饼。

龟屋清永是元和年间开业的京都老铺，立夏后总会做应季的荷花饼，糯米粉磨得细细的，染成浅粉色，再攒成一朵朵盛放的荷花，中心还挑出几茎淡金花蕊。虽是吃食，难得做得精致，让人不忍下口。

村山多加道了谢，亲手煮了茶。

"前段时间朝廷政局不稳，关白殿下也忙得很，乘机告了假。"

去京都数月，男人像老了几岁，眼下多了密密纹路。

"多加。那位大人辛苦得很。"男人把茶碗握在手里，目光停在她脸上。

她眼里掠过一丝忧虑，慢慢垂下了眼帘。

男人的心安定下来。

"我去京都，并非只是做和歌教师。"他换了恳切的口吻。

她点了点头，显然已经猜到了。

"京里局势不稳，那位大人忧心如焚，我寄身关白九条家搜集消息。"男人一脸严肃。

"实在是辛苦了。"不懂他的用意，她只能附和。

"萨摩等藩有武士擅自上京，兴风作浪，与幕府为敌，还想插手将军继嗣事宜。他们行踪诡秘，大人鞭长莫及。我接到宇津木的信，他说大人日夜悬心，人也憔悴了许多。"

憔悴。急促的马蹄声。下着雨的夜晚。铁三郎脸颊陷了下去，嘴角两条深深的纹路，有疲倦到极点的眼神。比那时更憔悴？她的心沉了下去。

男人顿了一顿。他喝了口茶，拈起碟边的杨枝，切下一枚花瓣含在口中。

她也吃了一块。龟屋清永的荷花饼品质极佳，内馅是莲子泥，甜而不腻，有莲子的清香，可她品不出一点滋味。轻轻放下杨枝，取出怀纸按了按嘴角。

男人盯着她，似乎有点紧张。

"我在京都势单力孤，想找个帮手。人心诡谲，不能轻易信任。万一识人不明，反着了道儿。"

她明白他的用意了。京都有冬冷夏热的恶劣天气，有阴湿的老房子。房子里有哇哇大哭的孩子，还有眉眼俊秀的和尚。她讨厌京都。

男人又喝了口茶，假装不经意地问："多加，你对京都了如指掌，可以吗？"

做了许多铺垫，终于说出口了。

她垂着头，没有回答。

"为了那位大人。"男人加重了语气，像祭出了杀手锏。

她有些茫然。当初他苦劝自己和铁三郎一刀两断，如今又回来游说。

"你再考虑一晚。明早我会来。"他匆匆走了，有些失望似的。

正午的阳光照进房里，土陶瓶里的浅紫桔梗染上了一层金光。清晨还是骨朵，何时悄悄开了呢。

阿贵原是圆脸，慢慢长成了鹅蛋形。刚学琴时还是孩子，如今有少女的样子了。

白木门左卫门要把女儿送到江户去。在旗本家侍奉几年，学些礼仪，出嫁时也荣耀些。

今日是最后一次课。从小在父母身边娇生惯养，突然背井离乡，只怕要吃苦呢。

阿贵有些伤心，眼圈也红了。薄薄的眼皮，圆圆的眼，玲珑的小嘴，是个小美人。希望她能遇见好主人。

她拉起阿贵的手，把用惯了的象牙拨子放在她掌心。"这是送你的，留做纪念。"

象牙拨子用得久了，有种滑腻的质感。阿贵把拨子握在手里，两行眼泪直流下来，低了头用手背去擦。

"回去吧。多陪父母说说话。"她取出手巾，给阿贵擦去了眼泪。

她打开柜子，慢慢收拾行李。

衣服都是身外物，燕子花手镜、铁三郎给她的信、土陶瓶先得带上。

她在房里转来转去，并不伤感。她与铁三郎又有了联系。哪怕只能帮他一点，她都觉得喜欢。

长野主膳在利用她吧，利用她对铁三郎的情意。铁三郎不会让她去京都冒险。

她都明白。她心甘情愿。

夏日的早晨，长野主膳缓缓走着。再转一个弯便是村山多加的住所。阳光明媚，几只黄莺站在樱树上，偶尔发出几声啼叫。

村山多加立在门前，右手提着小小包袱。长野主膳嘴角露出笑意。

多纪说的对，她会去的，为了那位大人。他一夜无眠，白白担了心。

"多加。"他微笑着招呼。

京都的夏天，天气说变就变。刚才还晴空万里，再一抬头，乌云挡住了半边天，一阵风吹过，降下一阵急雨。

桥本左内刚和西乡吉之助分开。他见西乡带了伞，还笑他多此一举，谁知说嘴打嘴，眼看要淋成落汤鸡。

祇园就在附近，先去那躲躲雨。他一路疾奔，躲进一家艺妓屋的屋檐下。站定后，他从怀里掏出手巾，轻轻擦拭淋湿的头发。他向来注重仪容。

白天的祇园静悄悄的，茶屋和艺妓屋都垂着门帘。只有到了晚上，祇园才会绽放光彩。

雨越下越大，他渐渐焦躁起来。

吱呀一声，艺妓屋的门开了，他赶紧向一边避了避，低头行了一礼。

是一位艺妓。撑开了真红蛇目伞，左手拎着黑衣的裙裾，看不见脸，只觉得姿势优美。

感觉到门前有人，艺妓收起伞，微微侧了侧脸。乌黑的岛田髻，一双长而媚的眼睛，看了看他，眼里多了笑意。

"路上逢急雨，在贵店门前避雨，当真冒昧了。"他喃喃地说。

艺妓笑吟吟的，把手中的伞递给他。"若不嫌弃……请拿去用。"

他低头行了一礼，动作潇洒，脸却一点一点红起来。他心里着急，越发觉得脸颊发烫，从屋檐上飘下的雨丝落在脸上，凉飕飕的。

艺妓见他窘迫，不动声色地转过头，发髻上的龟鹤簪子轻轻摇了一摇。

他脸上的热退了下去。

"雨小了些，大人一路小心。"她轻轻一笑。

"敢问芳名？"他鼓起勇气问。

"贱名可寿江。"

他看了看门前的提灯，上面写着"志麻"两字。艺妓屋志麻。可寿江。他记住了。

日头西沉，暮色像块巨大的玄色帛纱，忽地罩住了祇园。茶屋门前的提灯早已点起，京都最高级的花街又迎来最忙碌的时候。精心妆饰的艺妓们走出艺妓屋，随从低头跟在后面，手里提着三味线。她们袅袅走着，走向不同的茶屋，客人在等着她们。

祇园有多家艺妓屋，茶屋也多如繁星。茶屋是传统说法，祇园的茶屋不光提供茶水，也供应各种珍馐佳肴。

兰屋是最有名的茶屋之一。它外观朴素，玄关处的石头斑斑驳驳，看上去颇经历了些岁月。太阳刚落，佣人提着青竹桶，将玄关冲洗得一尘不染。

兰屋里的陈设十分雅致，房内的挂轴、插花的花器都出自名家之手，菜肴和酒水也是第一等的。客人都有些身份，少有年少轻狂之辈。

桥本左内是兰屋的常客，佣人们对他格外客气。今晚他穿着宪房色小袖，配着有暗纹的青绿腰带，越发显出白皙的脸。有位艺妓在角落低唱，他右手举着酒碗，左手打着拍子，一脸享受。

"美酒，朗月，酒刚入喉就要醉了。可能是小呗太悦耳的缘故。"

"肯违心说客气话的，只有桥本大人了。明知不是真心，可寿江也很欢喜。"

"哪是客气话。三味线出神入化，小呗也唱得正好。我可着了迷。"

桥本左内似乎带了些醉意。他有乌浓的眉，眼睛亮晶晶的，眼角带点微红，唇上噙着笑意，像极了浮世绘里的美男子。

"都说越前男子刚毅沉默，桥本大人在京里待得久了，学会不少甜言蜜语。"可寿江放下三味线，为青年斟满酒，又低头一笑。

丰茂的乌发挽成髻，双手修长洁白，正是村山多加。

"实不相瞒，我少年时在大阪学兰医（西医），住在绪方洪庵的适塾里。适塾学友们踏遍大阪花街，我一次也没去过。"他放下酒碗，一脸认真地说。

"大阪花街繁华，并不逊于京都。桥本大人心无杂念，可是有意中人？"

"哪里有意中人。适塾课业最紧，白天忙着读书，晚上也有安排。"他苦笑了一声。

"适塾晚上也讲课？绪方洪庵大人真是好精神。"她笑了一笑，显然不信。

"只要无雨无雪，每晚我都出门，给穷苦町人看病。大阪繁华富庶，也有许多贫病交加的可怜人，我医术有限，时常觉得力不从心。"他垂下了眼睛，脸上有悲伤的神情，像是想起了旧事。

"医者父母心，桥本大人慈悲。"她顿了顿，觉得有些意外。

"都是陈年旧事，不提也罢。也是奇怪，西乡那家伙是一等一的知己，我从没和他说过这些。今晚可能喝醉了，和可寿江絮叨好久。"他的脸更红了，不知是不是酒的作用。

"再唱小呗吧。想听首情致缠绵的。"他笑了笑，又恢复了平常的样子。

秋夜漫长，明月朗朗，伊人不至，我心悄悄。夜半露重，远钟悠悠，长夜难眠，我心怅怅。

"我少年学兰学，对汉学只是一知半解。听了这小呗，倒想起'求之不得，寤寐思服。悠哉游哉，辗转反侧'，相思苦楚，真是四海皆同。"

她抿嘴一笑，又给他斟了酒。"桥本大人风流倜傥，哪里懂相思的苦恼。"

"以前不懂，如今懂了。"他盘腿坐着，手肘撑在矮几上，手掌托着腮。一双眼睛看着她，眼神恋恋的，里面有她的影子，小小的，有些瑟缩。

她有些慌乱，心里乱糟糟的，像塞了把杂草。她从彦根来京都，不正是要接近桥本左内这些人吗？如今他似乎生了情意，不管是真是假，都求之不得。好戏开了场，该好好唱下去，怎么想抽身逃开了呢？

一时不知说什么好，她低下头，双手整整齐齐叠放在膝上。

"啊，今晚确实喝醉了。"他笑了笑，从怀里掏出个匣子，轻轻放在矮几上。

"昨日陪朋友闲逛，看见个小玩意，一时兴起买了下来。后来想想没什么用处，拿来给你。"

长形桐木匣，右下角有"金竹堂"的暗金字样。金竹堂在祇园四条通，是制作簪钗的名店，京都无人不知。

匣上绑着红丝线，串着两枚金色铃铛。解开丝线，匣里躺着一支透雕扇形簪，鳖甲质地，有温润的饴糖色。拿起簪子，她的心猛地跳了一下——簪上的透雕花纹正是麻叶纹。豌豆大小的麻叶密密排着，浅黄的麻叶。

"这太贵重了……"鳖甲昂贵，透雕更费材料，这簪子必定价格不菲。

"心血来潮买了，我一个男子，要它何用？丢了更浪费。可寿江要是不收，簪子也要流泪了。"

"可是……"

不是别的，是簪子——人人皆知，簪子是定情物。

她左右为难，表情也尴尬了起来。他的头低了下去，嘴角还带着笑，那笑却有些寂寥了。

她定了定神。"那就多谢桥本大人了。"

他猛地抬头，脸上有惊喜的笑。

桥本这家伙最近格外高兴，整日嘴角带笑，一副喜气洋洋的样子。西乡吉之助有些不安。两人下午去公卿三条家拜访，告辞时日已偏西。桥本左内建议去祇园喝酒，西乡吉之助摇了摇头，带他去了中京锦小路的一家酒馆。萨摩京都藩邸就在附近，酒馆老板和萨摩有些渊源。

西乡吉之助皱着眉头，把酒碗握在手里。老板娘端来了热腾腾的浇汁豆腐，正是萨摩的乡土美食。豆腐煎得黄黄的，浇上刚炒好的笋菇丝，鲜美可口。桥本左内吃了两口，抬头看见西乡并未动筷，只是默默出神，似乎神游天外。也许在想事情吧？不要打断他。

"笑什么？"西乡吉之助抬起头，笑微微地望着桥本左内。

桥本呆了一呆。"只顾着吃菜，并没有笑。"

西乡把酒碗伸到他面前。酒碗宽而浅，他一眼瞥见自己映在酒中的倒影，脸红红的，嘴角有笑纹。可不正在笑。

"不光现在，这几日你一直笑吟吟的，似乎有天大的喜事。"

"并没有什么喜事。是西乡的错觉吧。"

西乡吉之助半皱着眉，有些不安，也有些好笑。

"最近常去祇园？"

"有个艺妓弹得一手好三味线，小呗也动听得很。"

"听说你还带了梅田先生去祇园？"

桥本左内有些尴尬。

"梅田先生学问是好的，只是太古板了些。带他去祇园转转，活泛活泛。"

"京里人杂，还得小心。况且梅田先生有不少反幕府的言论，是攘夷志士的领袖人物。你我交友要谨慎，莫牵连了自家大人。"

"遵命。都说西乡大人乃燕赵悲歌之士，只有小弟明白，西乡大人啊，谨慎得要命。"

西乡吉之助无奈地叹了口气。

"你多虑多思，所以时常叹气。听听可寿江的三味线，有助于安神。"

"可寿江？"

"就是先前说的祇园艺妓。"

西乡吉之助撇了撇嘴。

"干吗一脸不以为然。可寿江的三味线可是京中一绝……连梅田先生都赞不绝口。"

"京都艺妓多如牛毛，你也见过不少，怎么像刚上京的乡下武士似的？"

桥本左内词穷。是啊，他也不知为什么。

　　两人分了手，各自回住所。桥本左内慢悠悠走在路上。已是傍晚，太阳早就落山，天还微微亮着，底下是密密麻麻的人家，一个个小窗口透出暖黄色的光。挑着担子的商贩，拿着工具的工匠，走在回家路上的人们脸上带着安适——忙碌的一天快结束了，可以好好喘口气。桥本左内忽然想起了祇园，那里昼夜颠倒，白天安眠，晚上才是热闹的时候。可寿江也要忙起来了吧。

攘夷派

堀田正睦头大如斗，当了老中首座没多久，棘手事一件接一件。

四年前，黑船来航，要求幕府开国，江户乱成一团。阿部正弘召集老中、溜之间大名讨论，还要求所有大名提出处理意见。开国与攘夷意见两分，议来议去，还是茫无头绪。领头的蛮夷佩里见幕府意在拖延，索性带着舰队驶入江户湾，赤裸裸地威胁了一番。老中和溜之间大名们主张依势开国，阿部正弘见佩里只是要开港，再承认日美"亲善"，没什么过分要求，便也放了心。经过了几番谈判，幕府与美利坚签了个有名无实的《日美和亲条约》，佩里也就打道回府。

谁知去年七月，美利坚又派了个叫哈里斯的公使来，要求日本给建个领事馆。阿部正弘在伊豆下田找了座寺庙，匆匆改造一下，权充做领事馆。哈里斯带着翻译官修斯肯住了进去，又提出正式签订通商合约的要求。阿部正弘找了千条理由，还说要请示天皇意见，好容易糊弄了一年。哈里斯等了一年，忍耐到了极限，威胁要乘军舰驰入江户湾，直接找将军家定谈判。前几日，负责谈判的岩濑忠震[①]和井上清直[②]遣飞脚发来急报，称已到了十万火急的时候。

都是阿部正弘闹的，以为拖延一下就能大事化小，小事化了。他一病死了，自己是老中首座，不得不接下这烂摊子。

开国就开国，通商就通商。他向来是开国派，整日把"开国乃国运伸张之道，通商乃国力增强之道"挂在嘴上。水户老顽固德川齐昭曾当面骂他有"兰癖"。

兰是荷兰。从三代将军家光开始，幕府实行锁国制度，只与中国、朝鲜、琉球和荷兰保持往来。荷兰是了解西方的唯一窗口，西方知识因此被称为"兰学"。堀田正睦喜欢兰学，曾召兰医在自家藩里办了家学校、医院二合一的机构，还起了"顺天堂"的怪名字。

正因有"兰癖"，堀田正睦有不少兰学知识——战火一起，生灵涂炭不说，腰里插着两把刀的武士才不是坚船利炮的对手。

其实，老中们都不顽固，溜之间大名们也有订约开国意。死了的阿部正弘也支持开国，只是阿部滑头，不愿承担决策责任。确

---

① 岩濑忠震：江户后期幕府官员、外交官，积极开国派。后被称为"幕末三俊"之一。

② 井上清直：江户后期幕府官员、外交官、志中阿部正弘宠臣。

实，攘夷势力不可小觑，尤其是水户家，向来与京都宫家联姻，与公家显贵交好，早在朝廷进行了不少攘夷宣传。

阿部正弘当时只想着拖延，通商条约草案全未准备。立刻签约肯定来不及，还得请哈里斯再缓缓。可哈里斯明确表示：要延期可以，必须允许他面见将军大人，一来递交美利坚大总统的国书，二来确定幕府到底有没有签约的诚意。他还反复交代美利坚绝无恶意，只是为了和日本保持亲善关系。

拜见将军大人……堀田正睦皱了皱眉头——老中们不会反对，溜之间的大名们呢？尤其是井伊直弼，能答应吗？

井伊直弼回了彦根，得先和他达成一致，还得请他赶紧回江户。堀田正睦叹了口气，缓缓打开手边的唐木雕金莳绘砚箱，又从笔架上取下支笔。什么时候才能畅心随性，不用那么瞻前顾后呢？

井伊直弼很快回了信，赞成哈里斯觐见，还说近日赶回江户。看着信笺上龙飞凤舞的字迹，堀田正睦撇了撇嘴。井伊扫部头对茶道、书道着迷，闲时还参禅、写和歌，当真看不出是"开国派"。

既然赞成了，那事不宜迟。九月底，幕府以将军家定名义发出号令，令美利坚公使哈里斯入江户觐见，觐见日期定于十月二十一日。

听到这个消息，水府侯立刻辞去了海防参与职务，还在千代田城内嚷着"备中切腹！哈里斯斩首！"堀田正睦呆着脸，只做不闻。尾张侯向来厌恶开国派，听说蛮夷要觐见将军家定，也跟着提出抗议。正当江户攘夷派们群情激奋时，又有一艘美利坚军舰驶入了下田。消息传来，所有人都想起三年前军舰在江户湾横冲直撞的可怕景象，反对声浪一下小了许多。

哈里斯带着翻译官修斯肯兴高采烈地踏上了去往江户的旅程。他在出发当日的日记里写道："我骑马出发，一大早天气晴朗。我既感使命重大，也有终于能见到将军的成就感。心情激动异常。美利坚国旗在前面飘扬，能在锁国的日本插上国旗，骄傲不已。"

哈里斯和修斯肯心情轻松，负责守卫的奉行支配组头[①]若菜三郎心里沉甸甸的。眼下攘夷风潮四起，哈里斯可是蛮夷头目，想取他项上人头的武士不在少数。若菜带了上百名护卫，加上驮着哈里斯与修斯肯所用的床、椅子、食物等日常用品的挑夫，整个觐见队伍膨胀到了三百五十余人。

哈里斯一行沿着东海道缓缓前行，途径箕作、梨本、箱根，

---

① 支配组头：江户幕府官职的一种，在各奉行手下，负责具体事务，多由旗本担任。

离江户越来越近。此时千代田城也在紧张准备，大奥的女中们都忙碌起来，要为将军大人准备觐见用的纯白直衣，还要缝制特制坐垫。

原来，哈里斯拒绝觐见时伏在地上，坚决要求坐椅子。哈里斯是身高七尺的大汉，将军家定身材瘦小，又只坐在略厚的榻榻米上，看上去会比哈里斯矮了许多，灭了神国的威风。老中们议了许久，得了个妙策，只需把将军身下的坐垫加高，高过哈里斯的椅子即可。于是，大奥女中们忙着将七八只垫子缝在一起，再用锦缎和金线缝制外罩。

大奥御年寄泷山正四处巡视，忙得不可开交。突然有女中来报，说本寿院大人想见她。泷山赶紧拢了拢发髻，重新傅了些粉，匆匆赶去本寿院的住所。

数日不见，本寿院的脸色更晦暗了，她正对着金莳绘台上的天目茶碗发呆，看见泷山也只是勉强一笑。

泷山行了礼，本寿院示意她坐下。

"听说将军要见那哈……哈什么，那个蛮夷头子。"本寿院眉间阴云密布。

"美利坚公使哈里斯。"泷山忍不住想笑，努力保持若无其事的表情。

"哈里斯。"本寿院机械地念了一遍，猛地摇了摇头，倒抽了口气。

"将军万金之体，不能见啊。蛮夷是野人，谁知会做出什么事来？"本寿院脸色煞白，眼睛瞪得大大的，全身抖个不住，像刚听了鬼故事的小姑娘。

"说哈里斯要求签约，老中们要延期。哈里斯说延期就要觐见将军大人，确定到底有没有签约的诚意。"泷山平静地说。

"说来说去都是堀田备中混账，怎么能答应呢？"本寿院的声音里带了呜咽，眼泪也涌了出来。她斜了身子摸出手巾，忽然瞥见了屋角放着的青瓷笋形花瓶，里面密密插着几枝南天竹。这南天竹养得极好，薄薄的椭圆形绿叶，大串大串的红珠点缀其间，红极了，似乎要刺到人的眼里，直刺出血来。本寿院打了个寒颤，拈着手巾的手停在半空，眼泪也干了。

"美利坚有军舰，上次直闯到江户湾来。船上还有上百门铁炮，实在可怕。"泷山也有些哀愁，形势比人强，又有什么法子。

"黑船一来航慎德院大人便薨了……蛮夷真是不祥啊。这次别又……"本寿院的眼泪又涌出来了。上次是丈夫，这次轮到儿子了。自家儿子又是那样的身体。她心里七上八下，眼泪直流下来，手巾狠狠攥在手里，只忘了擦。

"本寿院大人放心吧。听中奥的人说，觐见时将军大人身后会安排好护卫，都是刀法最精强的旗本，对将军大人忠心耿耿。"

本寿院叹了口气。"自从知道这消息，我一直睡不着，夜夜做梦，梦见去了的慎德院大人。将军自小体弱，御台所又另有打算，如今世道又不太平……"她的声音越来越低，全身力气都随着眼泪流尽了。

"将军大人有神君庇佑，历代大人庇佑，必定一切顺利。"泷山想了又想，依然不知说什么，只好找了句套话搪塞。

"希望如此吧……"本寿院满脸是泪，举起手巾擦了又擦，眼泪像流不完似的。

哈里斯一行已抵达品川宿，明日便可入江户。听到这个消息，老中和溜之间大名齐聚千代田城。

"哈里斯必须坐轿，骑马太过危险。万一遇刺，我神国颜面无存。"井伊直弼缓缓说。

房内诸人都点了点头。千辛万苦来到江户外，只要有一点疏忽，可能满盘皆输。

"着町奉行传令，町人不得围观轿辇，不得阻塞道路。轿辇过处，不得随意言谈说笑，不许指指点点。"堀田正睦皱着眉头说。

他环视众人，板着脸说："明日巳之刻在此集合。"

哈里斯明日午之刻动身进江户，众人先在千代田城聚齐，万一有变可以及时决断。

巳之刻。千代田城里的太鼓又响起来。老中们已经到齐了。

溜之间里静悄悄的，老中们都垂着眼睛，或看着手中的折扇，或握着茶碗发呆。溜之间大名们也一样。

已是深秋，天却不是碧蓝的，惨淡的鱼肚白，略有些潮湿。窗外的樱树已少了一半叶子，留在枝头上的枯黄卷曲，还带着黑斑，像得了重病的老人。曾经油绿的草地也褪了活气，大片枯草里夹杂着些青色，看上去更是萧索。

午之刻到了。众人不自觉地坐直了身体。

不断有侍从赶来报讯。

"已通过品川海晏寺门前，正在高轮路上，马上要到芝车町！"

"已通过芝町和田町！"

"已越过芝口桥，正往尾张町路方向去！"

"正在日本桥前。哈里斯听说此为东海道的起点，要求下轿走一走！"

堀田正睦脸色铁青，高声说："不可不可！告诉井上信浓，万万不能让他下轿。他是美利坚公使，少了根头发丝都不行！"

房内众人不吭声，心里暗暗赞叹：哈里斯还真有胆色，孤身来到异邦中心，竟然毫无畏惧。

"已穿过室町、本町。哈里斯一直开着轿辇的门，井上大人万般劝说，急出满头大汗。"

井伊直弼微微笑了笑，"真是难为信浓了。哈里斯若是不听，遣两个卫士守在轿门前后，以防万一。"

"已进入神田小川町！"

众人都在袖子下握紧了拳头，快到九段下的蕃书调所了。蕃书调所是幕府去年设立的洋学研究教育设施，暂时充作哈里斯一行人的下榻处。

"已进入蕃书调所！"

依旧没人说话，可房内的气氛一下变了。原先的沉默是临战前的惜字如金，正襟危坐，紧紧抿着嘴，全身紧绷着，随时都能一跃而起。如今的沉默是打了胜仗后的人困马乏，倦得睁不开眼，心里却松弛愉快，懒洋洋地不愿开口。

堀田正睦一直板着脸，猛地放松下来，脸上皱纹显得更深了。他向门口的大目付①土岐丹波守赖旨看了一眼，轻轻说："明日的事，丹波费心了。"土岐赖旨已被指定为将军使者，明日去蕃书调所面见哈里斯，还要按规矩送去各色吃食。吃食早已备好，整整齐齐收在一只桧木提箱里。若菜糖、三轮里、红太平糖等九种糖果，唐馒头、求肥饴等五种蒸点心，每一只都精美无比。送给蛮夷实在可惜——哪里懂得欣赏。土岐赖旨闷闷地想。

明日哈里斯就要觐见了，本寿院觉得今日格外长。她坐在窗前，半日都未开口，只盯着庭园发呆。深秋，天蓝得不像话，无处

---

① 大目付：江户时代的官职名，由老中统领，负责监视大名和朝廷，及时发现不稳动向。各大名国内也有相应的大目付。

182

不在的阳光是金色的，亮得碍眼。有轻轻的风，树叶一阵一阵落下来，发出萧萧的声音。连落叶也是金黄的，一堆一堆聚在树下，像一只只聚宝盆。

她的儿子要见蛮夷，明日就见。可她看见的竟是金色的世界，灿烂得奇怪。她猛地站起来，将军该回大奥了，她要去见他。

泷山竟然也在。看见她，泷山行了个礼。她勉强笑了一笑。

将军家定端坐在上首，头和手不时微微抖动。那是她的儿子啊，她痴痴地看着，以前种种像潮水似的涌了上来。自小体弱多病，手脚像是不受控制，时时做出奇怪动作。她总以为大了会好些，可略大了一些，头也不时扭动。她为儿子悬心，怕他夭折，可他奇迹般地长大了，依然瘦弱，依然多病，可他长大了。他的兄弟全死了。

他身体不好，也说不上雄才大略，可他是个温柔的孩子，好心肠的孩子。想到这里，她眼中酸涩，赶紧抬起头，发现将军正在看着她。

"用不着担心。说是蛮夷，也是有血有肉的人。"

她点了点头。

"将军大人说得极是。"泷山静静地说。

"刚才叫泷山过来，是想交代些事。母亲来得正好。"将军家定笑着说。

"纪州中纳言那孩子很好，我很喜欢他。"

泷山和本寿院四目相对，彼此心中雪亮。他在交代后事呢，以防万一。

"明日如果……把我的话告诉备中，也要和扫部说一下。"

知道不能哭，可眼泪纷纷落下，不能哭出声，只是默默淌着眼泪。一颗心像是裂开了，痛入骨髓。除了痛，还有一丝宽慰，将军在为她着想。她有个好儿子。

"御台所自小在西国萨摩长大，江户远离故乡，难免寂寞。我也知道……不管怎么说，要好好照顾御台所。"

泷山久在大奥，早练就不动声色的本事。将军的话虽简短，涵义却深。低头想了又想，心忽然怦怦跳了起来。微微侧头，只见本寿院张口结舌，一副哑口无言的样子。她从睫毛下偷偷看了眼将军家定，头部仍在轻微晃动，还是平日的温和面容，可一双眼亮晶晶的，带了点洞悉世事的怜悯。

都说人死后会成神。其实人死之前就成了神，什么都知晓，什么都原谅。泷山惊得要跳起来，谁和她说过这样不吉的话？那是她小时候，才五六岁，祖母和她说了个阴惨的故事：妻子有了外心，在丈夫饭里下了毒。丈夫痛得脸色苍白，马上快死了，依然对医生说是误服了毒药。丈夫死之前就成了神，饶恕了妻子的罪，可妻子依然痛悔，没多久就上了吊。这故事太过可怕，当晚她做了噩梦，梦里都是鬼魂，她哭着醒来，从此睡觉时必须点灯。

难道将军大人真的难逃一劫了吗？泷山突然迷信起来。

本寿院放声大哭。泷山垂下了眼睛。原来她也懂了。

184

觐见当日，出大奥时，御台所、本寿院、泷山以下的上级女中全部集合。将军家定戴着立乌帽子，身上是纯白小直衣，脸上带笑，缓缓走了出去。本寿院侧头看了一眼御台所，一双圆眼睛亮得异常，显然也含了泪。原来她也在担心将军。本寿院心里软了一软，她可能也不是坏人吧。

日头渐渐偏西，井伊家的轿辇到了外樱田藩邸，大人从千代田城回来了。宇津木六之丞赶紧出去迎接。

井伊直弼一身绢制直垂，头上戴着折乌帽子，手里握着折扇。他走得极快，绢衣发出轻微的摩擦声。看见宇津木，他微微一笑："待会你来书院。"宇津木点了点头，大人有话要说。

宇津木在书院里静静等着。不到一炷香功夫，井伊直弼匆匆进来，已换上了家常衣服。

"今日觐见一切顺利？"宇津木悬了半日心，忍不住发问。

"唔。也只是同你说说，有些好笑。"井伊直弼歪了歪嘴角。

"将军大人坐在两尺高的垫子上……听说是七层厚垫叠在一起的，外面包了锦缎，四角还用金线缝了江红坠子，怪模怪样，不成体统。将军大人面前还垂着帘子，略略卷起一些。"

"是为了显示将军大人威仪吧……"宇津木想笑，好容易忍住了。

"久世大和守站在将军下首，手有些抖，明显紧张。我实在忍不住要笑。"

"那哈里斯是什么模样？"

"深目高鼻，头发向后梳，留着大胡子。戴着向上折的长帽子，穿着镶金边的黑衣，腰上还带着短刀，镶着珍珠。见到将军大人，他立刻脱下了帽子，唬了卫士们一跳。"

宇津木六之丞忍不住笑出来。

"将军大人呢？"

"将军大人今日当真辛苦了。"井伊直弼叹了口气。

"哈里斯递交了国书，大人仔细听了。你也知道将军大人的病症……今日也是努力克制，仍然摇了三四次头，脚也连踏了几次地。不过，觐见还算顺利。"

"将军大人确实辛苦。"

"接下来会继续谈条约的具体细则。光井上信浓一个人不行，又加了目付①岩濑忠震。得细细谈，不能有漏洞。"

与佩里不同，哈里斯的要求众多，涉及通货、领事裁判、关税、开港开市和进口货物价格等诸方面。井上清直两人与哈里斯谈判了十四次，终于大体达成一致。此时距哈里斯觐见已有近两

---

① 目付：幕府和诸藩内的官司职之一，负责监察旗本、藩士们的行为，发现不妥，立刻检举揭发。

个月。

眼看通商条约草案即将完成，堀田正睦决定先行造势。十二月十五日，幕府突然发出将军家定的台命："今日世界已是战国七雄争霸之局，拘泥旧制于挽回国势无益，非常之时需行非常之举。莫若一改锁国制度，以此为扩张国威之良机。"

说是将军大人的台命，诸大名皆知是老中首座堀田正睦的意思。全国攘夷派顿时炸了锅，怒骂幕府怯懦苟合者有之，指责蛮夷欺瞒将军大人者有之。太阁鹰司政通的正室清子是水府侯德川齐昭的姐姐，德川齐昭连连给姐夫写信，把幕府与哈里斯交涉的信息全盘泄露，直指"卖国官吏允许外夷觐见，夷情迫切，不可不防。"鹰司政通心中忧闷，话里话外也对其他公卿透露一二，公卿们对蛮夷的恐惧又深了一层。

十二月十五日，《日美修好通商条约》草案正式完成。听说朝廷里攘夷风潮盛行，堀田正睦只是叹气。

那些夸夸其谈的公卿懂得什么？直到现在，天皇都以为洋人是头上长角的鬼怪。堀田正睦想笑，随后叹了口气，得找个妥当的人去京都斡旋。

"有人吗？"

一名卫士悄无声息地出现，膝行上前。

"让林大学头来。"

"遵命。"

林大学头本名林复斋，是有名的国学者，对兰学也有研究，曾全面参与《日美和亲条约》的拟定。派他去京都说服公卿，再好不过。

可林复斋被赶了回来。公卿们给的理由是"条约乃大事，幕府遣林某此等小吏上洛①，实乃对朝廷的轻视。"

岂有此理。

林复斋被弄得灰头土脸，堀田正睦也在千代田城发了脾气。

"签订条约本是幕府的事，无须朝廷许可，遣人上洛本是礼貌之举，那帮公卿倒当了真呢！"

"想当年哈里斯初提通商条约，阿部伊势守不愿承担责任，力主由朝廷允准。如今看来，实在是长他人志气，灭自己威风。"老中松平忠固慢悠悠地说。

阿部正弘真遗祸无穷，死了也不让人安生。堀田正睦恨恨地想。

恨是恨，上一届老中首座力主由朝廷做主，堀田正睦也不敢擅自签约。新年刚过，他决定亲自去京都。

"关白九条家已同意开国通商，大人此行定会马到成功。"

"是啊，五摄家都无异议。"堀田正睦叹了口气。

五摄家是公家社会中地位最高的五家，分别是近卫家、九条

---

① 上洛：入京都之意。

家、二条家、一条家和鹰司家，朝政由他们一手掌握，天皇轻易不表态。

预先打通五摄家的关节，约花了三万两银子。实权派九条家一口答应，其余几家也不反对，算是十拿九稳。溜之间的井伊直弼建议暂缓入京，看看京里形势再适时而动。他谨慎得过了。

二月九日，堀田正睦入御所拜见天皇，先把岩濑忠震等人拟的《日美修好通商条约》草案递了上去，又代将军家定进献了金大判五十枚。

天皇态度如常。一切顺利。堀田正睦松了口气。

几日后从御所传来消息，天皇反对订约。

晴天霹雳，堀田正睦简直不敢相信。

二月二十三日，朝廷颁出纶旨：订约一事，幕府需与诸大名议论，万事谨慎进行。

关白九条尚忠①有些不悦。关白是朝廷的最高权力者，被尊称为"殿下"，天皇都不能任意推翻他的决定。他收了银子，也给堀田正睦打了包票，却大大失了面子。他遣人送去书信："天皇敕许一事无须担心。"

九条尚忠说不担心，堀田正睦却担心得紧。同行的幕臣川路

---

① 九条尚忠：江户时代后期至明治时代的公卿，官位从一位、关白，与幕府关系良好，支持开国。

圣谟①做过奈良奉行，也做过勘定奉行。四年前天皇御所失火，他主管修复工事，在公家颇有人脉。为防万一，堀田正睦紧急调款，由川路圣谟出面送出上万两。公卿显贵们收了贿赂，再次劝说天皇同意订约，天皇气得七窍生烟。堀田正睦以为大局已定，就此放下了一条心。谁知天皇侍从岩仓具视把一切看在眼里。

岩仓具视是普通侍从，出身也一般，却着实机敏过人。天皇反对订约，虽然也有厌恶蛮夷的原因，更怕祖宗家法由自己手中而破，自己背上千古骂名。为了自己的名声，天皇这次着实固执，可公卿显贵已被幕府收买，天皇孤掌难鸣。不过，幕府白花花的银子都给了显贵，下级公卿未得分文，不少人又妒又恨，愤愤不平。若能迎合天皇的意思，带着下级公卿大闹一场，没准能一战成名——以后再不会是无足轻重的普通侍从了。

三月十一日，岩仓具视与八十余名下级公卿在御所静坐，强烈反对订约，史称"八十八卿参列事件"。这场声势浩大的抗议正是名不见经传的岩仓具视组织。

攘夷势头已成，堀田正睦悻悻离开京都。

无功而返。

春风和煦，外樱田藩邸的桃花开得烂漫。粉色花朵锦重重

---

① 川路圣谟：江户时代后期幕府官员，坚定开国派，幕府倒台前夕自尽。

的，压得枝条弯曲下垂，枝条顶端有初萌的幼弱嫩叶。

今日不用登城，井伊直弼一身家常衣裳，坐在庭前看花。宇津木六之丞斜斜坐在下方。

"备中守吃了大亏。"宇津木六之丞含笑说。

"小看了朝廷公卿，遭了伏击。"

"他是阿部正弘扶上位的，本来只是挡箭牌，阿部一死，他倒坐大了。事事独断专行，不把溜之间放在眼里，吃点苦头，挫挫锐气只有好处。"井伊直弼慢悠悠地说。

宇津木的眼里带了钦佩。一年前自家大人只懂自保，无论老中还是大名，谁也没把他放在眼里。如今他隐然是溜之间大名的领袖，谱代大名里的翘楚。

"大人劝备中守多搜集消息，不要贸然上京。备中守只是不听。如今倒好，颜面扫地。"

"长野主膳早就有信，京里表面风平浪静，朝廷里拉帮结派，势力盘根错节。关白九条是实权派，可太阁鹰司家、左大臣近卫家都和外样大名联系紧密。备中守以为漫撒金小判就行？太不把公卿放在眼里了。"

"长野近日该到了吧？从京里一路赶来，舟车劳顿，也是辛苦。"宇津木扳着指头算了又算。

"辛苦他了。京里情况复杂，还是当面问他最妥当。"

天渐渐暗了下来，走廊里还有朦胧光线，书院里完全黑了。

井伊直弼放下书，点亮了几上的纱绫纹烛台。卫士都被打发走了，他读书时向来喜欢一个人。

蜡烛的火苗细细长长，在空中荡漾着。烛台上涂了金粉，发着灼灼的光彩。彦根藩自己的湖东烧，他请高手匠人涂金，在底座描上他最爱的纱绫纹图案。烛泪缓缓冒出来，流到下面的托盘上。托盘是梅花形，金色梅花。

他正望着烛火发呆，听见外面走廊有脚步声。

"长野主膳到了？"他高声问。

"正是。"

"安排他住下，好好泡澡解乏，明早再来。跟他说不急一时，想和他说的多着呢。"

"是！"

"他酒量大，晚膳多给他备些酒。"

"是！"

烛泪不断流着，在托盘上越聚越多。这蜡烛是木蜡树果实提炼的，有温润的淡赭色，烛泪的颜色更淡，带了些象牙色的影子。他怔怔地看着，突然觉得高兴。长野主膳来了，会带来许多消息吧。

井伊直弼一向晚睡早起，今日比寻常起得更早。他心神不定地咽了几口饭，换上衣服去春柳间等着。没多久长野主膳就来了。

"大人！"

"长野，一年多不见，怎么老了许多？"

"恕长野无礼，大人脸上也添了皱纹呢。"

"是啊，我们都老了。"井伊直弼叹了口气。

"大局未定，大人老不得。"长野主膳正色说。

"京里演了出好戏啊，果然是口蜜腹剑的上方气派，关东直心肠武士万万不敌。"

"备中守铩羽而归，成了京里人的笑料。还编了歌谣让孩童来唱。"

"备中守是幕府的老中首座，他脸上无光，也拖累了幕府威仪。我劝过他，无奈他是不理。"

"萨摩、土佐和越前福井都派了不少人上京活动，他们联络公卿，主张攘夷，处处和幕府作对，还拥立一桥家的德川庆喜。好在他们向来在祇园集会，监视起来不难。"长野主膳笃定地说。

"花街复杂，女子多变，找的人可靠吗？"井伊直弼皱起眉头，眉间有深深的川字。

"大人尽管放心。绝对可靠。"

绝对可靠，怎么如此笃定？他心中一动。"莫非你在祇园有了红粉知己？多纪知不知道？"

"大人多虑了。"长野主膳心里升起悔意，本不该提起祇园的事。

"到底怎么回事？"长野主膳向来磊落，少见这般欲言又止的样子。他觉得有趣，故意刨根问底。

长野主膳的脸红了又白，干脆低下了头。一种不祥的预感缓缓升起，他不想再问下去了。

这是外樱田藩邸的春柳间，小小的六帖间，一般接待最亲近的人。拉门上贴着薄薄的银箔，淡淡描着他最爱的柳树，柳条刚冒出鹅黄嫩芽，在春风里喜悦地舞动。房里安静，一只蜜蜂飞了进来，嗡嗡闹了一阵。许是累了，它缓缓收了翅膀，停在银箔上，看上去也像入了画。阳光一点一点移进房里，银箔骤然放出炫目的光，他闭上了眼睛。

"不敢欺瞒大人。"长野主膳抬起头，神情镇定，像下了决心。

他木着脸，心里只是惊惶，像死命奔逃的动物。猎人在身后步步紧逼，前面又有陷阱，他能跑到哪里去？

"村山多加在祇园半年了。"

耳朵里有轰隆轰隆的巨响，以为是打了雷，看见榻榻米上的淡黄阳光，才想到是涌上的血潮。他定了定神，猛地起身，一脚踢翻了面前的矮几。

长野主膳俯下身，额头碰在地上。

"擅作主张，你好大的胆子！"他俯视着地下的男人，咬紧了牙。他的刀在身后的刀架上，他恨不得拔刀砍下去。

"任凭大人处置。"单听声音，长野主膳倒气定神闲。

隔壁守着的几名卫士听到吵闹，急匆匆赶了过来。

"回去！"他头也不回。卫士们应了声，从原路退了回去。

他坐了下来，板着脸。手抖得厉害，他把双手缩进袖子里。

"你起来。"

长野主膳缓缓起身，似乎是豁出去了，神情姿势都坦然自若。

"村山多加心甘情愿。"

"不用你说，我知她心甘情愿。正因如此，我才想一刀砍了你。"

他的脸涨得通红。

"你让她去祇园，让她交结胆大包天的乱党。她是弱女子，你让她冒天大的风险，你到底有没有心肝？"

"村山多加不是弱女子。"长野主膳脸上有讥诮的笑。

"大人，京都局势变化莫测，得不到最新消息，难免落得与备中守一样的下场。大人不是不清楚。"

"除了村山多加，再无他人可用。"

长野主膳说得不错，他无力反驳。阳光明媚的春日上午，他困顿又迷茫。

"长野，我一直以为你对多加有情。原来是我多心了。"他怅怅地说。

说话时漫不经心，说完后双眸炯炯，直直望向长野主膳，想看他脸上表情有无变化。

长野主膳变了脸色，接下来是一阵沉默。沉默是默认。默认什么呢？默认对多加有情，还是默认他多心？

他暗暗叹了口气，心境萧索异常。旅舍濒花寝，他乡胜故乡。樱花纷乱舞，归路已全忘。他一心向前，忍心抛下昔日情意，像贪恋美景的旅人，只顾仰头观景，行差踏错，早已忘了来时路。他舍了她，她在彦根寂寞多年，如今又去祇园做探子，依旧为了他。

她早不是他的了，是他亲手放开了她，她却深情如许。懦弱如他，卑怯如他，凭什么执着，凭什么去探究长野的心？

他瞥了一眼长野，发现长野也在看他，两人脸上泛出苦笑，不约而同地避开对方的眼。

有些事还是心照不宣的好。

幕府大老

又是夜幕低垂的时分，祇园灯火通明。

依旧是兰屋。桥本左内与西乡吉之助静静坐着，等着可寿江从志麻赶来。

桥本左内有翩翩佳公子的气质，西乡吉之助朴实了许多，像个地地道道的武士。

可寿江来了，发髻上插着麻叶纹扇形簪，桥本左内心里涌上一阵欢喜。

"这是我的同志兼知己，萨摩的西乡吉之助。"

"西乡大人。"她低头行了礼。

"这位西乡大人生性谨慎，最近老心神不宁。我拉他来听可寿江的小呗，给他安神静气。"桥本左内笑着说。

"桥本大人说笑了。"她微微一笑。

"中午和几位长州武士相聚，我喝得大醉，西乡也醉眼蒙胧了。若不是想见可寿江，我们还呼呼大睡呢。"

西乡吉之助横了他一眼，似乎怪他口无遮拦。

"二位大人还没醒酒，今晚不要喝了吧。虽然青春年少，身子要紧。"她轻盈地起身，对门外女佣吩咐了几句。

"酒不喝也罢。忙着往祇园赶，倒有些口渴呢。"桥本左内脸红红的。

她不是不会点茶，甚至点得不错。铁三郎自小精研茶艺，还写过茶道集子。他亲手教过她。

会是会，可她从没给别人点过茶，除了铁三郎。她向门外看了看，想让女佣上茶。

"祇园有不少茶道高手，西乡也想领略可寿江的高超茶艺。"西乡吉之助低头一礼。

她有些不情愿，可西乡吉之助如此说，只有答应下来。

房间一角有个小小茶室，里面有整套茶具。她起身点上伽罗香，芬芳的香木气息一点点弥散开来。

点炭煮水。端坐釜前，用帛纱擦拭抹茶罐，再取下一块，轻轻擦了擦茶杓。

取出茶笼，放在抹茶罐右侧。右手拈起帛纱边缘，夹在左手的食指与中指间，先放好柄杓，再轻轻揭开釜的盖子。

釜里水汽蒸腾，茶室里一片寂静。她眼前浮现出铁三郎的影子。

第一次为他点茶，因为紧张，她的手一直在抖。当时铁三郎不动声色，事后却笑了她很久。铁三郎的茶道自成一家，可他总让她点茶。她笑着问理由，他一本正经地想了许久，回答说茶粉一经她的手，便添了格外芬芳。

她沉浸在回忆里，浑然忘了眼前两人。桥本左内的眼光停在她脸上，西乡吉之助一直盯着她的手，凝神专注。

她的动作舒展优美。白皙修长的手指握着茶筅，不紧不慢地移动，发出沙沙的点茶声。第一碗放在西乡吉之助面前，清水烧色绘樱茶碗，碧绿茶汤，覆着细细的泡沫。

西乡吉之助行了一礼，右手端起茶碗，在掌心转了一圈，慢慢喝了一口。

"可合西乡大人口味？"可寿江笑着问。

"满口茶香，回味甘甜，又有恰到好处的苦味。茶是好茶，点茶手艺更是一流。"西乡吉之助一脸意外。

桥本左内看着可寿江，眼里满是笑意。她总是闲闲的，一点不张扬，却事事精通。小呗唱得好，又精于三味线，还是茶道行家？他像初进城的乡村少年，举目所见，处处是惊喜。她还有哪些本事瞒着他？他心里充满了期待。

"从没喝过那么好的茶。"桥本左内赞不绝口。

西乡吉之助也放下茶碗，第二碗了。"精妙之极。似乎是里千家的手法？"

他微微一笑，"实不相瞒。鄙藩藩主对里千家十分着迷，专程从京都请了师傅，西乡也有幸得了点拨。不知可寿江的师傅是哪位高人？"

她心头一紧。"可寿江粗末技法，哪里称得上茶道。只是模拟里千家的乡野把戏罢了。"

"谦虚了。法度谨严，定受过名师指点。"西乡吉之助嘴角带笑，一双眼牢牢盯着她。

"西乡大人过奖了，幼时跟人学过，当时只是玩笑，并未问师承何处。"她低下头，心念急转，想着该如何敷衍。

"喂，西乡也懂茶道？从没听你说过，不会是吹牛吧？"觉出气氛有些尴尬，桥本左内故意插嘴。

"大家都是武士，你能懂兰医，我为何不能懂茶道？"见可寿江装糊涂，西乡吉之助决定到此为止。

"可寿江的茶味道好，也能醒酒。现在觉得饿了。"桥本左内摸着肚子。

她如释重负，低头笑了一笑。"宇治茶泡饭配上芜菁腌菜，最是爽口不过。两位大人请稍等。"

从兰屋出来已是深夜，祇园仍然灯火通明。走出一段，再回头看去，弯曲的小路，两边有鳞次栉比的店家，门口都挂着亮堂堂的提灯，像是琉璃世界。

路边樱花开得灿烂，夜游的行人驻足观看。夜风轻拂在脸上，像恋人温柔的呼吸。春夜、朗月、夜樱，美得如诗如画。

西乡吉之助没心思欣赏，只想着该如何开口。他与桥本左内并肩走着，眼角里带了点桥本的衣裳和移动的脚，柿茶色小袖，脚上足袋倒是老老实实的绀色，再定睛一看，隐隐有花朵纹样。

他突然想起喜田川守贞写的风物志——"京阪少年郎，艳丽胜牡丹，优美似春樱，风姿拟白梅"。桥本左内是越前福井人氏，幼年去了大阪，后又到了京都。在京阪呆得久了，言谈举止、衣着打扮都被同化了。

鼻端有淡淡的香，他以为是樱花香气，细细一嗅，原来是伽罗香的余味。可寿江点的香不光染上了衣裳，也能沁进人的心。

他艰涩地开了口。"她点茶的手法并不是里千家。"

桥本左内没有出声。

"自成一家，显然是名家弟子。她却不愿说师承何处。"

"可能她不愿说。打什么紧？"桥本左内轻飘飘地说。

"她和你偶然相识？她从何处来？以前是做什么的？"

"谁都有过去吧？何必强要问？"桥本左内的语气激烈起来。

"你认识她多久？这样护着她？"

"我哪有护着她？"桥本左内红了脸。

"你看她的眼神，说话时的口气，傻子都看得出来。"他缓和了口气，闷闷地说。

"不管你说什么，我总是信她。"桥本左内斩钉截铁地说。

"我只是有些怀疑。"他叹了口气。知好色而慕少艾，他不是不懂。

两人谁也没再说话。

天色晚了，井伊直弼在茶室闲坐。白天在千代田城，回到藩邸又被家臣包围着，难得有独处的时间。

刚才里和来过，说要与他一同饮茶，他摇了摇头。

里和有些失望，还是笑着说："夜雾很浓呢。"

他侧耳听着责纽釜里热水沸腾的声音，轻轻点了点头。

里和悄悄退了出去。

里和，他的侧室。另一位侧室静江身体孱弱，与他聚少离多，里和一直陪在他身边。许多年了，照顾他饮食起居，为他生儿育女。他实在太忙，孩子的事很少过问，都是里和操心。

他也有正室，松平丹波守家的昌姬。无论如何都处不来，性子不合。

里和柔顺体贴，也许太柔顺了。大而圆的眼睛，时时注意着他的脸色，像一心讨主人喜欢的猫。

他又点了碗茶。茶道最讲静心，茶汤入喉，他的心依然没有静。

他缓缓站起，拉开了门。

眼前像蒙上了一层白纱。浓雾笼罩了整个庭园，明明近在眼前的松树都消失不见。

踏上草鞋，下到庭园，像到了另一个世界。白雾漂浮着，像一团团流动的白云，把他紧紧围在中间。

像在梦中。这奇异的夜晚，会发生奇异的事吧。

樱田门外有急促的脚步声。四个轿夫抬着轿辇匆匆走着，前后有数名卫士警戒。

黑漆轿辇在白雾里浮动，不光轿夫，卫士们也一言不发，只是大步流星地走着。

看轿辇的格式，看随从的排场，应该是颇有体面的武家。

可是，在浓雾里疾走的一行人竟没有带提灯，只借着朦胧的月色前行。按武家规矩，提灯上要绘家纹，他们不带提灯，是不愿被人认出身份吧。

轿辇在井伊宅前停住了。

"大人。药师寺筑前守大人来访。"侍从轻声说。

奇怪。已是夜半时分，药师寺元真突然来了。事先也没打招呼。

"快请。"井伊直弼匆匆换上正装。

药师寺元真年轻时做过将军家庆的侍从，家庆薨后，他又继续在将军家定身边伺候。在将军继嗣问题上，他是坚定的南纪派，与井伊直弼是同盟，两人有些来往。

药师寺元真在大奥也颇有人气——他是美男子，女人对美男子总是偏心的。将军家定的生母本寿院素来喜欢他，大奥总管泷山对他也另眼相待。他深夜来访，莫非大奥出了岔子？井伊直弼有些忧心。

一见药师寺，他就知道担心是多余的。那人满脸堆欢，看上去心情上佳。

药师寺笑吟吟地寒暄，他也应付了几句。大雾的晚上来，定有要事。

他使了个眼色，侍从心领神会地出去了，还叫走了门外的卫士。

"扫部头大人大喜。"药师寺元真眉清目秀，脸上带了笑，更显俊美。虽然青春不再，仍可归入美男子之列。

"筑前守大人何出此言？"他有些不解。

"如今政务繁重，老中们有些力不从心。将军大人有意从谱代大名中选一位大老。"

按幕府官制，大老虽不是常设，地位比老中首座更高，是仅次于将军的职位。

"将军大人体恤臣下。"

"彦根井伊家代代忠勇，是最合适不过的人选。"药师寺眼中的笑意更浓。

"直弼愚笨，哪能当此重任。"他有些晕陶陶，一人之下万人之上的大老，云端上的职位。内心深处又涌上嫌恶，藩主、溜之间常席，这些已太过沉重，还要百上加斤？

"扫部头大人谦虚了。如今谱代大名皆以大人马首是瞻，众望所归啊。"药师寺笃定地说。大老是顶儿尖儿的职位，谁不想做？当然，急吼吼地一口答应不太雅观，肯定要客气一番。

众望所归，他只觉得累。如果可以，他想回到彦根尾末町官舍的昏暗小屋去，写和歌、练书法、喝茶，看花，说不尽的自由自在。

"并不是谦虚。实在力有不逮。"他正色说。

药师寺收了笑容，面色沉郁。"如今国事纷扰，将军大人应对的是百年未有之变局。外样大名们意欲染指幕政，老中只求自保，通商条约一事久久未定，连将军后嗣一事外样大名也要插手。彦根井伊家深受将军家信任，出任过七届大老，扫部头大人是忠良之后，莫要辜负了将军大人。"

他两侧太阳穴一起疼了起来。铅灰色的倦意从心底一点点冒出，弥漫到四肢百骸。忠良之后，他生在井伊家，身上流着井伊家的血。他为什么要生在井伊家？

犬塚外记、宇津木六之丞、长野主膳……许多脸在他眼前转来转去。井伊后人，井伊家的血，他们都说过同样的话。没人问他的意愿，没人关心他想要什么，只因他流着井伊家的血，他的人生早已注定。可他已付出许多。他的自在人生，他的疏离做派，连他爱的女人也被送到祇园去了……一切的一切，只因为他身上流着井伊的血，必须要对将军家尽忠。他真是厌烦透了。

药师寺元真静静地看着对面的男人。男人脸上阴晴不定，似乎承受着巨大痛苦。

"实不相瞒。老中首座堀田正睦和一桥派私下来往，似已同意支持一桥民部卿。一桥背后有萨摩、越前撑腰，他一成将军世子，只怕萨摩等会立刻逼迫将军大人退位隐居。"药师寺元真一字一顿地说。

"况且，一桥是水户家的儿子，他的生父水府侯执意攘夷。万一战火燃起，后果如何，扫部头大人也想得到。"

他从不知药师寺如此能言善辩。战火燃起，外国军舰炮击江户，百万人流离失所，他承担不起这责任。他闭上了眼睛。自己是迷失在浓雾里的旅人，四周都是茫茫雾气，走了许久，走得筋疲力尽，以为已到了终点，其实只是绕回原地。

"直弼明白了。"一个空洞的声音响起，听起来陌生得紧，不像他自己说的。

药师寺像是松了口气，低头行了一礼。

怎么也睡不着。

隐隐听到均匀的呼吸声，里和睡得正香。她的睡眠总是好的。

他悄悄起身。里和惊醒了，跟着坐了起来。

"无妨，时候还早。"他温和地说。

他拿起外套披在寝衣上。里和起了身，帮他把外套理好。

他走出房间，她端着手烛跟在后面。

雪隐①在不远处，她立在门外等着。他在水钵里洗了洗手，她从怀里取出手巾递过来。

歇在草丛里的铃虫被惊醒了，发出朦朦胧胧的叫声。一片寂静。

他侧耳听着，轻声说："你先回去吧。"

"夜已深了呢。小心着凉。"

"哪里那么娇弱了。"他取过手烛，对她笑了一笑。

踏上草鞋，他走到庭院里去。

一弯新月，淡白的月光勾出一个银白的世界。月光照不到的地方是幽暗的，像沉在海底的礁石。

月下的京都是什么样的呢？祇园还是灯火通明吧。多加在陪客人？她三味线弹得那么好，有许多人喜欢吧。一曲奏完，她依然会低头一笑吗？他最喜欢那时的她，脸微微红着，后颈的肌肤白得像雪。

有寒意从脚底袭来，草鞋被露水浸湿了。他要做幕府大老了，一人之下万人之上。他爱的女人在祇园做艺妓！一切都太可笑了。

最近他不敢想起多加。以前想到她，心下凄楚，也有淡淡的温柔滋味，像独自品着陈年美酒。自从得知她去了祇园，他眼前老有重重叠叠的脸，男人的脸，大笑着，醉醺醺的，把她围在

---

① 雪隐：厕所的古称。

中间。他生在彦根城槻御殿，成年后一直在尾末町隐居，立身谨严，从未去过花街。可他毕竟是男人，大概猜得到花街风光。祇园艺妓虽不做下等买卖，毕竟靠迎来送往为生，何况她要打探消息，不得不和客人更亲密些。攘夷派武士，大都是年轻人，热血沸腾的，有挺拔的身姿。

她以前是爱他的，他从没怀疑过。如今还爱他吗？不会了吧。他是软弱、脆弱、口是心非的男人，为了自己，宁愿把她置于险地。

是的，是长野主膳让她去的，可长野主膳看准自己不会反对。犬塚外记、宇津木六之丞、长野主膳，人人都知道他软弱，都要替他做主。多加若有危险，不怪长野主膳，是他连累了她！是他害了她！心底漾上一丝苦涩，他很想大声喊出来，紧紧抿住嘴，连嘴里都苦起来。他大踏步往回走，想把愁思甩在身后。树上一只夜鸦惊起，呱呱地叫了，凄凉的一两声。

"大人。"刚走近房间，就听见里和的声音。温柔的声音，没有丝毫怨怼。她没睡，一直在等他回来。

下总佐仓藩邸在江户西丸下，是闹中取静的好位置。

从京都回来后，老中首座堀田正睦的心情一直恶劣。只要他在家，侍从们都轻手轻脚，生怕引起他的注意，被当成出气筒。

暖意洋洋的春夜，堀田正睦在茶室枯坐。他是略肥胖的男子，一陷入思考，薄唇无意识地抿起，下巴上的赘肉越发明显。

十多年前他做过老中，与主张改革的水野忠邦意见不一，自行辞职。三年前阿部正弘来找他，请他再次出山，之后还把老中首座的位置让给他。他踌躇满志，谁知阿部正弘老奸巨猾，只是拿他做挡箭牌。他白担了虚名，半点实权也无。

堀田家是谱代大名，石高十一万，只能说尚可。阿部正弘和越前福井藩主松平庆永交好，和萨摩、土佐等外样大名也互通声气，势力铺天盖地，他万万不敌。他与溜之间的大名们同病相怜，又都有开国志向，便联手做了同盟。

未曾想阿部正弘一病不起，年纪轻轻地死了，他觉得天空一下晴朗起来。要论开国事宜，自小爱好兰学的自己最是熟稔，不做第二人想。

《日美修好通商条约》的草案早拟好了，只等签字画押。为了稳妥起见，他上京请求天皇批准，原只是走个过场。谁知公卿们拿着鸡毛当令箭，自己又轻敌，猝不及防，大大丢了面子。

不能力敌，就应智取。

他讨厌阿部正弘，顺带厌上了他推荐的德川庆喜，溜之间的大名们支持纪州藩的德川庆福，他也顺水推舟地支持德川庆福做将军世子。阿部正弘一死，他的怨气也随之而散。松平庆永专门来访，想把他拉入一桥派。论辈分，松平庆永是将军大人堂叔。论实力，他是三十二万石的大藩藩主。论人脉，他和萨摩、土佐等外样大名交情不浅。这样的人物，不能轻易得罪。

本来，谁做将军世子，他并不关心。既然松平庆永屈尊纡贵地来了，他也不能拂他意思。

如今想想，支持德川庆喜是一招妙棋。德川庆喜虽是一桥家当主，论血缘却是水户藩德川齐昭的亲儿子。水户藩代代与宫家联姻，在朝廷里人脉广阔。若立水户出身的德川庆喜做将军世子，满朝公卿一定欢欣鼓舞。

他还想做个顺水人情，推荐松平庆永做大老。那人表面恬淡，其实热衷得紧。就算松平庆永做了大老，实权也在自己手里——自己最通洋务，幕府一天也离不了。

碗里的茶汤早冷了，堀田正睦皱了皱眉，倒进手边的建水^①里。白地建水上描着弯弯曲曲的牡丹唐草纹，细细的藤蔓勾过来勾过去，组成一个个不封口的圆。

釜里的热水沸了许久，稀薄的蒸汽慢慢充满了狭小的茶室。揭开盖子，再点一碗热茶，一口一口，喝得一滴不剩。事不宜迟，明日面见将军。

还是四月初，阳光已有盛夏的感觉了。千代田城吹上庭的樱树结出了淡绿果实，杜鹃花开得灿烂，像一簇簇紫红的火焰。

老中首座堀田正睦腰板挺直，快步走在御廊上。他年轻时是瘦削的高个子，年纪大了，脸上腰上也添了些丰润，别有一番威严。

---

① 建水：茶道用具的一种，清洗茶杯后的残水倒入其中。

上一任老中首座阿部正弘总是笑容可掬，毫无架子，堀田正睦生来一副古板神情。他在御廊上大步走着，与他擦肩而过的大名们都立住行礼，他微微点头，并不停下脚步。

老中们的房间在口奥，也是将军日常处理政务的"中奥"的入口。他进了房间，老中松平伊贺守忠固已经到了。松平忠固也是坚定开国派，最近和自己走得很近。他点了点头，微微一笑，算是行礼。

天气和暖，他又身体肥胖，一路走来，额头颈间浮上一层薄汗。取出手巾擦了擦，伺候的坊主①端上碗茶，他抿了一口。将军下午才处理政事，现在差不多来了。他站起身，决定去找将军。

从房间出来，再向前走，还要穿过另一条长廊。长廊外侧是大片草地，绿茵茵的，映得来往的人颜面皆碧。

长廊另一端走来一个人，身材瘦削，举手投足都潇洒得紧。将军大人身边的药师寺元真。远远望见他，药师寺元真脸上浮出笑容，眼里也带了温暖的笑意。

走到他身前，药师寺行礼致意。他依旧点了点头，继续向前走。一直觉得这人和阿部正弘有几分相似——也许美男子都相貌相似。他撇了撇嘴，美男子都不好对付。

突然觉得凉飕飕的，可能因为刚才出了汗。再往前就是将军

①　坊主：在千代田城里的下级侍从，一般须剃发，做僧人打扮，故有此称呼。

大人的御座间了，他停下了脚步。伺候将军的坊主们都呆在御座间外的小房间里，见有人来，自会出来迎接。

一名坊主恭恭敬敬地行了个礼。

"大人在吗？"

坊主起身，悄无声息地滑进绘着芦雁图的拉门里。

坊主很快回来，向他点了点头。

他躬身进入御座间。将军家定坐在厚厚的坐垫上，倚着金线镶边的葵纹锦缎靠枕。

将军家定生来孱弱，头部时常抖动，似乎不受控制。历代将军闲时都读书练字，他却爱制作点心，赏赐给随从吃。见多了他的怪模样，老中们对他表面恭敬，向来存了藐视，他也不例外。不过，他今日觉得将军目光炯炯，像换了个人。

先问候了将军身体，然后切入正题。

"如今非常之时，在老中之上设一大老更为相宜，恳请大人准许。"纵然心里瞧不起，表面还得做足工夫。

"唔。"

"松平少将……"他刚吐出松平庆永的官名，将军家定截断了话头。

"大老一职，论家世，论能力，扫部头更适合。"将军家定明确指了井伊直弼。

又一道晴天霹雳。

一切都不对劲。将军家定也不对劲，无知小儿似的人物，一向嗫嗫嚅嚅的无甚主张。今日思维敏捷，连吐字也清晰起来。

选了井伊扫部头那家伙。扫部头悄悄做了些什么？为什么他一无所知？还有什么是他不知道的？

热。额上冒出了密密的汗珠，背后也湿乎乎的。

没有法子，将军有令，必须立刻应承下来。

将军家定点了点头，好像又说了什么。他迷迷糊糊的，将军的话像流水一样从耳边流过，没留下一点印象。两名坊主膝行上前，将他扶了下去。

原路返回，穿过长廊，回到老中房间。他脸色苍白得可怕，松平忠固的神情瞬间凝固了，摇摇摆摆地站了起来。

"可能有些中暑……"他虚弱地说。

才四月初。中暑……松平忠固觉得匪夷所思，亲自给他倒了碗茶。

门口的坊主们面面相觑，谁都不敢开口。

分 裂

　　京都是古都，地理位置却不优越，四面环山，离濑户内海也远，算是地地道道的盆地。刚到初夏，悬在天际的太阳便洒下灼热的光，预示着今夏又将暑热无比。

　　在八坂神社附近的酒家花音里，长野主膳和三浦休太郎刚坐下不久，还在闲话家常。

　　老板娘阿绢上了菜，笑嘻嘻地说："今日正巧有山崎送来的新笋。请二位大人品尝。"山崎位于京都西南，在去往大阪的必由之路上，地势十分险要。早在二百余年前的战国时代，时名羽柴秀吉的丰臣秀吉在此击溃明智光秀，就此迈出成为天下人的第一步。山崎紧邻京阪繁华地，却有茂林修竹，也是不少罕见食材的产地。山崎新笋与堀川牛蒡、贺茂茄子、九条葱等齐名，算是"京蔬"里的名品。

　　白生生的新笋，架在小巧的丝网上烤。表皮成了焦黑色，里面依然白嫩，隐隐带着抹嫩黄，冒着丝丝白气。一口咬下去，又软又香，还带了丝清甜。

"扫部头大人大喜了。"三浦休太郎微笑着道喜。

"鄙上早说过，若无水野大人这个强援，大老一职落不到井伊家。"长野主膳放下筷子，正色说。

"扫部头大人是一等一的出身，手腕也一等一，出任大老是众望所归。鄙上只是顺势而为。"三浦休太郎连连摇手。

长野主膳给三浦斟了杯酒，这家伙说的是客气话，他心知肚明。水野忠央姊妹众多，早在数年前，善于谋划的他把最美的阿琴送到江户，托身份高的旗本收为养女，再堂而皇之送入大奥。阿琴备受将军家庆宠爱，连生下四名子女。将军家庆急逝，他又把另一个妹妹送到药师寺元真家里做养女，随后嫁去将军家定身边的御取次平冈道宏家。有了这样的姻亲关系，莫说大奥，连将军处理政务的中奥都在他的监控下。虽说大人是大老辈出的井伊家出身，能顺利登上大老之位，水野忠央花了大力气。

"说来惭愧。也许在气候和暖的纪州呆久了，只觉得京都冬冷夏热，实在熬人。只等鄙上交代的事情完成，第一时间就要回纪州去。"三浦休太郎做出一脸苦相。

明里抱怨京都天气，暗地里在催促呢。水野忠央将大人推上大老之位，才不是因为古道热肠，归根究底是为了纪州藩——为了让藩主德川庆福成为将军世子。长野主膳微微一笑，端起酒杯。

"论血统，纪州中纳言是最适合的世子人选。鄙上整日念叨不已，只盼早日确定呢。”

“既然如此，那就辛苦扫部头大人了。”三浦一口饮尽了杯中酒。

夜幕低垂，暮色笼罩了大地，祇园从睡眠里醒来。各家茶屋门口都洗刷得一尘不染，门上还悬着极亮的灯笼，眉眼清俊的少年在灯笼下含笑招呼客人，一副繁华风流景象。

天刚黑不久，兰屋十几间屋子都已满了。桥本左内和四位客人端坐在兰屋的“春之间”里，等村山多加从志麻赶过来。

“这春之间当真豪华。”一位中年男子细细看着墙上的花鸟画。两只喜鹊立在梅枝上，梅树下有数株蔷薇，还有大丛大丛的水仙。蔷薇做浅粉色，水仙白瓣黄萼，配上背后的太湖石，十分清雅。

“久迩宫朝彦亲王宅邸也不过如此。”视线从画上挪开，又看了看屋内陈设的屏风花瓶，男子轻轻叹了口气。

他是著名攘夷学者池内大学①，虽是商家出身，自小精研儒学。成年后游历全国，途径水户时得了水府侯德川齐昭的赏识。因水府侯推荐，他成了久迩宫朝彦亲王的侍读，也跟不少公卿有了交

---

① 池内大学：江户时代末期的儒学者，尊王攘夷派人物，后遭暗杀。

往。因与水府侯有这般渊源，水户藩京留守居役①鹈饲吉左卫门的儿子鹈饲幸吉也拜在他门下。

另一位瘦瘦的男子笑着说："这是明画师曹明周的《花鸟图》吧，原本是一对，这幅是春花，还有一副是秋蕊，只是画幅太大，所以拆开了。"

这是诗人梁川星岩②，不但精于汉诗，更有一双鉴定古董的锐利眼睛。凭借这两个绝活，他也敲开了不少公卿的门。

"果然是梁川先生，实在佩服。"桥本左内夸张地鼓起掌来。

边上一位三十左右的青年微微一笑，"若论家财，兰屋老板娘比大权在握的关白殿下还有钱吧。"

坐在中间的年长男子皱了皱眉头，"关白的钱是幕府给的，还不如兰屋的钱干净。"

青年哈哈大笑。这青年是学者赖山阳的第三子赖三树三郎，从小就是顽劣的孩子，在江户读书时还砸坏了将军菩提寺宽永寺门前的石灯笼。年纪稍长受了攘夷思想感化，成了最激进的攘夷志士之一。年长男子正是攘夷派的领袖人物梅田云滨。

梅田云滨原是若狭小浜的藩士，自幼学儒，少年去了江户学

---

① 留守居役：江户时代官职的一种，具体分为幕府留守居和诸藩留守居，诸藩留守居长驻江户，负责与幕府官员，其他藩人员交往，都是外交行家。

② 梁川星岩：江户时代后期有名的汉诗人，尊王攘夷学者。

习，学成后返回故乡著书，开私塾，渐渐有了些名气。他曾向藩主酒井忠义上书，建议加强海防，驱赶外国船只，还毫不客气地批判了幕府，没想到触了逆鳞，被藩主剥夺了藩士身份。谁知一年后黑船来航，全国攘夷之士蜂起，梅田云滨也被尊为攘夷先锋，广受尊敬。他游历江户、水户、福井和长州等地，宣扬攘夷思想，各藩都有与他交好的同志。

他刚从长州回来，桥本左内今日为他接风洗尘。本也邀了萨摩的西乡吉之助，只是他有藩内公干，没法过来。

"打扰了。"拉门外响起轻柔的女声，女佣拉开门，一位盛装的艺妓低头走进房间，正是可寿江。

"桥本大人。啊，梅田大人，好久不见。"可寿江低头行礼。

"可寿江真是好记性。我只带梅田先生来过一次。"桥本左内笑着说。

她只是浅浅地笑着，并不开口。

"她的小呗真是好，后来我又带长州的赤根、久坂他们来过。长州的下关极繁华，花街规模不在祇园之下，赤根他们都是风流惯了的。他们也啧啧称奇，说从未听过那么悦耳的小呗。"梅田云滨略有些尴尬。

"歌喉粗糙，有辱清听。是各位大人宽容。"她又行了一礼。那晚梅田云滨喝多了，啰啰嗦嗦，说了许多话。两名长州人连使眼色，他只做不理。她听来听去，觉得也只是空话，什么天皇大过天，将军也是天皇的臣子。只是书生空谈罢了，她并没有放在心上。

"原来如此，可寿江的小呗是京都，不，是日本一绝。今日有新客人，一位是大诗人梁川大人，一位是大学者池内大人，还有一位也是学者，赖大人。"桥本左内不以为意，兴冲冲地介绍。

她含笑一一招呼了。

"请可寿江唱一曲小呗吧，听梅田先生一说，我简直心驰神往了。"赖三树三郎笑着说。

她答应了一声，在屋角坐下。

> 凉风初起，夜船中。喃喃私语似风声。朗月洒清辉，洁白世界。不愿归去，最恋是鸭川。

"有情人夜游鸭川，意境美，嗓音更美。"赖三树三郎连连拍手。

"果然名不虚传。"池内大学平日最是风流，一双眼睛盯在她脸上，一眨不眨。

她害羞似地低下了头。这样的客人她见多了。

桥本左内不动声色地拍了拍她的手，又顺势揽住她的肩。她微微抬头，他眨了眨眼睛，眼里带着笑意。她立刻明白了，对他嫣然一笑。

池内大学咳了一声，有些尴尬。"可寿江既是桥本大人故交，在此议事自然是百无禁忌了？"

"绝无问题。"桥本左内松开手，可寿江假借为众人斟酒，趁势挪远了些。

"昨日见了太阁鹰司家的诸大夫小林，太阁已同意支持一桥民部卿大人。"池内大学一字一顿地说。

"当真？"桥本左内忙问。"我与西乡去过鹰司邸多次，大人总是言语含糊。真是大喜事。太阁在朝中四十余年，人脉非同一般。"

"关白是铁了心的佐幕派。近卫家是无妨的。"赖三树三郎插嘴。

"近卫家与萨摩岛津家是姻亲，有西乡在，无妨。"桥本左内点了点头。

"三条家也无妨，与长州关系紧密。"梅田云滨沉声说，他刚从长州回来。

"一条家和二条家依然左右摇摆。"桥本左内叹了口气。已经送出上千金小判。

"关键是请天皇发话，或是在敕旨里提一提。不用明确说一桥民部卿，只要说将军世子人选必须符合'英明''年长''人望'等条件，纪州那小子自然就没了可能。"赖三树三郎轻声说。

"正是。好在太阁已同意了。太阁在朝中势力无人可比。"

门外响起女声，"打扰。"女佣过来送菜。可寿江轻轻起身，又给众人杯中斟满了酒。太阁鹰司家，近卫家，三条家，她记住了。

堀田正睦在千代田城里失了态，当着众人的面，只说是中暑。老中松平忠固心里七上八下，决定去下总佐仓藩邸探望。

"备中守大人！"老中松平忠固快步走进房间，一脸担忧。

"唔。坐下说话。"堀田正睦笑着招呼他，忽然打了个喷嚏。侍女赶紧挪过矮几上的金莳绘方盒，盒里是叠得整整齐齐的纸，她一张张揉好了放进去的，十分柔软。

他随意捏了几张，含糊地说："失礼。"用纸蒙住脸，擤了擤鼻涕。

"以为是中暑，谁知是伤风。到现在都不爽利。"

"大人昨日脸色不太好，出了许多汗。原来是伤了风。"

"将军大人指了井伊扫部头做大老。过两日就正式宣布。"堀田正睦倚着浅葱地唐织靠垫，上面有银线织的一簇簇樱折枝散纹。浅葱配银色，雅致洁净，越显得堀田正睦脸色暗沉。

"扫部头虽然主张开国，对洋务并不熟悉啊。签订通商条约一事，还得备中守大人一手操办才行。"松平忠固忧心忡忡。

"我原想推荐松平少将做大老，那人志大才疏，不会过问具体事宜，我等也可放手做事。扫部头心思细密，又不愿与朝廷撕破脸皮。事事都要过问，反而误事。"

"备中守大人上京求天皇敕许，给足了朝廷面子，只是公卿们食古不化，事情耽搁到今日。"

堀田正睦的脸色更阴沉了。松平忠固有些不安，后悔提了旧事。

"听说松平少将派手下去过你那？"堀田正睦皱着眉毛，微微眯着眼，脸上依然带着笑。

松平忠固全身一颤。

"金子你没收，武家榜样啊。君子爱财取之有道。"堀田正睦脸上笑意更浓。

数月前，松平庆永派使者夜访，送来整箱金小判，希望松平忠固能支持一桥家的德川庆喜做将军世子。当时他含含糊糊应承了，几日后，又把小判原封不动送了回去。

神不知鬼不觉，堀田正睦怎么会知道？自己与他走得那么近，他依然安插了探子？是身边侍候的人？

堀田正睦手边放着一盆杜鹃。花匠精心修剪过，苍绿的枝叶旁逸斜出，有一枝几乎要伸到他脸上。枝条上点缀着数粒花蕾，含苞欲放的，顶端一点血红，像是数滴血。松平忠固额上起了一层薄汗。

"松平少将也找过我，我已答应支持一桥民部卿。原先支持纪州中纳言，是为了和溜之间大名联手对付阿部正弘。如今阿部正弘已是泉下之鬼，溜之间大名们也越来越强硬，该是分道扬镳的时候了。"堀田正睦慢悠悠地说。他是白皙的长圆脸，原本面团团的，不知什么时候带上了阴鸷的神气。

松平忠固不知该说什么，索性闭上了嘴。

"罢了。你和岩濑、井上一向亲密，扫部头做大老的事，和他们先提一下。不用担心，有我在，他这大老有名无实。"

岩濑忠震是目付，井上清直是下田奉行，两人专门负责与美国公使哈里斯谈判。原本听阿部正弘指挥，如今唯堀田正睦马首是瞻。

进入轿辇前，松平忠固忍不住环视四周。新刷不久的白墙，庭园里的桧柏笔直立着，绿色枝条伸得长长的，那浓绿色似乎要沁进眼里。他忍不住打了个寒战。权力真是可怕的物事，让人食髓知味。堀田正睦刚掌握实权不久，不但人变得面目全非，连宅子的气氛也大不相同了。

大老房间在老中的竹之间隔壁，只用一扇拉门隔开。拉门是桧木所制，两面都贴上了洒金和纸，淡淡描着数丛竹子。已是正午，井伊直弼只觉得心里七上八下。据说哈里斯在下田领事馆等急了，岩濑他们已去谈判，不知结果如何。

井伊直弼放下茶碗，径直去了老中房间。今日老中们都来了。

"岩濑和井上还没回来？"井伊直弼望向老中首座堀田正睦。

"哈里斯实在恼了，坐上军舰去了横滨。通商条约若不赶紧签订，哈里斯没准要进江户呢。"堀田正睦答非所问。

老中松平忠固盯着手里的扇子，看了正面又看反面，仿佛看的是稀世珍宝。

老中肋坂安宅性情忠厚，是个不干己事不开口的人物。他见大老井伊直弼有些尴尬，忙笑着说："岩濑和井上正在横滨谈判。只怕明日才能回来。"边上坐着的内藤信亲和久世广周也点了点头。

"政务千头万绪，大老还是先忙别的吧。"堀田正睦慢悠悠地说。

井伊直弼瞥了他一眼，快步走出老中房间。

正午的太阳明晃晃地照着，太亮了，映得天空褪了色，只剩一片惨白。地面蒸腾出郁郁的热气，脚下出了汗，胸口却是冷冷的，一颗心像在井水里浸过。一只大鸟展开翅膀，在天空滑翔，远远的看不清，像是苍鹰？武藏野飞来的吧。自由自在。

夜色降临，一乘轿辇从外樱田藩邸出发，目的地是藩邸聚集的大名小路。越前福井藩邸在大名小路最前端，辰之口边上。

井伊直弼端坐在轿辇中，右手紧紧攥着。松平庆永口齿轻薄，又自命不凡，他向来不喜。况且，松平庆永与萨摩、土佐一众外样大名交好，拥立德川庆喜为将军世子，与他还算政敌。不过，火烧眉毛，且顾眼下。堀田正睦未免太过嚣张了些。

眼前浮现出堀田正睦略胖的长圆脸，眼角下垂，眼里带着傲慢和蔑视。松平忠固低着头，装模作样地对扇子发呆。这两人结了党了！

签约、签约。他何尝不想尽早签约？英法与清国的战争即将结束，英法军舰极有可能调头来日本。美国公使哈里斯咄咄逼人，美国若与英法联合，不光江户，全日本沿海地区都是一片火海。

可是，京都攘夷势力不可小觑。天皇反对订约，却并非愚昧无知之人。只须细细解说，让他明白订约乃是无奈之举，他也未必坚决反对。日本若能开国通商，数年后必将国力充盈，再不会是列强觊觎的对象了。

堀田正睦贸然上京，徒然激化了幕府与朝廷的矛盾。不错，朝廷徒有威仪，幕府实权在握，公卿们没什么见识。可此一时彼一时，如今京都攘夷风气正盛，萨摩、长州、土佐等外样大名也蠢蠢欲动，左大臣近卫忠熙、内大臣三条实万等与他们来往甚密，大有挟天子令幕府的企图。

正因如此，通商条约一事才得征求天皇同意，以免落人口实。若被外样大名拿到幕府不敬天皇的把柄，那还了得？！

自己做了大老，堀田正睦却始终强势，联合了老中、幕臣，大有把自己架空的意思。蜂虿入怀，解衣去赶。在这节骨眼上，万不可得罪朝廷，这道理，松平庆永应该懂的。

轿辇停了，卫士拉开轿门。他长长地吸了一口气。

他是大老，地位仅次于将军大人。松平庆永虽是亲藩，必须出来迎接。

"大老来访，蓬荜生辉。"松平庆永似笑非笑。

他不喜欢松平庆永这轻浮样子。亲藩出身，与将军家血脉相连，一言一行却佻达得很。

没法子。他忍住不快，露出微笑。

松平庆永刻意把他请进一间富丽堂皇的大屋，大约有二十贴，四面都有和纸拉门，纸上漫撒金砂，又用金泥描出朵朵樱花。天花板上绘着舞鹤图案，也点缀着金泥装饰。南边墙壁上方有雕花小窗，雕的也是舞鹤纹样。正中端端正正放着调马图屏风。

松平庆永在金泥唐草纹小几前坐下，请他也落座。一名卫士守在门口。

屋里处处金碧辉煌，他只觉得好笑，闪闪发光的装饰过多，让人想起大阪豪商的妾宅。他不愿多看，只好望向门外庭园，眼角扫到了卫士。大约二十多岁的年轻男子，窄脸高鼻，长而浓的眉毛，寒星般的眼。他又在肚里笑了笑：果然是松平庆永，事事奢靡浮华，连卫士都要选美男子。

卫士上了茶，耀变天目茶碗，釉色黝黑，碗口作朝颜形，隐隐笼着银边。是珍贵的唐物，怕有三百余年历史了。

他觉得嘴里发干，捧起碗喝了一口。脑子乱哄哄的，仍能品出是宇治茶。

"备中大有撇过朝廷直接签约的意思。"懒得寒暄，不如单刀直入。

松平庆永挑起了眉毛。"备中守只是十一万石的一般谱代，胆子倒不小。"

"不光是他，老中里也有他的同党。"

"伊贺守？上田五万三千石的小大名，当真不知进退。"

"开国乃必经之路，但绕过朝廷为大不敬。不敬天皇，幕府立即为万人所指。于情于理，都要求得朝廷同意，方可签约。"

松平庆永轻轻点了点头。

"少将与将军家血脉相连，又对天皇一片赤诚，直弼故来求援。备中和伊贺，不能再做老中了。"

松平庆永似乎吃了一惊。

"直弼与少将交情甚浅，今日冒昧前来，实因备中把持通商条约签订事务，不仅伊贺，目付岩濑和奉行井上都与他一党。如今美国公使哈里斯已到横滨，备中若密令签约，一切都晚了。"

"免职的事，还请少将不要有异议才好。"

"大老言辞恳切，庆永明白了。"

他松了口气，一直紧绷的嘴角也放松下来。

头突然痛了起来，他轻轻按住右侧太阳穴。头痛是老毛病了。

"大老怎么了？"松平庆永盯着他的脸。

"老毛病了。喝了多少苦药，仍不见好转。"

"有人吗？"松平庆永轻轻问了一句。

拉门开了，门口的青年膝行上前。

"这是手下的桥本，以前在大阪绪方洪庵手下学过兰医。许多汉方医不好的病，兰医倒拿手些。桥本刚从京都过来，今日凑巧，让他诊断一下吧。"

正是那个俊美青年。他本想拒绝，不知为什么对这人有些好奇。青年低头行了礼，表情一下严肃起来，不折不扣的医生样子。

"请问大老，是不是夜里常常醒来？"桥本轻声问道。

他点了点头。

大老又来了。

井伊直弼大步流星地走进老中房间，不等招呼，一个人坐了下来。

招手让坊主上了碗茶，他端着茶碗，一口口品了起来。

老中都在。松平忠固瞥了瞥堀田正睦，后者皱了皱眉头。久世广周有些不知所措，把手里扇子开了又合，合了又开。肋坂安宅和内藤信亲都是老实人，两人盯着榻榻米，满脸尴尬。

目付岩濑忠震和下田奉行井上清直赶了回来。

"哈里斯不愿再等。除此之外，英吉利与法兰西的军舰五日后到日本沿海。"岩濑忠震气喘吁吁地说。

"得速速向京里报讯。如今情况紧急，请天皇敕许签约。用早马①三日可以入京。"井伊直弼皱着眉头说。

谁也没说话，但房内的气氛变了。堀田正睦冷笑了一声，松平忠固清了清嗓子，久世广周等人更尴尬了。

岩濑忠震忍不住插嘴："五日内敌舰就到，怎么都来不及和京里报讯。大老请三思。"

老中们还没开口，官职低微的目付竟敢插嘴，井伊直弼突然暴怒了。

"闭嘴！把哈里斯的文书拿过来！"

岩濑忠震低了低头，显然不服气。他从怀里取出文书，故意交到堀田正睦手里。

井伊直弼眼里似要冒出火来，转头对堀田正睦说："念给大家听！"

"贵国军舰皆为荷兰旧制，早落后时代几十年。英法舰队转瞬即至，贵国如何应对？英法若提出无理要求，贵国可否一战？美利坚对贵国向来抱有好感，提出的通商要求亦十分合理。贵国若愿携手，美利坚必尽力保贵国平安。"

一阵沉默。

久世广周侧了侧身，对堀田正睦说："备中守对条约一事最为了解，以为如何？"

---

① 早马：幕府专用的特快信使，均由骑术优异的青年男子担任，一路换马不换人，是最快的消息传递手段。

"正睦并无意见。"堀田正睦显然认为应立即签约，他嘴上含糊，眼角早瞟向井伊直弼，嘴角带着一丝嘲讽。

松平忠固撇了撇嘴，对井伊直弼说："一有事就向朝廷公卿们请示，简直没完没了。那些大袖翩翩的家伙懂得什么？行大事者不拘小节，当机立断方显幕阁的作用。"

"伊贺，你要谨慎！你这话可治大不敬的罪！"井伊直弼低喝了一声。

再不看老中们一眼，他对岩濑忠震说："明日再见哈里斯，请他同意签约延期。"

房内又是一片寂静。

"我等必将竭尽全力。若哈里斯逼迫签约，如何应对？"一直沉默的井上清直开了口。

"当真退无可退……必须尽力而为。"已和哈里斯拖了许久，再宽限几日，哈里斯一定会同意。在这段时间，只需好好同京里分说，一定可得天皇敕许。

岩濑忠震和井上清直对视一眼，低头应了一声。堀田正睦歪了歪嘴角。

次日，岩濑忠震、井上清直在神奈川海岸与哈里斯签订了条约，是为《日美修好通商条约》。那一日是安政五年（一八五八年）六月十九日。

除　逆

　　条约签订的消息传来已是傍晚，井伊直弼一言不发，径直回藩邸。进了书院，井伊直弼颓然坐下，面如死灰。

　　"大人脸色不佳，所为何事？"家臣宇津木六之丞上前问。

　　"岩濑和井上签了约。"

　　"天皇陛下尚未敕许，怎么签了约呢？！铸下大错啊！"宇津木六之丞急得连声音都变了。

　　"是我的错漏。没料到岩濑和井上会擅自签约。悔之晚矣。"

　　"他们胆子那么大，怕是受了备中的指使。"

　　井伊直弼哑了嗓子。

　　"责任在我，我决意辞去大老一职。"

　　"大人又错了！大错已成，辞任也无济于事。大人须留下好生善后！"宇津木大声说。

　　"大人若不承担，朝廷会怪罪将军大人。如此非常时刻，公武（朝廷与幕府）之间必须维持关系。"

"是我思虑不周。"井伊直弼似要落泪。

宇津木六之丞悄悄退了出去。

井伊直弼呆坐着。月光皎洁，明明是盛夏，却有一丝清寒气。

安静极了，连恼人的夏蝉都悄无声息，可能被人用粘杆粘了去。蝉在地下苦等三年，只为在树上畅快鸣叫七日。等了三年，未到七日就被人捕了去，蝉若有知，心境该多悲凉。

表御殿传来的笛声。不屑的眼神。地下的黑暗，他比谁都清楚。

已和松平庆永说好了，要免去堀田正睦的老中首座职，可惜晚了一步。

岩濑忠震和井上清直必须严惩。

不过，他们是幕府派出的全权使者，既在条约上签字，覆水难收。

"未得天皇许可擅自订约，此乃重罪，我一力承担。"他疲倦地阖上了眼睛。

宇津木六之丞留下一封密函，京都来的，长野主膳的笔迹。屋里没点灯，好在月光亮堂堂的。他慢慢取出信笺，信很长，字句却活泼轻巧。长野主膳心情不错啊。

"京都一桥派近来甚为活跃。萨摩西乡氏、越前福井桥本氏为一桥派首领，上笼络公卿，下结交他藩藩士。长野与九条家青侍①岛田联手，各公卿表面与一桥派虚与委蛇，暗已写下觉书②，支持纪州中纳言。村山多加在祇园十分得力，与一桥派来往密切，更深得桥本氏信任……"

信笺飘落到地上，清风吹过，信笺啪啦啦飞出好远，像奋力挣脱网罗的鸟。

来往密切。西乡氏与桥本氏常去找她吗？他总梦到模模糊糊的男人脸，如今知道了姓氏。西乡、桥本，他反复念着，普普通通的姓氏，念在嘴里似有千斤重。

一只猫在走廊上悠闲自在地走着，是厨房养的猫吧，怎么挣脱绳子出来了。黑白相间的花猫，有圆圆的琥珀色眼睛，东看西看，怡然自得。它见房内寂静无声，以为无人，竟慢慢踱了进来。月光透过窗棂照进来，在榻榻米上留下朦胧图案，它好奇地看了又看，眼睛忽然转到他身上，猛然一惊，吓得弓起腰。见他呆坐不动，它又悄悄退了出去。

月影西斜，月光照到他身上。月光下的一切都是苍白的，带着冷冷的银光。桥本，越前福井，他的心越缩越紧。前几日在松平庆永那里遇见的年轻人，可不正叫桥本？可不正是从京都回来？长

---

① 青侍：在公卿家侍奉的低级侍从，因着青袍，故名。

② 觉书：双方商谈，意见一致时写下的备忘录，留做日后的证据保存。

身玉立的年轻武士，还长着那样一张脸，多讨女人喜欢。

深得桥本氏信任。多加做了什么？迎来送往的祇园艺妓，说不到信任不信任。他猛地起身，从笔架上抓下一支笔。他要写信给长野主膳，让他解释清楚。蘸墨提笔，他又不知如何开头，一滴浓墨落在纸上，迅速洇开，成了一个刺眼的墨团。

一瞥眼看见手边的金莳绘砚箱，金粉洒出旖旎风光——岸上一道篱笆，圈着大朵菊花，蝴蝶恋恋地飞着，只不忍离去。水边停着一对鸳鸯，弯着颈子，似乎盹着了。这是二代将军秀忠的遗物，三代将军家光赐给井伊家的。极精巧的砚箱，他经常拿着赏玩。蝶恋花、鸳鸯同眠，这样两情相悦的图案，今晚看来分外刺心。

他眼里有泪，似乎要漫出来，必须眯住眼睛含住它们。他抬头望向天花板，眼前一切都模糊了。他用袖子掩住脸，忍不住呜咽起来。

"大人，夜已深了。"里和站在门外，穿得整整齐齐，显然一直没睡。

他转过身，赶紧放下了袖子。看不见他的脸，应该是哭了。她胸中一阵抽痛，从怀里取出手巾，想给他擦去眼泪。她也是美人，眼里有关切，脸上有温柔，和多加有什么两样？可她不是多加。他转过身来，眼里的泪早干了。他连看都不看她，只摇了摇头，一脸疏离的客气。

她的手僵在空中，手巾是白的，和手一样白，被月光一照，带了些惨淡的青色。她哀哀地看着他，他避开她的眼，只望着外面的庭园，假装若无其事。有信笺丢在榻榻米上，是长野主膳的字迹。看长野的信怎么会哭？莫非又提到了那个女人？离开彦根那晚，外面下着瓢泼大雨，他疯了似的要出去，回来时衣服是干的，眼睛倒肿了。离了彦根，那女人还是阴魂不散。那不是人，是害人的妖精。

几上还有纸笔，他要写信给她吗？她缩回手，把手巾狠狠团在手里。

他望了望她，她盯着地下的信笺，眼里有火在烧。他突然厌烦起来，她总是鬼鬼祟祟的，像只脚步轻捷的猫，无声无息地出现在主人身边，窥视一切，打听一切。

"你先回去。"他冷淡地说。

"是。"她低了低头，挤出一个字。千言万语堵在嗓眼里，一不留神全涌出来，必须紧紧抿着嘴，以免脱口而出。江户和彦根隔着千山万水，她以为那女人的影子早已淡了。自己陪在他身边，为他生儿育女，照顾他衣食起居，十多年转眼过去，她以为他总会有些真心。原来是痴心妄想。那女人的影子刻在他心上，早已擦不去了。她怎么都比不上，做什么都比不上。

她十四岁来到他身边，早把真心给了他，可他不要。他为那个女人伤心落泪，为那个女人彻夜不睡，从来不是为她。

眼泪干了，心头却酸涩起来。她走在廊上，脚下轻飘飘的，像踩在棉花上。回到房间，换上露草色纱菱形寝衣，这也是他喜欢的纹样。她的眼泪又流了下来。

万里无云，又大又圆的月亮，呆板地挂在墨黑的天上。她睁着眼，盯着榻榻米上的苍白月光。眼泪止不住地流着，哭到后来，她只觉得茫然，一颗心不知落到哪里去了。窗纸由白变红，太阳出来了。他没有回来，她一夜无眠。

太阳升起，小鸟在树上叽叽喳喳，又是新的一天。

榻榻米上铺了纹样繁复的锅岛缎通①，上面放着黑漆大盘，装着洗脸用的热水。八寸角台上放着唐草碗，漱口用的桐木桶，装着牙粉的瓷碟，刷牙用的杨枝。

他觉得恍惚，昨日发生了许多事，像是天崩地裂，整个世界都毁灭了。一夜未合眼，无数念头在脑子里来来往往，神志恍惚。天刚蒙蒙亮，厨房传来隐约的碗碟叮当声，侍从们刻意放轻的脚步声。没多久，女佣们搬来了洗漱用具，服侍自己梳洗更衣，里和也忙前忙后，脸上依然是平静的笑。一切都平淡无奇，和以前任何一个早晨毫无区别。昨日的一切都像一场梦。

可惜不是梦。他必须收拾残局。今日要去面见将军，有许多事要处理，有些人也不能再留。

他走在千代田城内的回廊上，遇见他的大名们行礼如常，眼

---

① 缎通：日本传统工艺制作的薄地毯，多手工织成。锅岛缎通是最知名的一种，色调雅致，极受文人雅客喜爱。

里却藏着异样。大老被老中首座耍了，人尽皆知。不忙。

好在将军大人向来信任他，药师寺元真、水野忠央也是好帮手。

条约签订第三日。老中首座堀田正睦、老中松平忠固被禁止登城，失去议政权。

条约签订第四日。堀田正睦、松平忠固被剥夺老中职位，转入帝鉴间。

松平乘全、间部诠胜和太田资始被火速任命为老中，此三人与大老关系密切。

接二连三的爆炸性消息，千代田城似乎都摇了一摇。

大老降不住老中，大名们事不关己，都袖手旁观看热闹。大老雷厉风行，前所未有地连下狠手，大名们惊讶过度，都期期艾艾起来，望向大老的眼里也带了惧色。谁也不敢擅自议论，以免惹祸上身。

千代田城平静极了，那平静又让人胆寒，好像暴风雨来临前的草原。

条约签订第六日，风波突起。

三乘轿辇气势汹汹出现在千代田城，里面坐的是水户前藩主德川齐昭、藩主德川庆笃和尾张藩主德川庆恕。

"今日是御三卿的登城日，为何这三位大人登城……"负责守卫的大手门门番心里纳闷。轿辇穿过大手门、中之门，到了离将军御殿不远的中雀门，三人下了轿，一路急走入御殿。

德川齐昭的大嗓门回响在人来人往的松之廊，"有违天皇敕令，大老理应切腹！"

新任老中间部诠胜头大如斗，悄悄唤人向大老井伊直弼传讯，以免当面遇见，闹得无法收场。

静悄悄的。菊之间等处的大名们知道与美国公使哈里斯签了约，只不知具体内容。大家表面淡然，却个个竖起耳朵，想听出点究竟。

德川齐昭一闹，不光各席就座的大名，连负责接待的坊主都紧张起来。德川齐昭脾气暴躁，嘴巴也不饶人。他若抬出朝廷威仪步步紧逼，大老一个应对不当，没准落个切腹谢罪的下场。

听见来报，井伊直弼面无表情。停了片刻，他摇着折扇说："既然来了，没有不见的道理。不过，这里是千代田城，须讲规矩。请他们去大廊下稍等。"

梅雨刚过，正是盛夏。憋屈了二十余日，太阳终于放开手脚，拼命放出灼灼白光。到了正午，温度更高了。井伊直弼坐在房内，全身汗津津的，有种置身荒野的错觉。大太阳白茫茫地照着，一望无际的荒野，只有蔓草，连棵遮阴的树都没有。他孤身走着，没有目的，没有终点，只有蝉在耳边撕心裂肺地叫着。

目付驹井右京悄悄来了。他是面色白皙的中年男子，也许因为紧张，也许因为热，他满头大汗，额角还有零散发丝，脸上也带了两坨红晕。他一本正经地问："是否要为大廊下等候的大人们置办午饭？"

井伊直弼微笑，"水府侯一众特地来了，想必带了午饭吧。不须费心了。"

驹井右京行了个礼，大老果然是大老，面对紧急事态镇定自若。

他满心敬佩地退了出去。井伊直弼的手藏在袖子下，手心里满是汗，胸口也是汗，嗓子却干得很，多说一句话就要裂开了。

大老并不镇定，只是驹井右京没有发现。

德川齐昭等人并未带午饭，连饮了几碗茶，只觉得饥肠辘辘。因为一心寻衅，早起心情紧张，只匆匆吃了几口饭，没到正午，早已消化干净。

德川齐昭低声嘱咐："井伊那家伙会吩咐人备饭，等坊主上菜，我等将碗筷丢在地下，趁势闹将起来。"

德川庆笃和德川庆恕连连点头，眼睛盯着门外，只等坊主出现。

依然一片寂静。偌大的千代田城像成了空城。

日头渐渐偏西，不但没人送饭，隔壁伺候的坊主都悄悄溜走了。德川庆笃和德川庆恕愁眉苦脸。没用的东西。德川齐昭心下暗骂。

已等了半日。

又热又气又饿。金枝玉叶的三人，打出娘胎，没受过这样的罪。

德川齐昭的肚子咕咕叫了起来。德川庆笃和德川庆恕对视一眼，憋不住要笑，德川齐昭咳了一声，两人低下了头。

走廊传来不紧不慢的脚步声。井伊直弼笑容亲切，不慌不忙地走进房间。

德川齐昭饿得前心贴后心，用尽全身力气恶狠狠地看着他。

井伊直弼笑容不变，"今日并非三位的登城日，不按时登城乃是重罪。规矩不能不守，御三家与将军本家同气连枝，更需遵纪守法。"语气缓和，却暗藏杀机。

德川齐昭只觉得头晕目眩。

三人威风尽失，悻悻出了城。城内众人松了口气，德川齐昭的形象更一落千丈。

次日，幕府命令御三家以下的大名全部登城，正式宣布纪州的德川庆福为将军世子。将军家定满脸笑容，亲手把心爱的短刀赐给他。

德川庆喜世子梦碎，一桥派大败亏输。

千代田城不是随意出入的场所，每位大名都有规定的登城时间，"御三家""御三卿"也不例外。德川齐昭等人擅自登城，坏了规矩。大名们窃窃私语，有的说将军大人可能会降罪，有的却摇头，只说水户、尾张都是"御三家"，与将军本家同气连枝，将军大人定会网开一面，饶他们一次。

千代田城内外谣传纷纷，转眼过去十数日，依然没有确切消息。德川齐昭等人放下了一条心，多半将军不会降罪。危机解除，德川齐昭反而恼怒起来。他向来嘴上不饶人，说话尖酸刻薄，结了不少仇家，这次在千代田城里丢了脸，笑话他的人只怕不少。他索性托了病，整日闭门不出，连千代田城也不去了。

就在私自登城的风波渐渐被人遗忘时，千代田城又发生了一件大事。

七月五日上午，水户藩主德川庆笃与尾张藩主德川庆恕在大廊下闲聊，一个年轻的坊主悄悄走来，恭恭敬敬行了一礼，低声说："启禀两位大人。大老大人有事，请二位大人移步。"

"知道了。"两人对视一眼，懒洋洋地起了身。井伊扫部头又玩什么花样？估计没什么大事，就算做了大老，仍然是谱代出身。谱代，说的好听，归根结底是德川家家臣。水户尾张都是德川一脉，家臣能对主君怎么样？

两人出了大廊下，不急不慢地沿着回廊前行。身后跟着四五位坊主，都低着头走着。德川庆恕稍稍有些不解，坊主干嘛跟着？也许是有其他事，他点了点头，旋即忘了。

进了房间，只见井伊直弼坐在上座，聚精会神地看着一张纸。

德川庆笃轻轻咳了一声，他充耳不闻，眼睛依然盯着那张纸。

两人对视一眼，撇了撇嘴，大摇大摆地坐了下来。房里静极了，似乎能听见三人的呼吸声。

两人静静坐着，只等井伊直弼开口，可他只是不抬头。井伊直弼向来是斯文守礼的人，莫说御三家御三卿，见到普通大名都会微笑点头。今日到底怎么啦？

德川庆恕偷偷瞥了一眼，井伊直弼手里拿的是文书，只有短短数句，一扫眼就能看完，哪用得着看那么久。他只觉得怒气渐渐升起，心里骂他装模作样。

尾张是"御三家"之首，向来身份尊贵。可幕府开府二百余年，将军家从未从尾张选过养子，都要从纪州选拔，此次也不例外。他憋了一肚子气，前几日和水户藩主父子一起向大老寻衅，却铩羽而归。今日大老想以牙还牙，给自己一个下马威？

又没什么十万火急的事，偏偏叫人来等着。德川庆笃也焦躁起来。梅雨季刚结束，江户燥热无比，德川庆笃只觉得汗流浃背，额上的汗珠更沿着鬓角流进颈中。他掏出手巾在耳边按了按，沉声说："大老大人。"

井伊直弼仍然没有抬头。

他实在忍不住了，大声说："大老大人召唤，有什么吩咐？"话里充满了讽刺。

井伊直弼略略抬头，一脸费解。见他装傻，德川庆恕表情一僵，高声说："大老大人请吩咐。"

井伊直弼叹了口气，放下手里的文书，又从怀里掏出张折得整整齐齐的纸。他恭恭敬敬拿在手里，又坐直了身体。两人见他装腔作势，对视一眼，都涨红了脸。

井伊直弼闭了闭眼，再睁开时，眼里带了凌厉的光。他沉声说："有上意！"

时间似乎停止了，房里像灌满了水，在坐在下首的两人看来，井伊直弼的一举一动都格外缓慢。

井伊直弼站了起来，高声说："尾张中纳言、水户中纳言，有上意！"声音极响，震得两人耳朵嗡嗡作响。

两人忙不迭伏在地上。

只见井伊直弼的薄唇一开一合，具体说什么一字不懂。只恍恍惚惚明白，两人从此不能再入千代田城，德川齐昭更要蛰居。蛰居，一直呆在房里，再见不到外面的世界。

全身乏力，身体摇摇欲坠。门外抢上四名坊主，左右架住两人。德川庆恕心念一闪，怪不知刚才坊主跟着，井伊直弼早布置好了。

听了上意，臣下要恭谨答应。两人久久不语，应是吓得呆了，井伊直弼一脸不屑。他扬了扬下巴，坊主半扶半抱，把伏在地下的两人拉了起来。两人并不抵抗，任由坊主把他们拉出房间。

"御三家"的水户、尾张藩主被大老吓破了胆，没法自行行走，只能任由坊主架着走。这奇异的一行人缓缓走着，路过的大名、坊主们眼睛瞪得又圆又大，像在看什么珍奇物事。

消息像野火一样传遍了千代田城，老中房间也笼罩在异样气氛里。老中们面面相觑，事发突然，井伊直弼并未同他们商量。

暗蓝色的天，月亮大而圆，是静静的夏夜，大奥的夜似乎比外面更静些。已是更深人静的子之刻，不断有女中来往，脚步匆匆，却没有一点声音。走廊上的黄铜罩行灯发出昏暗的光，长衣坠地的女子来来去去，影子映在走廊边绘着富丽花卉的拉门上，活像是飘忽不定的鬼魂。

大奥御年寄泷山、本寿院和御台所坐在一起，隔壁就是将军大人的病房。将军大人好像睡着了，隐隐能听见他不太安稳的呼吸。三个人谁也没说话，都垂着头，各自想着心事。

这是极大的京风房间，约有三十五帖。不仅大，豪华程度也是大奥数一数二的。高高的天花板上贴着金箔，其上又洒了金砂，零零散散地绘着金泥云纹。东西南三面都是色绘拉门，涂得光滑的杉木上有盛放的樱花，拉手是金色锦葵，周围散着德川家的葵纹，北面是紫檀架子，罩着色绘秋草的拉门，边上还有极绚丽的山水画。

金碧辉煌的房间，穿着金线刺绣外衣的三人一动不动，看上去不像真人，像桃花节摆出来的人形娃娃。

今日是七月五日，将军家定在四日前得了霍乱，一直上吐下泻。原本瘦弱的一个人，如今已不成人形。

房间大，天花板也高，角落点着行灯，仍然是暗沉沉的。整个房间像个池塘，她们浸在里面，一举一动都被水流拘住了，比平日费力百倍。有夜鸦飞过，呱呱地叫了两声，百无聊赖似的。在江户，乌鸦并不是罕见物，乌鸦夜啼更是寻常，说不上不吉利。可本寿院从怀里取出了手巾。泷山知道她一定是哭了。

大奥向来只用汉方医，可将军大人的病情来势汹汹，医生们都束手无策。井伊大老与本寿院商议了一番，决定破例请兰医入大奥诊治。昨日伊东玄朴、户塚静海两位兰医看了看将军大人，只说有些耽误了，只能尽力一试。

井伊大老昨晚未回藩邸，一直在大奥外的中奥等候，今晚也在。他和药师寺元真已经决定，先处理了幕府内的政敌，以免他们趁将军不好闹出事来。大奥也必须严守秘密，不能让将军病重的消息传出去。

今日大老以将军大人的名义发了台命，尾张水户两位中纳言都受了罚，向来与大奥作对的水府侯也不得不蛰居。将军大人危在旦夕，只能这样做。世子大人毕竟年幼，太多人虎视眈眈。

她是大奥总管，守在病房外是职责。不知为什么，今晚本寿院和御台所都来了，她劝她们回去休息，她们只是摇头。她心里暗暗嘀咕，莫非是有什么预感吗？

她们想在将军大人房内等着，可医生要整夜留在那里，有些不便。退而求其次，她们来到隔壁房间。伺候的女中川流不息地送来茶水点心，她们碰都不碰，只是呆呆坐着。

热是热的，正是七月初。不过这里是大奥，再热也得按规矩穿上几层衣服。泷山出了一身汗，贴身的绢地内衣湿透了，腻腻地粘在身上。发髻梳得高高的，汗珠沿着鬓角流进领子里，痒痒的，很想伸手抓一抓。她两手放在膝上，下意识地握在一起，掌心也出了汗，冰冷的。

本寿院突然哽咽起来，努力压抑着的哭声回荡在房内，显得格外凄惨。泷山侧头望着窗外，月亮低低地悬着，金色圆月，光华灿烂，再仔细看，月里有朦朦胧胧的暗色阴影，像被虫蛀了的加罗纱，让人心生惋惜。她定定地望着月亮，眼里渐渐涌上了泪，月亮溶进泪水里，糊成一片。

她悄悄看了御台所一眼。御台所与将军大人已成婚两年了，两人关系和睦，但上有本寿院，下有侧室志贺，御台所也不轻松。更何况，将军大人又有隐疾，说是夫妻，也只是徒有虚名吧。

长长的一夜。惶惶不可终日。

天有些亮了。天刚亮时竟是灰色的，她以前不知道。暗黄的灯光映着灰色晨光，不像是天明，倒像是黄昏。一夜不睡，三人脸色惨白，对视一眼，都觉得心头惨淡。

隔壁的拉门忽然响了，有急促的脚步声。

泷山霍地站起，快步走到门前。伊东玄朴垂着头，一脸悲伤。她顾不得搭理，招手叫来一个女中，"快去西之丸，让世子大人过来。"顿了一顿，她又接了一句，"叫大奥门番传话出去，请大老大人和药师寺大人赶紧来。"

七月六日一早，在江户的各大名都接到了急报——将军家定病逝。众大名表面又惊又痛，其实心知肚明，将军大人可能早不行了，所以昨日匆匆处理了水府侯一众，好定了千代田城大局。十三岁的将军世子德川庆福，不久后就是将军大人了。

安政大獄

安政の大獄

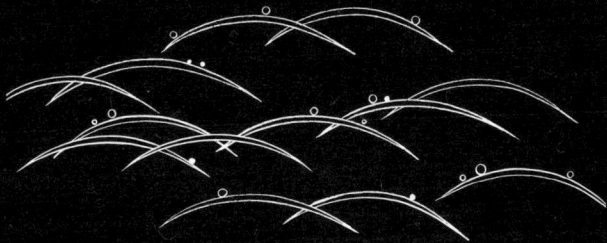

两 难

祇园的夜热闹非凡。即使关上了窗，仍能隐隐听见女子的娇笑声、笛声和太鼓声。

桥本左内和西乡吉之助静静坐着，可寿江在角落弹着三味线，叮叮咚咚，是离别的调子。

哀伤的曲调勾起了愁思，桥本左内的眼角红了，西乡吉之助垂下了头。

一曲终了，可寿江放下三味线，给两人斟满了酒。

"西乡兄。我二人在京活动许久，竟一败涂地了。"桥本左内饮尽杯中酒，右手紧紧攥住酒杯。

西乡吉之助默默喝完了酒。

"幕府顽固，执意奉纪州小儿为主。眼下西乡兄又要辞京回萨州，许多人的心血，算是白费了。"桥本左内眼中含泪。

西乡吉之助向他使了个眼色。

"打扰了……"女佣的声音在门外响起。

"有人在门外等西乡大人。"女佣轻轻地说。

西乡吉之助快步走了出去，旋即回来拿起外衣。"藩邸有事，先走一步。"

桥本左内点了点头。

西乡吉之助走后，房内更安静了。

桥本左内有些醉了，他伏在几上，头枕着手肘，喃喃地说："桥本家是越前福井的藩医世家。生在这样的家庭，我从未想过医生之外的职业。父亲送我去大阪学兰医，大阪的穷人真多啊，到了冬天，常有贫病交加的人倒在路上。"

可寿江低下了头。不光大阪，哪里都一样。

"我白天在适塾读书，晚上出去给穷人治病。可病人永远医不完。我给他们开最便宜的药，可最便宜的药他们也买不起。我节衣缩食，省下钱给他们买药，可着实有限。有些病人只能等死。"他眼里有深刻的痛苦，瞳仁黑得不见底，像沉在深海的礁石。

可寿江心下恻然。这年轻人爱说爱笑，开朗活泼，心里却埋着如此惨痛的记忆。

"鸭川月明，伊人何时归……"隔壁传来小呗声，应该是名年轻艺妓，声音又腻又滑。歌声像条光滑的缎带，沿着窗棂的缝隙钻过来。

"世上为何有如此凄惨的事？老天为何如此无情，视万物为刍狗？我一直在想，只是想不出答案。后来在大阪结识了几名朋友，我才豁然开朗——不是老天无情，而是幕府有罪。"

幕府。可寿江身上起了一阵颤抖。

女子果然胆小。见她变了脸色，他微微笑了。西乡吉之助实在多疑，可寿江只是个艺妓，多才多艺却柔弱胆小的艺妓。

他拍了拍她的手，似乎在安慰她。

"我喝醉了，这都是胡言乱语。可寿江若不爱听，我就不说了。"他温柔地说。

他对幕府有敌意，她早知道，可亲耳听他说出，一切都不一样了。她不想听，可她必须听，她为什么来祇园？她有必须做的事。

他的目光恋恋地停在她身上，似乎有无限深情。他是个俊俏男子，单单坐着便是一幅画，一双含情眼睛，更能引出无数女人的温柔怜惜。她又斟了杯酒，请他继续说。

"百姓何辜，要受这等苦楚？我看了许多书，也越来越明白了。都说医者父母心，普通医生只能治人之病，此为小医。中等医生可以做小医之师，师傅绪方洪庵就是中医。而大医则可治世间病，可治幕府之病。"说到这些，他的表情全变了，先前还是温柔乡里的痴情少年，如今是彻头彻尾的热血男儿。

治幕府之病。铁三郎是幕府大老，他们会对铁三郎不利吗？她的心怦怦跳了起来。

见她怔怔地盯着他，他有些窘。

"我说的这些，你都不懂吧。不懂也没关系。我只想和人说说话，心里实在憋得慌。京里有不少幕府探子，和别人说有危险。眼看西乡又要回去，我很孤单。"他的脸红红的，嘴角微微下垂，像失了玩伴的孩子。

他还年轻呢。她心里有一阵温柔的牵痛。

"藩主大人是亲藩，身上流着德川家的血。大人看重我，提拔我，大人是幕府栋梁，我自然也要为幕府打算。可幕府实在陈腐过时，大人推荐一桥家的德川庆喜做将军世子，以求能改革幕政。我领命来到京都，四处奔走，可惜还是失败了。"

她心里乱哄哄的，脑子里也混沌一片——铁三郎为幕府辛劳，整日疲惫又憔悴。眼前的男子也口口声声为幕府，看他的模样，怕也不是作伪。既然都为幕府，为什么成了敌手呢？

"可寿江，我很难过。"他喃喃地说，眼神带着哀伤。

"我对不起藩主大人……真的难过。可寿江，你懂吗？辜负了主君期待，恨不得切腹而死的感受。"他低着头，几上有零散的酒杯，几乎未动的菜肴。可寿江只是女人，哪里懂得这些？他强求什么呢？也许因为他喜欢她，他想让她懂他。

可寿江侧身望向他，小声答应着："可寿江懂的。"她在安慰他，女人天生心软，他也知道。她的脸庞有着极流畅的线条，沿着饱满的额头，沿着直而挺的鼻子一路向下，在小巧的下巴上顿了一顿，下面有修长的颈项，略隆起的胸脯。

他痴痴地看着。她避开了他的眼，只低着头，乌黑的头发挽成岛田髻，露出后颈的柔腻肌肤。他看了又看，很想俯下身在她颈项上吻一下。当然，他不能这么做。她的手端端正正地放在膝上，黑地绢衣显得双手洁白如雪。他的心重重跳了一下，一把抓住她的手。

她全身僵住了，抬起头向他微笑了一下，不动声色地抽回手。

他有些失望，又有些羞耻，也许真是喝醉了，做出那么轻率的举动。可寿江一定生气了。

他后悔极了，含糊地道了别。可寿江跟在身后，准备送他出门。外面不知何时下起了雨，细如牛毛的雨密密下着，像他与可寿江初遇那日。

他没带伞，和那日一样。可寿江取出一把，先走到门外撑起，他走进伞下，把伞柄接过手里。暗青色蛇目伞，伞顶的纸略有些透明，透过伞，能看见密密降下的雨丝，亮晶晶的，像满天星光。他偷眼看她，她也看着伞顶，眼里映着满天的星，唇上带着微微的笑。

他的心一下轻快起来。

昨晚下了场雨，雨滴叮叮咚咚地敲着木窗，整整敲了一夜。清早起来，天还是灰的，空气里也添了些凉意。路上湿漉漉的，路边的树喝饱了水，喜滋滋地舒展着翠绿叶片。那叶片绿是绿，却也和以往的绿不同，带了些恋恋不舍的哀伤。秋天快来了。

祇园的夜的世界，艺妓们也是夜的女子，白天是空闲时间。可寿江是志麻红人，老板娘对她格外客气，从不干涉她白天的行动。

一早起来她就心情沉重。今日得出去，长野主膳约她在宝镜寺的茶室见面。她最近很少写信给他，更没主动要见他。并不是讨厌他，只是不知该说什么，该怎么说。桥本左内认识许多人，有公卿、有武士，都是和幕府作对的。她应该告诉长野主膳，可她怎么说呢？心里藏着秘密，愁肠百结，却又欢喜得很。像捧着点燃的蜡烛，一茎细长的火苗，得小心翼翼地护着，稍有不慎，不是灭了，就是会燎到身上。不管怎么样，她总得告诉长野主膳一些消息，她得仔细想想，一定得说得妥当。

宝镜寺是门迹寺，做住持的都是皇家女儿。因为有这样的渊源，寺内寺外都洁净雅致。她缓缓走着，快到了，已看见宝镜寺的长围墙，一尘不染的白墙黑瓦，衬着灰白色的天，有种深秋的错觉。

长野主膳已经到了，点了茶和点心。细巧的月露青白瓷碟，盛着一块颤巍巍的透明夏羹，中间一块柑子色果肉。是她喜欢的金柑夏羹，他还记得。

她行了一礼，努力笑得自然些。

长野主膳心情不错。来京都两年，他脸上多了些皱纹，线条也硬了许多。今日看起来舒展了一些。

"一桥派狡猾非常，我们还是胜了。如今大局已定。听大人

说，月底将军大人就要下葬。之后世子大人接任将军。"他笑呵呵
地说。

"多亏你把三条、鹰司家与一桥派私下交往的事告诉我。虽
然又花了不少银子，至少有的放矢了。"

她的脸红了一红。要论做探子，她是天下最不合格的探子。

"条约也签了，继嗣的事也尘埃落定。等大人发了话，我
们就可以回去了。在京都一呆两年，整日和九曲心肠的上方人来
往，实在是累了。"他叹了口气。

要回去了？她怔怔的，一时消化不了他的语意。是啊，棋局
已胜了，棋子还有什么用呢？自然要收回棋罐里。棋罐里暗沉沉
的，哪怕是黑漆金莳绘的棋罐，在棋子看来，依然是暗无天日的
牢笼。

"大概什么时候回去？"她轻声问。用尽全身力气，才维持
住脸上的微笑。

他皱了皱眉头。"大人说最好再呆一段时间。江户大局已
定，攘夷派拥立一桥不成，不知会不会狗急跳墙。京都是他们的
大本营，不能掉以轻心。我本主张严惩桥本、西乡等人，大人不
允，说他们是松平少将和岛津侯面前的红人，不要轻启事端。如今
我们已胜了，莫若大度一些，不要赶尽杀绝。"

她心里震了一震。赶尽杀绝……这男人曾想杀了桥本左
内吗？

"大人心地仁善。那就暂时放过他们，如果还有什么不轨，

就再不客气了。"他说话时面容镇定，语气也和缓，眼里却藏着深深的敌意。说完后捧着茶碗，一口一口饮下茶汤，喝得认真又畅意。

一丝凉意慢慢弥散开来，像心怀鬼胎的藤蔓，有许多褐色触角，从脚底一点点爬上来，缠在心上，又继续向上，密密绕上了脖子，越绞越紧。她赶紧抿住嘴，端起茶碗掩饰地喝了一口，茶是清淡的玉露，本没有涩味，喝在嘴里却格外地苦。

"我记得你爱吃金柑口味的夏羹，难道是青柚的？真是老了啊。"他自嘲似的笑了。眼角弯弯，唇上有颓然的笑，还是原来的模样。

"只顾着说话，忘了吃呢。"她拈起杨枝。

"对了。京都一桥派已知道我的身份，我们近期最好不要见面，以免连你也暴露了。你有消息可以告诉花音的阿绢，她会转告我。"

她的心怦怦狂跳，因为高兴，不是别的。她怕见他，生怕心中的秘密被他看破。她曾在山根子廊做过几年艺妓，早学会喜怒不形于色的功夫，年纪稍大了些，更是轻车熟路。近来心里有了秘密，她渐渐没了自信，觉得一切都写在脸上，任谁一看都会了然于胸，更何况是相识多年的长野主膳。不能再见面，正好。她忍不住要笑出来。

她向来不爱说话，可今日格外寡言，似乎还有些愁苦，不知因为什么。他心里略略起疑，可他实在高兴，便懒得细想，不久也忘了。在京都的任务快要完成了，他心情愉快极了，只想赶紧离开这冬冷夏热的地方。

　　与长野主膳告了别，可寿江独自回志麻。一路上呆呆的，不记得走了那条路，更不记得路上有什么风景。她心里矛盾极了。若是早些离开，她可能与桥本左内再也不会见面了。若是留在这里，万一他与攘夷派联手，做出"不轨"的事来，她该怎么办？想到这里，她再不敢向下想，只能一遍一遍地自我安慰，反复说他不会。可是，再努力说服自己，她依然满心恐惧。他认识那么多攘夷派，她知道他会的。没有别的办法，她只能静静等着，像被判了死刑的犯人，一日一日地数着，等着死期的到来。

　　一连几日，桥本左内都没有来。最初她暗暗松了口气，他再不找她了，或干脆离了京都，她也少了烦恼。可几日一过，她又胡思乱想起来，为何他突然不来了？上次他喝醉了，一把握住她的手，她下意识地抽开了，当时他是不是生气了？似乎并没有生气。她有没有愀然作色，让他难过了？好像也没有。那是为什么呢？难道……难道他发现了？发现她是长野主膳的同党，是幕府的探子，所以再不来了。

　　每去祇园，桥本左内总会在兰屋。她一日日混着，每当兰屋有佣人来请，她总会心头乱跳，询问客人姓氏。可心里再紧张，脸上仍要淡淡的，不能失了艺妓该有的矜持。和泉大人、宫本大人、池田大人……佣人笑着说出各种各样的姓氏，只是没有桥本。

第二十一天晚上，终于有一位桥本大人在兰屋等她了。所有的顾虑烟消云散，只余下单纯的欢喜。她袅袅地从志麻出去，步伐依然是旧日节奏，心里却慌得很，恨不得踢开高底木屐，拎着衣角奔过去。一颗心火烧火燎，看上去还是一如寻常，至少表情姿态上。

桥本左内微笑着，似乎瘦了些，也黑了些。她做了好几回梦，梦见他回来了，就是这样对她笑着，眼神也是这般。屋角点着行灯，发出朦胧的浅黄色光芒，她有些恍惚，疑心是不是又在梦里。她盯着他的脸看了又看，终于踏实了——他的脸颊瘦了些，如果是做梦，他一定和原来一模一样。

他不说话，只是笑吟吟地望着她，她慢慢红了脸。看见她脸红，他微微笑了，带了些得意。她越发羞得不可收拾，连脖子都红了。

"上次冒犯了，特来向可寿江赔罪。"他低下了头。

"什么罪？可寿江不明白。"她脸上的热终于散了，抿着嘴笑一笑。

"那晚喝多了，回去后什么也不记得。只隐约觉得得罪了可寿江。"

"怕是喝多了做了梦吧。西乡大人没来？"

他正色说："西乡已启程回萨州了，走得很急。岛津侯有急事召他。"

"好友远行，桥本大人一时不习惯吧？"

"寂寞是寂寞，可世间谁不寂寞呢？我在京里两年多，看惯了世事无常。公卿贵胄又怎样，私下尔虞我诈，还比不上寻常百姓。关白九条家与幕府打成一片，太阁鹰司家又与水户互通声气，三条家与长州更是非同一般。彼此同朝为官，见了面一团客气，实际各为其主。"他又叹了口气。

"近来桥本大人牢骚满腹，像伤春悲秋的小姑娘。"她取笑他。

"我优柔寡断，心肠太软，最近又经了一些事，越发觉得世事无常。我离京二十余日，一直在各地联络同志，听说大老井伊直弼在江户春风得意，只觉得恍如隔世。我上次去江户还见过他，当时还觉得他可怜。如今他已是大权在握，无人能挡了。"

耳中隆隆作响，像是雷声阵阵。她一时不敢抬头，只在睫毛下瞥了男人一眼。他脸色沉郁，似乎沉浸在回忆里，并不像是试探她。她松了口气。

"桥本大人见过大老？看上去是不是威风凛凛？"她假装好奇，一脸天真地问。

"威风凛凛？也许现在是吧。我见到他时恰恰相反，极瘦的一个人，脸色也憔悴。他深夜来拜访我家藩主大人，没说上几句，头痛病就犯了。大人还让我帮着诊断。"

"诊断出什么毛病？"她脱口而出，语气急促。关心则乱。

他有点奇怪，看了她一眼。

她赶紧改口："听说桥本大人学的是兰医，可寿江从未看过兰医，想知道兰医如何诊病呢。"

他点了点头。"其实也没大碍。整日思绪不断，自然饮食不香，睡得也不深沉。长此以往，身体会大受影响。"

她故意问："大老比老中还厉害吧，怎么如此辛苦？"

他笑着说："位置越高，责任越大。自黑船来航以来，列强环伺不去，幕府体制陈腐，自然手忙脚乱。老中们各怀鬼胎，谁也不愿承担责任，这大老却傻。他可能觉得自己谱代出身，要对幕府鞠躬尽瘁。可今时已非往日，萨摩、长州、土佐等外样大名跃跃欲试，只想插手幕政，自己也可以分一杯羹。可外样大名与德川家渊源不深，忠心有限，因此幕府一直禁止外样大名们参与幕政，以免对将军不利。不能力敌只能智取，外样大名所以推荐一桥民部卿做将军世子，正是迂回战术。井伊直弼提防外样大名，而萨长土久在西国，在朝廷里广有人脉，他们与一些公卿联手，以攘夷为大义名分，处处与他作对。因为幕府主张开国，他们就力主攘夷。"

原来铁三郎如此辛苦。她向来不懂佐幕攘夷，她来祇园，只是为了帮铁三郎。铁三郎是幕府大老，她就佐幕。攘夷势力与铁三郎作对，就是她的敌人。

"可惜纪州那位马上要做将军了，通商条约也签了。井伊直弼春风得意，我等的努力却付诸东流。真是恨啊。"

"桥本大人也与幕府作对吗？"她幽幽地问。

他笑了笑。"藩主大人待我恩重如山，我唯大人马首是瞻。大人是将军家出身，自然与外样大名不同。"

她松了口气。"西乡大人呢？"

"西乡是萨摩的人，萨摩藩的岛津家也是外样大名。不过我家大人与岛津侯交好，知道岛津侯虽有改革幕政的意思，却并不是野心勃勃的人。"

他脸色又黯淡下来。"大老处置了水户尾张。我家大人也受了牵连……如今暂时隐居……我深受大人恩典，不能袖手旁观……"

她的心快要跳出喉咙了。"桥本大人也要加入攘夷队伍，与幕府作对了吗？"

她脸色煞白，是在为他担心呢。他宽慰地笑了。

"许多主张攘夷的人都是为国为民。不管是何藩出身，怀有仁爱之心的人都是同志，也都是志士。"

她摇了摇头。

"我在京阪结识了不少攘夷志士，真是慷慨豪迈。目前许多志士都聚集在京里，希望做些大事。我最近与水户志士多有交往，水户虽是'御三家'之一，却有改革志向，希望能一改幕府的软弱作风。"

"可寿江听说他们都是犯上作乱的浪人。"

"不是。犯上作乱是幕府说的，志士们恨幕府软弱，他们不愿看国家受蛮夷欺辱。"

她不懂，可她横下了一条心。铁三郎刚顺心几日，又有人要寻衅滋事，任由他们嚣张下去，铁三郎会累成什么样子？她不敢想。

"可寿江只是女流，桥本大人莫嫌可寿江愚笨。"她低了头，露出一个羞涩的笑容。

"你不觉得讨厌，我可以说一日一夜呢。"他有些意外。

"可寿江听一日一夜也不累。有机会的话，真想亲眼见见这些志士。"她欢喜地说，旋即红了脸，像是害羞了。

她像个单纯的孩子。见她红了脸，他忍不住大笑起来。"那容易，下次聚会叫你来。各藩志士的言行举止各有特点，连头上剃的月代宽窄都不同。你一定觉得有趣。"

她抿嘴一笑，给他斟上一杯酒。"那可寿江就等着了。"

几日后，桥本左内果然带了好几个人来。有腰间插着刀的武士，也有戴着宗十郎头巾①，一口上方腔的文士。武士有水户的鹈饲幸吉，还有一名萨摩人，名叫日下部伊三治，据说与水户关系密切。文士是太阁鹰司家的诸大夫小林良典，另一名是内大臣三条家的饭泉喜内。过了一会，学者梅田云滨和赖三树三郎也来了。

酒过三巡，众人都喝了不少。梅田云滨和两名文士醉得东倒

---

① 宗十郎头巾：江户时代男子使用的头巾的一种，包住头部和口鼻，多用来掩饰身份。

西歪，桥本左内脸上升起两坨红晕，目光也朦胧起来。萨摩和水户武士脸色越来越白，也已半醉了。赖三树三郎酒量最大，只是微带了酒意。

"天皇陛下说要退位？"梅田云滨喃喃地说。

"是幕府欺人太甚，触怒了天皇陛下，罪该万死。"饭泉喜内口齿不清地说。

"好在被三条大人劝下了。"小林良典哈哈笑了。

"我等攘夷派最敬重天皇，必为天皇雪耻。"赖三树三郎轻轻地说。

"准备得怎么样了？"鹈饲幸吉没头没脑地问了一句。

"快有结果了。"小林良典含糊地答了一句。

"水户确实受天皇陛下倚重啊。"赖三树三郎歪了歪嘴。

"我萨摩已一切就绪。"萨摩藩士对鹈饲幸吉说，面色沉重。鹈饲幸吉重重点了点头。

深夜。古都进入梦乡，灯火通明的祇园也暗淡下来。

月亮躲入云层，稀疏的星星闪着光芒。

路上响起木屐的声音。高底木屐，雪白足袋，艺妓打扮的女子手持提灯，匆匆走着。

乌黑发髻、纤细身形，正是可寿江。

桥本左内带了好几名攘夷志士来祇园，除了萨摩、水户武士，还有两位是上方口音，是公卿家的人。他们说话常用暗语，她模模糊糊觉得不对。

桥本左内说过，水户与太阁鹰司家关系亲厚，萨摩与近卫家又是姻亲。赖三树三郎说"水户受天皇倚重"，究竟只是句闲话，还是朝廷在秘密计划什么？日下部伊三治说"一切就绪"，又是什么意思？桥本左内并未插嘴，是不是没有参与其中？她一厢情愿地想着，心下怔忡不定，脸上还得带着微笑，十分辛苦。

闹到半夜。众人都大醉了。她送了客人出门，只觉得全身乏力，又回到房里坐下。几上有吃剩的菜肴，散乱的酒碗，一只铫子滚到了榻榻米上，崭新的榻榻米被残酒染出一块暗斑，像光洁的脸上多了块伤痕。跟她来的佣人在外面等着，等着送她回志麻。她累极了，想立刻回志麻躺下，可她不能回去。今晚那些人的话十分可疑，必须告诉长野主膳。不，如今不能见他，要去花音告诉阿绢。

桥本左内到底有没有参与？他没有说话，可能不知情？他肯定还会来，到时候细细问他就可以，只要他知道，对她不会有丝毫隐瞒。可她真的怕，怕他一脸微笑地说自己是计划的核心人物，怕他娓娓道来，把计划说得清清楚楚。

就当一切没发生过？掩上耳朵，闭上眼，把呼之欲出的真相挡在门外？可他们鼓动公卿做什么？是不是对付铁三郎？她怎么也放心不下。隔壁的客人还没走，怕也是醉了，不时发出笑声，笑声奇怪，像被人掐住了脖子，呃呃的一两声。时间一点一点流走，她不知坐了多久。她倦极了，可她仍在苦思冥想，必须找到两全其美的方法。

他们反复提到公卿和朝廷，让长野主膳去查公卿，直接釜底抽薪就行。关白九条家的岛田左近也是探子，他一定查得到公卿到底有什么图谋。她的心突然松快下来，就这样说。

她把佣人遣回志麻，一个人去了花音。

夜深了，祇园虽是不夜城，也渐渐黯淡下来。有些茶屋已上了排门，门口的提灯也灭了，黑黝黝的一片。天空反而亮了起来，浓青色，有絮状云彩，远处是连成排的町人长屋，都已熄了灯，像连绵不断的山峦。

花音也上了门板，她抬头看，二楼还亮着微黄的灯光。到了门前，她却踌躇起来，把要说的话暗念了一遍又一遍。月亮把她的影子投在地下，又高又瘦，不像她，像个从未见过的陌生人。

有夜游的行人路过，见艺妓打扮的女子呆立在酒家门前，好奇地连看几眼。她咬了咬唇，还是放下提灯，抬起手拍门。

好一阵阿绢才下来，发髻睡得毛毛的，领口有点松，露出里面的银朱寝衣。可寿江的脸顿时红了——确实来得太晚了些。阿绢请她进屋，她知道二楼有人，越发不自在起来。她摇了摇头，匆匆说了两句，请阿绢转告长野主膳，最近多注意公卿们的动向。

密　诏

　　已经立了秋，京都依然暑气蒸腾，到了半夜，空气才渐渐清凉起来。

　　天空飘着几丝薄云，几颗星星围着一弯新月，月下的高野川闪着银光。西乡吉之助在高野川河原慢慢走着。高野川是鸭川的源头之一，它与贺茂川在下鸭村交汇，成了一条安静的河流，也就是鸭川。鸭川贯穿京都中心，沿岸的二条三条都是有名的繁华地。即使在万籁俱寂的深夜，不少雅人也会留在鸭川岸边望月。与鸭川相比，偏僻的高野川便乏人问津了。

　　西乡吉之助在京里呆了两年，对各处风景了如指掌。但凡有心事，他都独自来高野川河原散步。眼前是波光粼粼的河流，远处是苍翠的鞍马山，安静异常，全不像熙熙攘攘的京都。

　　藩主岛津齐彬急召，他匆忙赶回萨摩。原来藩主大人听说水户、尾张得咎，不满大老井伊直弼专横，起了兴兵上京的心思。

萨摩藩兵入京，先控制朝廷，请天皇降下敕旨，逼迫井伊直弼辞职，再着手改革幕政。计划已定，藩主命他先行入京，做好一切准备。于是他又心急火燎地赶回了京都，下午刚住进萨摩在中京锦东洞院的藩邸。

私自带兵上京，这是孤注一掷的行动啊。

他叹了口气。士为知己者死。藩主大人是他的主君，更是他的伯乐。大人有令，哪怕刀山火海，也要向前冲。

他加快了脚步，夜已深了，得赶紧回藩邸去。前方树荫里走出一个女人，手里抱着一卷草席。她回头看了一眼，向他笑了一笑，雪白的牙齿闪了一闪。

最下等的私娼，京都人叫她们立君，江户人叫夜鹰。一入夜，她们抱着草席，游荡在荒僻的河边，等单身男人路过。只需五十文钱。

他假装没看见，只匆匆向前走。

"喂。"立君笑着叫他。他头都不抬，继续大步向前走。

"喂，别那么冷淡嘛。"立君追了过来，伸手拉住他的衣袖。

他望了她一眼。有些蓬乱的岛田髻，没有塞发芯，扁扁地堆在头上。脸涂得惨白，瘦得颧骨突出。穿着鲜艳的樱色小袖，领口松松的，露出细弱的脖子。

他心里起了怜悯，轻轻把衣袖从她手里拉出来。她又攀在他胳膊上，手臂又长又瘦，像冬天半枯的藤蔓。

"今晚还没客人呢……是第一个。"她有些绝望，像在乞求。

没客人就没饭吃。他转过身，停在那里。

立君眼里闪出希望，轻轻说："请跟我来，就在前边。"她误会了。

他从怀里拿出钱包，拈出几枚一朱银。"拿去吧。今晚可以回去了。"他温和地说。

立君呆呆站着，两手交握着放在胸前，不敢伸手。

他把余下几枚一并取出，放在她右手掌心。旋即转身离开，不愿再看她。

身后传来女人的哭泣声。

他大步走着，渐渐有些累了。钱都给了立君，没钱雇町驾笼①，只能走回去。

到八坂神社附近了，前面传来木屐的声响。那么晚了，还有人在外面。是赏月的雅人吧。

他加快了脚步。高底木屐，黑衣，下摆露出红色内衬，是名艺妓。艺妓应酬客人怎么会那么晚？而且，艺妓身边必定会跟着随从，怎么深夜一人行走？

艺妓右手举着提灯，提灯上写着"志麻"两字。志麻……他

---

① 町驾笼：町人百姓乘坐的简易轿子。

心念一转。

"可寿江。"他笑着喊。

艺妓停下了脚步，迟疑地转过身。果然是她。

"啊呀，是西乡大人。"她脸上掠过一丝狼狈，很快又带上了笑容。欢喜又温柔，好像为遇见他高兴。

"那么晚，又孤身一人，要小心呢。"他含笑说。

"多谢西乡大人关心。和姊妹一块聚聚，不知不觉晚了。"她低头行了一礼。

"听口音，可寿江是京都人氏？家里姊妹都出嫁了吧。"他闲闲地问。

"唔。"她含糊地应了一声，又抢着问："西乡大人什么时候回京的？"

"正是近日。"刚答完，他又望向她。

"可寿江一直在京里？也难怪，生在京里，长在京里，见惯繁华，自然不愿去外地。"

"西乡大人说的是。"

两人边走边聊，看似云淡风轻，心里都绷着一根弦。不光谈话，连表情动作都斟酌再三，生怕一个疏忽，落入对方陷阱。也许太聚精会神，可寿江跟着西乡吉之助一路前行，早已过了志麻。西乡吉之助笑了笑，停下了脚步。

"啊。只顾着说话……"她用袖子掩住嘴。

再往回走，他在志麻门口停了下来，目送她进了门。依然是袅袅的身姿，却带了些慌乱。

他继续往藩邸方向走去。疲劳烟消云散，心里有无数疑问盘旋来去——她究竟是谁？半夜去了哪里？

清水寺成就院住持月照上人请自己去成就院一聚。接到月照派人送来的帖子，桥本左内只觉丈二金刚摸不着头脑。

月照是西乡吉之助的好友，自己和他相识，却没有特别交情。他想了许久，把帖子往怀里一揣。无论怎么说，见了月照就知道了。

刚进成就院，有人喊"桥本"，声音带笑，萨摩口音。

他惊喜地抬头，西乡吉之助笑吟吟地看着他。他拔脚冲了过去。

"刚回萨州，怎么又上京了？怎么不提前告诉我？这次呆多久？有什么任务？"别后重逢的喜悦刚刚散去，桥本左内连珠炮似的丢出许多问题。

"先进禅房吧。月照亲自下厨，要为我们做精进料理。"西乡吉之助笑着说。

精进是佛家用语，精进料理就是高级素斋。

"怪不得要在成就院见面。"桥本点了点头。

几上摆满了菜肴，有奶白的蒸鱼条，还有茶褐色的……烤肉？这是什么精进料理？有鱼又有肉。桥本皱了皱眉头。

"保证纯素。"月照也进了房，手里端着个色绘京烧小碟，

272

额上还有汗珠。

"那鱼条是山药制的，像烤肉的其实是豆腐。"西乡笑着说。

"和尚整日说清净，心心念念的还是吃荤。用山药冒充鱼，豆腐也得做出肉样儿。"桥本撇了撇嘴。

"别小看精进料理，不光模样，味道远胜寻常饭食。桥本大人请。"月照坐了下来，把手里的碟子随手放在几上。

"上人，这是……松茸？"瞥见碟子，西乡有些吃惊。

"好眼力。这是今年最早长成的深草稻荷山松茸。"月照一脸得色。

深草稻荷山的松茸是极品。本草学者小野兰山①在《重修本草纲目启蒙》里专门提到："深草稻荷山松茸伞盖肥厚，色白，质地致密，乃上品中的上品。最高级的稻荷山松茸又名'卧释迦'，茎部粗大，有异香，脆而甘美。与卧释迦相比，西贺茂与嵯峨的松茸不值一提。"

京烧碟子里的松茸粗大肥厚，正是价值千金的卧释迦。

"上人厚意。"西乡深深低头。

"卧释迦"产量极低，别说平民百姓，一般公卿都不得入口。

_____

① 小野兰山：江户时代中后期的知名本草学者，基于李时珍的《本草纲目》作出日本本国的本草丛书。

"一切都是缘法。鄙院有位居士正是稻荷山出身。正巧昨日松茸长成，顺便摘了，今日一早送了来。只能说松茸与两位大人有缘。"月照连连摇手。

新鲜松茸只需清烤，再加任何酱料都是累赘。一片入口，满嘴都是异样的香气，又嫩又滑。

"从未吃过那么好的松茸。"桥本喝了口酒，惬意地闭上了眼睛。

"说到松茸，还有件趣事。二百余年前，太阁丰臣秀吉动了雅兴，要去稻荷山亲手采摘松茸。当时已是深秋，松茸早被山民采尽。奉行们怕太阁扫兴，提前去周围山里采集残余松茸，再连夜种在稻荷山内。第二日一早，丰臣秀吉兴致勃勃地来到稻荷山，见到遍地松茸，轻轻松松采了不少。他把松茸带回，分给各位武将，还称赞稻荷松茸果然品相不凡。武将们心知肚明，也只能唯唯诺诺，一声不敢吭。"月照家代代是京都人氏，对京都掌故如数家珍。

"聪明伶俐如丰臣秀吉，也有被手下蒙蔽的时候。"西乡吉之助叹了口气。

"如今不也一样？水府侯等人被迫隐居，我家大人也暂时隐居。明里说是将军大人的上意，其实只是大老井伊直弼的意思。"桥本左内叹了口气。

"此次上京，西乡有个重要任务。西乡视两位为割头刎颈的好友，不愿有丝毫隐瞒，请两位千万不要泄露。"西乡吉之助正色说，眼光更有意无意地拂过桥本的脸。

桥本左内和月照坐直了身体，一起点头。

"大老井伊直弼独断专行，堵塞言路，鄙上已忍无可忍。鄙上决心率兵入京，先讨得天皇敕旨，再逼迫井伊直弼辞职。井伊直弼不除，幕政改革无从谈起。"

月照和桥本左内都呆住了。

"一无将军令旨，二无朝廷敕令，岛津侯私自率兵入京，等同谋反啊！"桥本左内失声说。

"如今是非常时期，不仅我萨摩，土佐、长州也是一般，人人想为国尽力。可井伊直弼对外样大名疑心极重，万事均以将军家为先。眼中只有幕府，没有朝廷，更没有国家。说到底只是德川家的家奴罢了。"

桥本左内点了点头。井伊直弼是谱代大名出身，先祖早在关原之战前就依附德川家，是老臣子。长在那样的家里，自然会殚精竭虑，只想让幕府永远存续。

"井伊直弼隐居，幕府须奉朝廷为主，外样大名也要参与幕政。实不相瞒，'御三家'之一的水户也已同意与萨摩联手。"西乡吉之助接着说。

桥本左内打了个突。自东照神君开府，朝廷将一切政务委托给幕府处理，幕府政事又由谱代大名一手主导，至今已二百余年。萨摩要做惊天动地的改革啊。而水户与将军家同气连枝，竟然也生了反意。只怕井伊直弼一隐居，幕府又要立新的将军世子了吧，这回定是一桥民部卿了。

月照热泪盈眶。他与公卿颇有渊源，自然乐见公家压倒武家。自己呢？自家大人是德川家一脉，可谱代大名们并不把大人放在眼里，井伊直弼还下令让大人隐居。自家大人与萨摩岛津侯交好，幕政改革对大人只有好处。

除去井伊直弼有百利而无一害。他点了点头。

见两位好友都无异议，西乡吉之助露出了笑容。"那么好的松茸，不趁热吃浪费了。"他夹起一片送进口中。

与格式谨严的祇园相比，京都的岛原游郭多了几分柔媚。夜幕降临，岛原内处处歌舞升平，娇笑声、小呗声、乐器声、觥筹交错声此起彼伏，直让人忘了今夕何夕。

长野主膳跨进了岛原大门，在京都呆了数年，他常去祇园，对岛原游郭并不熟悉。好在岛田左近约在角屋见面，角屋是岛原数一数二的大店，他也去过一两次。沿着大路直行，不远处就是角屋，门口交叉挂着写着"角"字的提灯，照得门前亮如白昼。

刚走近，一位眉眼清俊的少年满脸带笑地迎了出来——"客人请进。"

"与岛田大人有约。"长野主膳轻轻说。

"明白了。"少年恭谨行了一礼，侧着身子在前面带路。岛屋规模极大，装修上也极尽豪奢，每间房都有雅致的名字，室内装潢也与名字有所关联。"扇之间"的天花板上有高手画师画出的五十余张扇面，"缎之间"的墙壁满满蒙上最昂贵的丝缎。经过一间又一间，少年终于推开一扇门。这里叫"青贝之间"，大约十六七帖，天花板、墙壁上都嵌着螺钿，螺钿作青灰色，在灯下发出幽幽光芒。门对面放着洒金屏风，仔细一看，正是与谢芜村的红白梅图。

"角屋果真是销金地，岛田这小子当真奢靡。"长野主膳暗暗说。

听说岛田左近刚为大阪新地的一位名艺妓赎了身，还给她在木屋町二条下置了房子。那艺妓艺名若香，刚满二十二岁，长野主膳也听过她的名字。给新地红人赎身，岛田左近该是出了一大笔钱。

长野主膳撇了撇嘴。

"请客人在此稍候。"少年行了一礼，轻轻拉上了门。

推开雕花窗，外面是小而雅致的庭园，空气里有栀子的芬芳。远处是层峦叠嶂的群山，山上有一轮圆月。隐隐听到歌声"岛原亦有皎洁月，明月无辜照岛原"，这是有名的岛原小呗。他静静地听着。

屋角的行灯上笼了桃色绢纱，光线透过绢纱，带了迷离的绮色。他闭上眼睛，悠扬的歌声像潮水一样漫上来，把他悄悄围在其间，飘飘荡荡，意往神驰。

"久等了。"是岛田左近的声音，拖得长长的上方腔调。

长野主膳回过头，戴着宗十郎头巾的岛田左近正望着他微笑，戴头巾是不愿被人认出来。

"长野也是刚到。"

长野主膳看着对面的岛田左近。瘦瘦的男子，笑起来双目弯弯，眼里却藏着狠劲。原是山阴道石见国①农民出身，巴结上关白殿下，得了从六位下的官位。长野主膳与他联手，得了不少朝廷机密情报。当然，也花了不少银子。

女佣上了酒菜。两人淡淡说了几句闲话。

"关白殿下与幕府关系亲厚，长野大人无须担忧。"岛田左近捏着把金银泥云纹扇，边摇边慢悠悠地说。他一口地道上方话，完全听不出是外乡人。

"前日听到风声，萨摩、水户与公卿来往频繁，朝廷是不是有所动作？"长野主膳满脸带笑。

"有些公卿胡闹而已。也是可怜，说是公卿，也穷得紧，借机闹一出。苍蝇嗡嗡叫，只做不理。毕竟朝廷政务由关白殿下做主。"岛田左近抿了口酒。

"水户蛰居，幕府已无后顾之忧。虽说条约已签，朝廷最好还是降一道允准的敕旨，不然仍放心不下。"

"长野大人难道不知？有钱能使鬼推磨。"岛田左近用扇子掩口，微微一笑。

贪得无厌。长野主膳暗骂了一句，脸上依然带着笑。

---

① 石见国：日本古代行政区划之一，现岛根县西部。

"长野明白了。明日派人送去木屋町。"

听到木屋町三字，岛田左近脸上的笑意更深。"那就有劳长野大人了。"他提起铫子，给长野主膳斟了杯酒。

"不敢不敢。"

月照上人的帖子又来了。桥本左内笑了笑，莫非又有精进料理吃？快到中秋了，是要赏桂饮酒？也许只是商量起兵的事。西乡那家伙对可寿江心怀疑虑，向来不愿在祇园议事。他叹了口气——可寿江只是寻常女子，西乡对她有成见。好在日久见人心，以后总会明白的。他换了衣裳，兴冲冲地赶去成就院。

月照表情凝重，桥本左内皱了皱眉头。怎么了？

"西乡还没到？"他急急地问。月照指了指禅房，又摇了摇头。

这和尚打什么哑谜，他可没有参禅的闲情逸致。他快步上前，一把推开房门。

房内门窗紧闭，刚打开门，一股热气扑面而来。定睛一看，西乡吉之助坐在几前，手肘撑在几上，双手抱头。

"西乡，怎么了？喝醉了？"他心下觉得不对，勉强笑着说。

西乡缓缓抬起头。原本健壮的男子，几日不见瘦得不成样子，眼睛是赤红的，脸颊深深陷了下去，略厚的唇上裂出几道血痕。

他扑了过去，"这是怎么了？"他又急又痛，快要落下泪来。

"藩主大人急病过世。"他吐出几个字，嗓音干涩，像到了灯尽油枯的时候。

"不是在练兵吗？怎会得了急病？"萨摩藩主岛津齐彬明明正当壮年。

"大人……"西乡刚开口，突然呛咳起来，右手按住胸口，连气都喘不上来。

"西乡已两日未进食，也未合过眼。"月照黯然说。

他向西乡点了点头。"我来说。七月八日，岛津大人在天保山练兵，也许是天气炎热，大人突然坠马，当夜便发起热来。几名医生都说是中暑，可到了七月十六日，大人……萨摩来的信前日刚到。看了信，西乡便废了饮食，连觉也不睡了。"月照垂下眼睛，低低念了声佛。

万物难为有，无常似尾花。空蝉如此世，幻灭如朝霞。鬼使神差地，他想起古人的歌。岛津大人空有"贤侯"之名，壮志未酬，竟成泉下之鬼。他长长叹了口气。

"大人待我有情有义，我已决定回萨摩，在大人墓前切腹。如果动作快，也许能赶上大人，同坐三途川的船，继续做君臣。"西乡脸上带了淡淡的微笑。

月照无奈地看了桥本左内一眼。这两日，月照应该劝了西乡千百次吧，可惜没有效果。如今的西乡双眼无神，表情呆滞，直与废人无异。

他张了张嘴，什么也没说出来。如果……如果自家大人暴病死了，他会怎么样？可能一样吧，一心想追随大人到地下。

只是想想，心就痛起来了。他看了看西乡，眼里充满同情。

"为主君尽忠乃武士本分。"他缓缓地说。月照猛地看了他一眼，以为他在劝西乡殉主。

"西乡，岛津侯的性格你比我清楚。若与岛津侯在黄泉相遇，他会说什么？'西乡，做得好'？怕是不会，岛津侯会勃然大怒吧。他会说：'西乡，我阳寿有限，许多事没来得及做。你为何要半途而废？'"他弯下腰，双手按在西乡肩上，一字一顿地说。

西乡吉之助放声大哭起来。月照掏出手巾塞在西乡手里。哭出来就好了。

他向月照使了个眼色，两人一起退出禅房，轻轻关上了门。

初秋的太阳落得极快，从白昼到黄昏，似乎只在刹那之间。太阳刚才还炎炎照着，月亮已在另一边升起，迷迷离离地挂在树梢上。月照去了厨房，要给西乡熬粥，两日未进食，得吃些好消化的食物。桥本坐在松木走廊上，手里拿着银烟管，不时吐出淡白的烟雾。

门开了，他赶紧抬头，顿时放了心——西乡吉之助瘦削而憔悴，脸上带着微笑，像是从远处归家的旅人。那憔悴只是因为疲倦，不是别的。他认识的那个西乡又回来了。

"桥本，是我错了。"西乡吉之助对他笑了一笑。

眼里有泪涌上，他赶紧抬头望天。天空是透明的琉璃色，月亮低低地悬着，白而晶亮，是上好的清水烧白瓷。月照端着桐木托盘，小心翼翼地走来，托盘上的白粥冒着热气，还有几色腌菜。桥本左内的肚子咕咕叫起来。

西乡吉之助哈哈笑了。

快近十五夜了，月亮一日圆似一日，金木樨的甜香飘遍洛外洛中。

天皇御所里的典侍们忙成一团，都在准备中秋的庆典。中秋是月圆之夜，赏月、吃团子、许愿，说不完的风雅事。

天皇却不关心。近来，他常常屏退侍从，和三条实美等年轻公卿聊到深夜。

八月七日晚，权大纳言万里小路正房①从御所出来，直接去了水户藩在京都的藩邸。没到一炷香工夫，万里小路正房出来了，原本双眉紧皱，出来时脸色舒展了许多，像卸下了千斤重担。

京都藩邸留守居役鹈饲吉左卫门一夜无眠。

八月八日清早，鹈饲吉左卫门的儿子鹈饲幸吉匆匆离开藩邸，沿东海道一路急行。路过关卡时，他自称小濑传左卫门，还拿出了整套证明文书。

八月十六日下午，一名风尘仆仆的武士出现在安岛带刀家

---

① 万里小路正房：江户时代后期的公卿，关白九条尚忠的政敌。

门口，正是鹈饲幸吉。安岛带刀是水户藩家老，一等一的实权人物。见到鹈饲幸吉，安岛带刀张大了嘴，掩不住一脸惊讶。他只说了一句话，安岛带刀立刻屏退所有卫士，两人密谈许久。

鹈饲幸吉告辞后，安岛带刀在房内呆了一日一夜。第二日晚上，他连饮数碗浓茶，像下了决心。他叫妻子帮他换上正装，一路赶往藩主德川庆笃所在的御殿。

欢欢喜喜过完十五夜，关白九条尚忠接到了坏消息。他砸破了两只价值不菲的梅花天目茶碗，依然气咻咻的。

天皇绕过自己下了密诏，密诏被万里小路正房秘密带出御所，再由水户藩士送往水户，如今已在水户藩主德川庆笃手中。据说密诏外还附了张纸："密诏内容速告知诸藩。"这消息坏到不能再坏，关白九条尚忠脸色铁青。

三条实美之流的年轻公卿着实可恶。他们撺掇天皇下了密诏，两日后又照抄了一份送到幕府。大老井伊直弼派飞脚送来书信，文字简略，只问到底怎么回事。

近卫家、鹰司家、一条家、二条家，还有三条家都在密诏上签了名。唯独自己蒙在鼓里！

明明都收了幕府的钱，摆什么架子！想凌驾于幕府之上？就凭几个公卿？

密诏内容倒也寻常，无非主张攘夷，主张幕府与朝廷协作，为水户尾张鸣不平。可是，朝廷发敕令不经关白之手，前所未闻。更要紧的是，朝廷岂可绕过幕府与诸藩自行联系？幕府二百余年，从未有这种做法。自己颜面无存，幕府更威风扫地。

秋日的阳光暖暖地照着，九条尚忠从心底泛起一阵寒意。事关幕府体面，井伊直弼不会善罢甘休。

一只乌鸦落在屋外的松树上，尾巴抖抖，站直了身子，张嘴发出凄厉的惨叫。他越发烦恼起来，挥手把素日喜爱的萌黄釉香合丢了出去。香合发出清脆的破裂声，乌鸦吃了一惊，更大声地叫了一声，振翅远去了。

太不吉利了……九条尚忠伏在几上，用手捂住了眼睛。

阴 谋

水户藩主德川庆笃睡得正香，忽然被侧室叫醒了。他向来有起床气，侧室满脸赔笑，说家老安岛带刀求见。

安岛带刀是水户的老臣子了，忠心耿耿，父亲向来看重。父亲被迫蛰居，德川庆笃被剥夺了登城议事的权利，水户一片愁云惨雾。安岛带刀却越发精神了，在藩里事事争先，谁都忌他三分。这老头半夜求见，到底有什么紧急事？德川庆笃迷迷糊糊地站着，任由侧室为自己脱下寝衣，再换上小袖，系上外套。

守夜的护卫悄悄走了进来，轻手轻脚地为他束发。他闭着眼睛，心里烦闷不已。若不是要紧事，定要当众叱责那老头，给他个没脸。

他打着呵欠走了出去，天空还是漆黑的，偶尔能听见铃虫的鸣叫。卫士们静静跟在身后，他们熟知藩主脾性，脚步放得轻轻的，生怕触怒了他。

安岛带刀端端正正坐在下方，发髻、衣衫整齐妥帖，一看就是有备而来——没什么急事，干吗要半夜来？他半夜被吵醒，本就一满腹不快，见了安岛带刀的样子，更觉得胸口怒气升腾。

"半夜惊扰大人，不胜惶恐。"安岛带刀俯下身行了一礼。

嘴里说着惶恐，表情镇定极了，还有一丝理直气壮的意味。

"什么事？"他皱起眉头说。

安岛带刀看了看门口，卫士们守在门外。

故弄什么玄虚，他腻味透了。"都下去。"声音里有明显的不耐烦。

"是！"一阵急促的脚步声，卫士们都撤下了。

到底什么事？他瞪着安岛带刀。

"谢大人。"老头又行了一礼。

别再废话了。他在心里喃喃咒骂。

"八月七日，权大纳言大人夜访我藩京都藩邸，带来了天皇的密诏。"

"密诏？"他脑子里一片空白。

"居留役鹈饲吉左卫门之子一路急行，已将密诏送到水户。"安岛带刀从怀里掏出一卷文书，颤颤巍巍地捧在手里，像捧着一碰就碎的琉璃娃娃。

"写的什么？"在他看来，这密诏就是烧红的烙铁。他下意识地缩了缩手，不愿接过。

安岛带刀看了他一眼，表情不变，眼里带了些嘲讽。见藩主双手藏在袖子里，无意接过密诏，老头直起背脊，清了清嗓子，把诏书念了一遍。

"水户有忠君之心，有攘夷之志。尾张水户无辜蒙冤，天皇哀怜。幕府与朝廷应携手应对时艰。"

他也是自小学国学的人，也许是心乱如麻的缘故，老头的声音像风一样刮过，没留下什么痕迹。他侧着耳朵努力听，也只捕捉到只字片语。老头念完了，将密诏原样卷好，抬着头看他，只是一言不发。

窗户敞着，墨黑色的天，有大朵大朵的乌云。没有一丝风，乌云静止不动，月亮依然是圆的，被乌云遮住了大半。远远看去，一抹黑、一抹黄，像狰狞的鬼脸。他打了个寒颤，只觉得凉意慢慢弥漫到四肢百骸，连脑子都冻住了。

父亲是铁杆攘夷派，时不时给朝廷显贵写信，表达忠君爱国、坚决攘夷的志向。求仁得仁，如今天皇密诏上门了。可父亲一个月前被大老责令蛰居，正在江户闭门思过，自己也被禁止登城，连江户城的政务会议都不能参加，早已是闲人一个。

他咬了咬牙，又气又恨。父亲嫌他愚笨，偏爱弟弟七郎麻吕，不止一次生了另立世子的心思。"御三卿"的一桥家没有后嗣，因将军家庆之命，七郎麻吕去了一桥家，不然藩主之位轮不到自己。如今祸到临头，倒由自己承担。

月亮不见了，像被虎视眈眈的乌云一口吞吃了，仔细一看，乌云下端还残着一道淡金镶边，是月亮死不瞑目的鬼魂。天空却亮了一些，墨色带了暗蓝调子，幽幽的，是乌云的同谋。一只夜鸦醒了，试探地叫了两声，又被死一般的寂静吓得噤住了。

安岛带刀默默坐着，脸色平静，眼里还有一丝期待。这老头蠢极了，德川庆笃气得面色铁青。水户若接了天皇密诏，就是逆反幕府之举，他已是戴罪之身，再有个行差错步，也得打点行装，与父亲一起闭门思过。

"原封不动送回京都！"他咬着牙说。

"已有多名藩士知晓，天皇降旨，藩士们倍觉荣宠。"安岛带刀小心翼翼地说。

"他们懂得什么！天皇降旨水户，这就错了规矩。井伊大老与水户不睦，这是授之以柄。"他胸口烦闷，似要吐出血来。

水户虽是"御三家"之一，毕竟是将军的臣子。只有幕府可以和朝廷直接联络，藩国万万不可。

"兹事体大，大人不要轻率决定。"安岛带刀目光闪烁。

这老头在玩缓兵之计呢。"事不宜迟，马上召集藩内重臣，今晚讨论出结果。"他恨恨地说。

水户藩内一向不平静，门阀派与攘夷派斗个不停。门阀派亲近幕府，主张与朝廷保持距离，攘夷派多为下级藩士出身的热血之辈，对幕府无甚好感。家老安岛带刀同情攘夷派，另一位家老会泽正志斋则是门阀派领袖。

会泽正志斋是个举止娴雅的白胡子老头，也是有名的国学家。听了来龙去脉，他顿时脸色铁青，平日的儒雅风度荡然无存。

"大人，必须送还密诏，否则水户成了罪人，对不起东照神君啊！"

安岛带刀扭头瞪了他一眼。

"会泽请缨，明日一早启程，将密诏送返朝廷。"

"会泽，你胆大包天，连天皇都不放在眼里了！"安岛带刀狠狠盯着他，恨不得扑上去厮打。

"不得无礼！"德川庆笃喝止了他。

"会泽，两百年来水户一直是勤皇先锋，你甘做幕府走狗，小心千刀万剐！"安岛带刀破口大骂。

会泽正志斋自负修养，只是冷冷看着暴跳如雷的安岛。余下的家臣面面相觑，不敢轻易开口。

"都下去吧！我再想想。"见他们吵得一团糟，德川庆笃觉得头要炸开了。

安岛带刀怒气冲冲出了城门，直接去了攘夷派首领高桥多一郎的家。

"天皇给水户下了攘夷密诏。会泽正志斋唆使藩主大人，要把密诏送回京都。"安岛带刀的脸上阴云密布。

"这奸贼！死不足惜！"高桥多一郎眼里闪出凶光。

安岛带刀摇了摇手。"不忙，你带人先去小金宿，小金宿是去京都的必经之路。一旦大人同意会泽上京，你们在那里堵住他，抢回密诏。"

"明白。天皇下诏，是水户天大的荣耀，愿为天皇肝脑涂地。"

"很好。我们也要为蛰居的大殿大人出一口气。你去小金宿，我自会把密诏抄写多份，送给各位大名，让他们看看水户在天皇眼里的分量。"

藩内意见两分，德川庆笃左右为难。他有意将密诏送回，但藩内老臣子向来唯父亲马首是瞻，并不把他放在眼里。安岛带刀也说了，若强行送回密诏，水户可能会起内乱。父亲正在蛰居，一旦乱起，他没准也会被囚禁起来。

被家臣囚禁……他从心里升起一股凉气。会泽正志斋喘吁吁地来了，手里拿着幕府送来的急报。

大老井伊直弼的密令。"速将密诏送至江户。万不可向诸侯泄露密诏一事。"

送至江户……他手一松，密令轻飘飘地落在地上。

江户的初秋有淡青色的天，也有疏朗的星，清冷的月。天底下有连绵不断的房屋，每间房子里都有酣然入梦的人。金木樨的香气充盈在角角落落，宁静优美的秋夜，人却不得安宁。

远远传来野猫的叫声，断断续续的，像被惊醒的婴孩。任父母如何安慰，依然不管不顾，一味凄惨地哭着。

井伊直弼坐在庭园前的走廊上，面前是数株松树，苍翠的，枝叶舒展。初开的白菊像一团团残雪，静静地放出清苦的药香。他向来不爱木樨，那香气甜得发腻，一入鼻端久久不散，像痴痴缠缠，不知进退的女人。

晚上的庭园像幅风雅的木刻画，墨灰揉着暗绿与淡白，色调上品，让人心生宁静。他想要宁静，有人偏偏不许。

"大人三日未合眼了。"宇津木六之丞一脸担忧。

"我也小看了朝廷公卿，居然使出这招。"井伊直弼眼里布满血丝，唇边却有笑意。

"天皇受了公卿的蛊惑，公卿和各地上京的攘夷势力勾结，其心可诛。"

"密诏还在水户。德川庆笃胆子小，干不出什么。已命他不可将密诏外泄。可他压不住手下家臣，他不敢抗命，家臣敢。"

宇津木眼前浮现出德川庆笃的脸。方脸大眼，五官端正，可眼神游移，总显得呆笨。

"不少大名怕已知道了。如今非常时期，将军新立，通商合约一事尚在进行，幕府威风不可坠。"井伊直弼望着天空，像在自言自语。

"大人说的是。"

"等等看。若水户不交出密诏，那密诏只能是伪造的。"

宇津木六之丞吃了一惊，偷偷瞥了井伊直弼一眼。他双唇紧闭，嘴角两道深深的纹路，一直延伸到下颌。

不错。朝廷绕过幕府，直接下诏给水户，这是对幕府的蔑视。只有先下手为强，表明密诏乃是水户私自伪造，幕府才能挽回颜面。

"外样大名心怀叵测，他们拥立德川庆喜以图后举，我道上天有好生之德，并未严加处置。他们一招不成，又使一招，派出手下上京，打着攘夷的旗号兴风作浪，不能再纵容。告诉长野主膳，暗暗探访各藩在京都的手下，留下名单。哪些公卿与密诏一事有关联，着岛田左近去查。不能再生变了。"他的嗓音里有一丝冷厉。

宇津木六之丞突然觉得一阵寒意，低头应了一声，眼前的主君好像变了个人。

宇津木告辞，井伊直弼依然坐在走廊上。茶早冷了，他端起喝了一口，茶放了许久，味道格外苦涩。冰凉的水线滑入腹中，脸颊烫得厉害，像是醉了酒。三日未睡，脑子一刻没停，这会儿觉得异常委顿。他缓缓躺下，似乎下了露水，身下的桧木板带了湿气，给人柔软的错觉。身体倦到极点，感觉却异常灵敏，桧木的清香，露水的湿意，秋虫怯怯地叫着——去日无多。

自从做了大老，天不亮起身，太阳升起登城，太阳落山归宅……日日如此。只为将黑船来航的危害降到最小，为保战火不起，为让将军家安泰。可他得到了什么？外样大名视他为敌，打着攘夷的旗号作乱，勾结公卿使出了下作手段。

攘夷攘夷，公卿们到底懂不懂，以如今的国力与英美对战，只需一两日，江户化为火海，百万百姓流离失所。公卿以为京都在内陆，大可高枕无忧，可英美军舰若驰入大阪湾，两日之内，军队可抵京都，把天皇绑了去也不是天方夜谭。

攘夷公卿愚昧，可与他们来往甚密的外样大名们并不愚昧。萨摩、长州、土佐……外样大名们在各自藩内殖产兴业，买了不少西洋机器，还有洋式枪炮——他们知道西洋的好处。可他们策动公卿，指责幕府软弱卖国，向洋人卑躬屈膝。其心可诛。

外样大名是在向德川家报仇吗？他打了个突。关原之战过去二百余年了，仇恨真能延续那么久？

若真是报仇，井伊家也逃不过。井伊家是德川家最得力、最可靠的家臣，谱代大名的身份，三十五万石的石高都是战场上的累累鲜血换来的。作为井伊家的后人，他也是复仇目标之一吧。

尽管来吧。他坐了起来，两手放在膝上。井伊家在战场上勇往直前，从没怕过。他是井伊家的子孙，就算为将军家死了，也是他的宿命。

想对幕府不利，先得过他这一关。大战要开始了。他的血液不由自主地沸腾起来，井伊家的血。

十五夜一过，暑气顿消，空气澄净凉爽，京都也到了一年中最美的时候。银杏叶子开始由绿变黄，枫树和槭树的叶子也带了浅红影子。五彩缤纷的树木配上暗色木造房子，零星分布的寺庙，像高手画匠的风景画。

过了十五夜，祇园的艺妓们也换了新装。艺妓们最重视妆饰，无论是头上的簪子，还是腰带上的刺绣，都要带上四季风物，暗合季节变化。代表春日的纹样有新芽、蝴蝶和樱花。夏日的经典纹样是藤花、菖蒲和溪流。秋日则是菊花、红叶和圆月。冬日有山茶、南天竹、梅花和雪花。如今三秋过半，祇园艺妓开始换上冬日纹样，可寿江的发髻上也插上了寒椿珊瑚簪。

桥本左内又来了。

"最近不见西乡大人。"可寿江闲闲地问。

"西乡心境不好，常在成就院参禅。"桥本左内淡淡地说。莫说西乡，他的心境也不好。

"桥本大人似乎瘦了些，难道是悲秋？"

"可寿江又开玩笑。最近诸事不顺，我家大人被责令隐居，西乡家大人暴病死了。所有的努力付诸东流。"

"隐居？越前福井的松平大人？"

"正是。大人夜访井伊直弼，想为水户尾张求情，结果触怒了井伊直弼，暂时隐居变成了正式隐居。井伊直弼仗着将军大人年幼，行事独断专行，肆无忌惮！"

独断专行。肆无忌惮。这是在说铁三郎？她不信。

"西乡的主君早看他不顺眼，可惜暴病死了。井伊直弼真是好运气。不过天网恢恢，他早晚没有好下场。"他瞪大了眼，恨恨骂道。

"西乡大人的主君就是萨摩的岛津大人吧？岛津大人在幕府

是什么职位？"她装作好奇，微笑着问。

"岛津大人只是外样大名，在幕府并无职位。可萨摩是大藩，藩兵也精强。岛津大人原计划带兵入京……"他忿忿地说着，突然停住了——他答应西乡保密，恼恨之下，差点说漏了嘴。

他望向可寿江，她一双眼睛亮晶晶的，嘴角带笑，似乎在听最有趣的故事。他松了口气，她对政局一窍不通，只是听着玩罢了。

"听说萨摩武士人人刀法过人，不知是真是假。"可寿江为他斟了杯酒。

"萨摩藩风勇武，若说人人刀法过人，倒也不见得。比方说西乡少年时坠过马，右手肘受了伤，从此偃武修文。他刀使得一般，不过写得一手好字，为人也精明机敏，远胜于我。"他叹了口气。

"岛津大人对西乡十分爱重，可惜病死了。"

"怎么突然得了病呢？"可寿江垂下了眼睛。

"所以说井伊直弼这贼子运气好！"他忍不住破口大骂起来。

井伊直弼。她必须知道是怎么回事。

"桥本大人有些焦躁呢。可寿江有时也烦恼，再烦恼的事，说出来就好多了。"她貌似不经意地说。

不能太露骨。她故意不看他，懒懒地起身，揭起京烧莲花式香炉的盖子，拈了块白檀进去。一缕淡白烟雾从炉孔升起，又向四周散开，有袅娜的姿态。

她在香炉边坐下，双手叠放在膝上。轻烟斜斜地飘向她，她垂下了眼睛，脸上有温柔的笑。透过烟雾看，那笑容带了些神秘，像无所不知的神明。

桥本左内看着她，似乎有些痴了。他相貌英俊，又得藩主重用，无论在越前福井，还是在京都，最不缺的就是女人。可寿江只是艺妓，年纪也比他大，他却着了迷。说是着迷，他对她又有三分忌惮，不敢有丝毫无礼。她有时天真得像个孩子，逗得他哈哈大笑；有时又闲闲的，仿佛无所不知，让他觉得自己才是无知少年。是啊，有烦恼就说出来，说出来有什么关系呢。岛津齐彬已死，一切都是过去式了。

可寿江睫毛生得浓密，在灯下看，白皙的脸上有两块浓重的阴影，中间有笔直小巧的鼻子，还有嫣红的唇，圆圆的，像刚熟的樱桃。他有些恍惚，心里半明半暗，像喝醉了酒，又像见到了显灵的神佛，一时不敢相信。

"岛津大人本想率兵入京，先派了西乡上京。西乡请我和成就院的月照帮忙准备。"他喃喃地说。

西乡吉之助回了萨摩，没多久就回来了。那日深夜她遇见了他。目光锐利的男人，总想看到她心里。

"岛津大人有忧国心，想入京请天皇降旨，免了井伊直弼的大老之位，再督促幕府改革。水户藩也决意相助。这是义举，我自然不会拒绝。"

神像垂目端坐在缭绕的香烟里，表情似乎震了一震。也许只是他眼花。

"我和月照帮忙准备，联络了近卫家、鹰司家，万事俱备，只等萨摩军上京，井伊直弼就恶贯满盈了……"

"谁知岛津大人竟一病死了……我家大人也被迫隐居。"他的声音嘶哑起来。

神像的嘴角微微上扬，像是带了笑意。一定是眼花了，他举起袖子，狠狠擦了擦眼睛。

"西乡想殉主。我劝他活下去，幕府里有奸贼，奸贼不除，定会误国。"

"井伊贼子深得将军信任，连大奥的女人们也倚重他。好在还有公卿们，天皇降下密诏，幕府吃了大亏。我未参与此事，也知道是梅田云滨他们筹划的，实在痛快。萨摩输了，越前福井输了，可天下攘夷派数不胜数，井伊直弼四处树敌，以后每日都会战战兢兢吧。萨摩和水户还有后招，我也要助水户一臂之力。"他快意地笑了。

时间一点一点流过，他说了许久，神像只是静静听着。

"说出来是不是舒服多了？"可寿江的声音响起。香燃尽了，神明也不见了，面前立着嫣然微笑的美人。

他眨了眨眼，心头松快了许多。可寿江站在他面前，低下头望着他，长而媚的眼睛里有他的身影，一边一个。

"有白檀的香气，有飘然出尘的美人，简直像到了观音堂。"他似乎还在回味。

可寿江咬了咬唇，露出明媚的笑容。

有些晚了，桥本左内准备回去。可寿江跟他到玄关，眼神恋恋，只在他身上。

"一有空就会来。"他笑着说。

她缓缓低下头，仿佛红了脸。

他欢喜地笑了，快步向前走去。他刚转身，她的表情就变了。薄唇紧紧抿着，眼里有冷厉的光。

她要先回志麻，换了衣服去花音，艺妓孤身在街上走，太惹人注意。

天皇密诏是梅田云滨等人筹划。水户和萨摩还有后招。必须让阿绢告诉长野主膳。

可寿江是志麻的摇钱树，一直都独占一个房间。她匆匆换下黑绢衣，却听到淅淅沥沥的声音，下雨了。

明明刚才还有月亮，是老天不让她去吗？她硬下心肠，拣了双防水的雪木屐拎在手里。轻手轻脚地下楼，怕吵醒了隔壁的人。

撑开伞，登上雪木屐，她走到雨里去。路两边的茶屋都上了门板，黑沉沉，静得可怕，像孤身走在深山里。远处有隐隐的雷声，她猛地抬头，一条闪电把天空拦腰斩断，刹那间眼前亮如白昼。风带着啸声把她团团围住，周身都是白茫茫的雨，一阵急似一阵。

她双手握住伞，执拗地向前走。衣服沉沉地贴在身上，两层小袖都湿透了。街上成了河，滔滔的水直漫到脚踝上，她一步一滑，像挣命过河的卒子。突然一歪，似乎踏进了一个水坑，右脚木屐甩了出去。她赤着脚踩在水里，水冰凉的，从脚面上流过去，哗哗作响。

先回去吧。雨总会停的，停了再去，又有什么不一样呢。心里有个声音轻声说，合情合理，毫无破绽。她踌躇了一下，决定回去。

湿淋淋地回到房间，水珠从发尾、衣角滴下来，在脚下汇成小小的水洼。几年前，也是雨夜，为了见她一面，一个男子淋得湿透。他说时常梦见她，还说想时时刻刻同她在一起。她还记得他的脸，瘦瘦的，微垂着眼，睫毛在面颊上投下影子，明明说着情话，表情却带着悲哀。

她两手交握着，往日种种像潮水一样涌上身来，只呆呆地站着，早忘了身上还滴着水。不知过了多久，她全身发起抖来，手脚冰凉，只有脸上热烘烘的。

她忙擦干头发，又把湿衣服丢得远远的。像是醉了酒，一阵一阵的困倦扑上来，她缓缓歪在榻榻米上。空气里有微微的水腥味，榻榻米也黏黏的，似乎长了霉，像回到了梅雨时节。等雨停了，她再出去。她默默地听着，呜呜的风声夹杂着沙沙的雨音，风和雨一起敲着窗。脸颊越来越热，她慢慢阖上了眼，只睡一小会，醒来了就出去。

当晚她没能出去，第二日也没有。她生了病。老板娘大惊小怪，请了附近最好的医生，给她开了浓黑的苦药。一碗一碗下肚，病一点点好起来，只是好得慢。转眼过去了十天，白天还好，晚上总睡不踏实，反反复复做着离奇的梦。

桥本左内找过她，被老板娘拦回去了。阿绢也来过，她假装睡着了，并未与她说话。阿绢脸上有欲言又止的神气，她只是懒得管。她不知道，在她养病的日子里，井伊直弼下了彻查攘夷派的密令，所有与幕府作对的人很快将有灭顶之灾。

安政大狱

岛原角屋的扇之间。岛田左近还没来，长野主膳焦躁地踱来踱去。房里金碧辉煌，他只无心欣赏。

打开窗户，带着凉意的秋风扑面而来。秋风沙沙地掠过耳际，凉意却留在脸上。一阵又一阵，脸上慢慢失了感觉，只觉得一片麻木。

窗外是岛原繁华的大道。武士们欲盖弥彰地戴着宗十郎头巾，腰间堂而皇之地插着两把刀；商人打扮的客人慢悠悠地走来走去，东张西望地看风景；艺妓仪态万方地踏着碎步，后面跟着提三味线的随从——客人在茶屋等着她们。无论外界如何风云变幻，此处仍是歌舞升平的岛原，出售欢乐的天国。茶屋一如既往地密密排着，乐器声、叫好声、小呗声此起彼伏。他默默看着，眉间有深深的纹路，依然是斯文儒雅的男人，只是老了许多。

岛田左近来了。四目相对，都有些尴尬。

他与岛田左近都没能事先打听到密诏的消息。大大的失职。够得上切腹谢罪的过错。

井伊直弼没有怪罪，只写了一纸密令——细细调查，找到一切与密诏有关的人。

长野主膳做出一个微笑。岛田左近点了点头，脸上有一丝愧色。他向来不关心攘夷还是佐幕，为国为民都是空话。得人钱财，与人消灾是他唯一的信条。他自命精明，没想到一时不察，着了攘夷公卿的道儿。

攘夷派害他丢了脸，他真心恨起攘夷派来，不管是萨摩、长州、土佐的，或是其他藩国的，所有主张攘夷，与幕府作对的人都不能活着。瘦削的脸上有狭长的眼睛，眯起眼，里面有冷冷的火在烧。

"长野大人，我们分头探访。请放心，岛田这里有个叫文吉的手下，很是得力。"岛田左近一改装腔作势的上方腔调，说话干脆利落。

文吉是百姓出身，身份低微，也没读过书。他脑子灵活，巴结上了岛田左近，做些刺探情报的机密活。岛田喜欢他狡猾机警，他也狐假虎威起来，不仅在京都大放高利贷，还欺辱过天皇御所的女官。听到文吉的名字，长野主膳张了张嘴。

不过文吉确实机灵。转念一想，攘夷派不择手段，要想对付他们，文吉是最合适的人选。以毒攻毒。

"那就有劳了。亡羊补牢，未为迟也。"长野主膳点了点头。

"自然。宁可错怪一千，不可放过一个。"岛田左近发了狠，既然收了钱，不能让井伊直弼小看他。

可寿江的病好了。听说她痊愈，长野主膳约她中午在花音见面，她心情沉重起来。也许是性子使然，除了晚上陪客，她很少画得粉浓脂艳，一般只淡淡傅些粉。今日出门前，她却在镜台前坐了许久。打开白瓷粉盒，用粉刷上了一层白粉，又横下心刷了一层。握着细笔，沾上红花绞出的胭脂，涂出朱红的唇。眉毛不能是纤细的三日月形，要略粗一些。以前觉得有些女子的妆容太重，看上去像戴了层面具。如今她懂了，女子要保守的秘密太多，浓妆是最好的面具。

花音离志麻并不远。因为心存抗拒，她走了挺长时间。远远看见招牌，阿绢正在招牌下打望，长野主膳等急了。

走进房间，长野主膳微微点头，算是打了招呼。

"大人派我来京，正是为了打探消息。密诏一事我竟没打听到，让大人为难了，是我无能。"长野主膳哑着嗓子说。他紧紧握着酒杯，指关节泛白，似乎想把它握碎。

看着男人悔恨的脸，她的脸突然红了。密诏的事本来可以打听到的，当时聚会时听客人模模糊糊提了一下，她觉得可疑，却不愿仔细打听，干脆让花音的阿绢报给长野主膳。没想到长野主膳太相信岛田左近，最后闹得不可收拾。密诏的事她和长野主膳都有错，可她与桥本左内颇多接触，也知道了其他的事，她本该原封不动地报给长野主膳，可她没有。

比起长野主膳，她更该自责。桥本左内和西乡吉之助想废黜铁三郎，听到桥本左内的自白，她就狠下了心——想对铁三郎不利，这样的人必须付出代价。

她下了狠心，可她并没有报讯。不，她去了，只是下了雨，她又生了病。她的脸更红了——这场病来得蹊跷，是她心甘情愿要生病的吧？而且尽力拖延着，好让自己痊愈得慢一些。为什么？她不知道，也不愿想。桥本左内不光信任她，把她当做知己，他是爱她。从一开始她就知道。男人爱不爱女人，不需要琢磨，更不需要证据，看他的眼神就再明白不过。他爱她，她爱上他了吗？她的心早给了铁三郎，可她对桥本左内依然感激。

午夜梦回时她也自问：只是感激吗？那为何要找千条理由，只不愿泄露与他有关的消息呢？她也不知道——也许因为他像个孩子，单纯脆弱的孩子，对她充满信赖依恋。像从前的铁三郎。

万千思绪一起涌上心头，她的脸红了又白，只是默默坐着。

长野主膳扫了她一眼，心中有深深的狐疑。她最近都没去花音报讯。她是否有所隐瞒？他往回想，想起了不少古怪的地方，轻而易举地，他把散乱着的疑点都串了起来。她一定隐瞒了什么。清晰明白。

"攘夷派已图穷匕见。昨日奉行所抓住个名为饭泉喜内的可疑人物。细细审来，竟是公卿三条家的人，与水户、萨摩的攘夷派来往密切。奉行下令搜家，发现不少来往书信，他们不仅要对幕府不利，更计划暗杀大人。"他故意停了口。

她猛然抬头，眼里有大的惊惶，迫切的恐惧，还有深刻的后悔。

都怪她。她莫名其妙心软了，却把铁三郎置于危险的境地。攘夷派不光要免了铁三郎的官，还想要他的命！也许铁三郎现在已经死了！她疯了似的站起来，怔怔地望着长野主膳。

他从没见过多加这个样子。脸挣得通红，嘴唇却是雪白的，全身抖个不住。他怕她晕倒，一把拉住她的袖子，一波波颤抖从袖子传到他手上。他突然起了怜悯。

"大人要惩治所有对幕府不利的攘夷派。只需将攘夷派一网打尽，不让一人漏网，自可保大人平安无事。"他若无其事地发了话，特意在"一人"上加重了语气。是桥本左内？还是西乡吉之助？她一定隐瞒了消息，到底为了谁？是谁都不重要了。正像岛田左近说的，宁可错杀一千，不可放过一个。

她心里燥热起来，像揣了个手炉在怀里，嗓子又干又苦，是沙漠里长途跋涉的旅人。为了虚幻的绿洲，她绕了岔道，再回不到原路。端起酒杯，她把杯中酒一饮而尽，浓浓的酒浆，火线一样滑过嗓子，一路辣到心里。谁都不怪，只怪她糊涂。

透过窗户，能看见一轮明月。低极了，似乎伸手就摸得到。大而圆，边缘又是薄薄的，是谁用染色吉野纸铰出来，再漫不经心地贴在天上。"今宵又见满月。惜伊人不在，圆月亦缺。"铁三郎写给她的。明月把一切看在眼里，她辜负了铁三郎。

长野主膳默默等着，他不看她，只望着几上的菜肴。鸭肉锅早冷了，凝上一层白腻油脂。盐烤鲷鱼上沁出细密水珠。新炸的紫苏天妇罗也瘪了下去，软软地躺在清水樱纹碟上。分毫未动，谁也没心思吃。

他垂着眼睛，表情平静又呆板。她会说的，他知道，他安然等着。秋风在窗外吹，一阵一阵的，半枯的树叶啪啪作响。秋风最有耐心，知道总有一天会带走树叶。

她开了口，断断续续的，从与桥本左内遇见那日开始。她自己也惊住了——许多话、许多小事、许多细节都记得一清二楚。这是迟早的事，她在岔路上走，早晚会走进死胡同。攘夷派与铁三郎为敌，她和攘夷派必须势不两立。桥本左内同情攘夷派，她必须把他交出去。她设了陷阱给人跳，未曾想自己陷了进去，还险些拖累了铁三郎。这是她生命里最糊涂的一段，她犯了错，她要亲手解决，还得干净利索。她会不会后悔呢？也许会，但她没有选择。谁都可以死，她更可以死，唯独铁三郎不行。

长野主膳控制着表情。内心酸涩，酸意一直反到嘴里，像含了颗青杏。他送她来祇园，让她打探消息，她却瞒着他那么多事，他小看了她。认识她许多年了，以为对她了如指掌，原来时间长短是做不得数的。他也在书上读到过，"白首如新，倾盖如故"。

她像只风筝，差点飞出他的视线了——幸好他还牵着风筝线，直弼大人是最好的风筝线。好在还来得及。他觉得庆幸，又有些悲哀。认识许多年，他对她不是没有好感，只一直藏在心里，因为她总是淡淡的，一副心有所属的镇定模样。是啊，他和直弼大人天悬地隔，他万万比不上，也就认了。如今才知道，那份镇定是给他看的，眼前的她慌极了，看不出一丝镇定的样子。她失了镇定，添了惊慌，为了一个叫桥本左内的年轻人。

她停住了，咬住了嘴唇，应该是说完了，她竟知道这许多事。他点了点头，示意她先走。他依然带着微笑，目光却锋利得很，被他扫了一眼，像被尖刀刮了一刮。被刮了一刀的鱼，又被放回水里，虽然拼命翻腾，也伤得重了，也是活不久了。

她走了，轻轻拉上了门。他挥手打翻了面前的铫子，潋潋的酒浆沿着矮几一滴一滴流下去，打在榻榻米上，发出嗒嗒的声响。凝重而沧桑，是平安朝的更漏……时间像流水，上千年，上百年，一个不小心，全都一点一点流走，哪有什么永恒？唯有变化是永恒，再刻骨铭心的感情也会变。一分一毫，潜移默化地变，等发现的时候，一切都已晚了。

酒浆在榻榻米上聚成细细的水流，像条诡异的小蛇，探头探脑的，想要咬他一口。明明只是一刹那，却没完没了地延续着，他似乎魇住了，只是怔怔地看着。铫子里的酒流完了，他像从一场噩梦里醒来，只觉得满心苍凉、浑身乏力。这可不行。该做的事必须做，有冤的报冤，有仇的报仇。

长野主膳的急报到了，薄薄的信笺上写着不少姓名，笔迹力透纸背。有藩士、有大名，还有公卿显贵。在信笺末尾，长野主膳建议"严惩"。这许多人，一一严惩，自己岂不成了杀人魔王？还嫌敌人不够多？井伊直弼只能苦笑。

虽然坐了许多人，千代田城内的大老房间一片寂静。见井伊直弼面如沉水，众人不觉屏住了呼吸。

"正如诸位所知，京都攘夷势力猖獗。一些年轻公卿与攘夷志士来往甚密，图谋不轨。据说某些外样大名也牵涉其中，借着攘夷的名头，企图对幕府不利。"井伊直弼忧心忡忡地说。

"发密诏给水户，实在有些过头。"松平肥后守心直口快。

一听密诏二字，溜之间大名和老中们脸色都不好看——东照神君开府二百余年，幕府一直凌驾于朝廷之上，从未受过这等羞辱。他们是幕府首脑，羞辱幕府，就是羞辱他们。

"密诏一事扑朔迷离，不少人参与其中，天皇受了蒙蔽。蛊惑天皇与幕府对立，其心可诛。"

"水户迟迟不交出密诏，必须严惩。"松平赞岐守淡淡地说。在场所有人都吃了一惊——德川庆笃接任水户藩主时年纪尚幼，松平赖胤曾奉幕府之命辅佐过他，与水户有些渊源。如今主动指出德川庆笃之过，是要大义灭亲了。

井伊直弼感激地望了他一眼。"怕是水户藩士作怪。"

松平和泉守把扇子拿在手中，再寻常不过地说："京都已成攘夷势力渊薮，攘夷派以为幕府鞭长莫及，日渐嚣张起来。必须用重典。"松平乘全是开国派，也是水户德川齐昭的政敌，曾遭排挤，一度失了老中职位。井伊直弼成为大老后，他又恢复了老中职。

老中间部诠胜和太田资始对望了一眼。两人资历尚浅，都默默点了点头。向来惜字如金的肋坂安宅依然没有说话。

房内又陷入一片寂静。

松平乘全大声说："眼下应派人速速上洛，将与幕府作对的攘夷贼党一网打尽。乘全对京里情况不熟，愿留在江户承担审问裁判职责。"

井伊直弼叹了口气："既然和泉请缨，那就有劳了。下总即日动身上洛，安抚天皇和朝廷公卿。右京也立即上洛，就任京都所司代①，负责抓捕贼党。"他顿了一顿，"今日会向将军大人请令。"

京都是龙潭虎穴。间部诠胜和酒井忠义心底一凉。没法子，不入虎穴焉得虎子。两人答应了一声。

窗外有棵枫树，枝条斜斜地划过窗户，顶端叶子已变成红色，像一个个小小的血手印，映在雪白窗纸上，格外触目惊心。

"快到深秋了啊。"井伊直弼喃喃地说。

老中与新任京都所司代上京，理应先拜见天皇陛下。可间部诠胜和酒井忠义早下了决心，先遣人向朝廷报告，说两人水

---

① 京都所司代：江户幕府驻京都机构的负责人，负责监视西国各大名动静、监察朝廷动向以及维持京都、大阪一带的治安。

土不服，刚入京便双双病倒。满朝公卿皆知这只是托词，却也无法辩驳。

一连三日，间部与酒井都在商量对策，长野主膳和岛田左近也被召集来共议。三日后，两人下了决心。乱世用重典，攘夷派不能姑息。不用雷霆手段，怎显得菩萨心肠？

各奉行所立刻忙了个人仰马翻。长州攘夷志士赤根武人被捕、若狭小浜志士梅田云滨被捕、学者赖三树三郎、池内大学被捕……京都一片风声鹤唳。

酒井忠义是若狭小浜藩主，与梅田云滨原是君臣。早先梅田云滨向他上书，直指幕府之非，他怒不可遏，当即剥夺了梅田的藩士身份。如今狭路相逢，他下令用重刑，一定要逼问出哪些人参与了天皇密诏传递。

梅田云滨在京都六角监狱被打得皮开肉绽。狱卒用的是帚尾，两根竹片用麻绳绑起，再用碎和纸密密缠住，招呼在身上就是一道血痕。他被打了数日，仍是一言不发。酒井忠义下令上了足枷，用囚车解送江户，让他尝尝江户小传马町监狱的拷打手段。

负责送密诏的水户藩士鹈饲幸吉也被送进江户监狱，他的父亲也未能幸免。鹈饲幸吉态度倨傲，恼羞成怒的狱卒让他受了几次"石抱"酷刑。

所谓的石抱刑，就是让犯人跪在三角形木条拼成的木台上，撩起衣服，露出裸腿。狱卒拿起长三尺、宽一尺、厚度三寸的伊豆石，一块一块叠在犯人腿上。随着重量的加大，木台上突起的三角条会深深割破犯人的皮肤，甚至会切开血肉到达胫骨。

这种刑罚痛苦非常，犯人受刑时都哭嚎不已，有时还会痛晕过去。可鹈饲幸吉受了几次刑，都咬紧牙关一声不吭，狱卒也不禁佩服起来。

很快，奉行所一纸文书送到桥本左内住所，命他即刻自首。他匆匆写了张便条，请人送给西乡吉之助。

"幕府爪牙已至。速与月照上人离京，回萨州避难。后会有期。"西乡打开便条，上面只有短短几句话。他赶去桥本住所，已是人去楼空。再去越前福井藩在京都的藩邸，接待他的藩士一脸沉痛，说接到京都所司代严命，桥本左内已去奉行所自首。

桥本左内并未直接自首，他沐浴更衣后，先去了祇园，想和可寿江告别。

他竟还在京都？听见佣人通传，可寿江心里一惊。

她忙忙地走了出来。他穿着熨斗目小袖，麻质肩衣与裙裤，发髻也束得规规矩矩，一丝不乱，看上去像换了个人。

看见可寿江，他展颜一笑，又恢复了平日的神情。

"新来的京都所司代命我正装自首。正装最不舒服，我难得穿。特地赶来给可寿江看看。样子是不是有点怪？"

她告发了他，不光他，还有他的朋友，他的同志。他并不知情，甚至从未怀疑过她。

志麻只是艺妓屋，远不如他们常去的兰屋豪华。他与她坐在小小的房里，外面是天井，院子里种着棵白梅树。叶子早已落尽，虬曲的墨色枝条映在淡青色的天上，枝条上有许多白色骨朵，快到赏梅的时节了。

艺妓晚上最忙，白天常有些空闲时间。她没画白粉妆，只浅浅傅了粉，衣着也家常。鼠灰小樱霰花纹的小袖，里面是鸢色内衬，素素淡淡，像町人家的好女子。

她没哭，眼角却红了，一直低着头，似乎不敢看他。她在为他担心。他心里有一丝欢喜。

"一了结我就来看你。放心，不会拖很久。"他故意笑着说。

她点了点头。

"到时候要连听一天小呗，你嗓子都要哑了。想和你去看醍醐寺的春樱、平等院的藤花、东山的红叶，还有南禅寺的雪。还要做和歌。我对和歌一窍不通，但可寿江会做。今年来不及了，只有等明年了。"他煞有介事地说。

幕府下了狠手，他和她都知道今生再难再见了。他偏絮絮地说着，好像只去做些闲事，明日，最晚后日就能回来。

她觉得眼底发酸。自从成年，她再没哭过，再难过也只是心底发苦，眼睛却始终干涸。今日不知怎么老想落泪。

"别哭别哭，我最怕看眼泪。不如赐碗茶吧，可寿江师匠。"他忙忙地摇手，又夸张地行了个礼。

点茶需静心，她心乱如麻，点出的茶是什么滋味？他一本正经地端着茶碗，一口口喝完茶汤，又闹着要再来一碗。

她疑心茶粉放多了，茶汤色泽重了些，成了暗绿色，泡沫也不多。是她手抖了吗？如果是铁三郎，定会笑她笨手笨脚。

连喝了三碗，他起身告辞。她要送他出门，他坚决不许。她只好坐在原处，看他走出房间，沿走廊走向玄关。他喝过的茶碗还冒着热气，稀薄的白烟慢慢散去，散在空气里，没了踪影。那个人也走了，再也不回来了。

仿佛只是刹那间，仿佛过了一千年。她猛地站起。顾不上穿木屐，她赤着脚追出去，跌跌撞撞地走，在走廊转角与买菜归来的厨娘撞了个满怀。浓紫的茄子、淡白的豆腐，似乎还有条鱼，狼藉地丢了一地。她从五颜六色的菜里踩过去，脚底粘上了粘腻的汁液，是什么？顾不上了，她只想再看他一眼，再看最后一眼。

祇园是夜的世界，只要太阳没下山，祇园都在睡梦里，路上没有几个行人。她站在店门前，一眼就看见了他。身姿挺拔的年轻武士，大步走着，秋风把他的肩衣吹得微微鼓起，黑色刀鞘露在外面。

他爱她，依赖她，给了她无限的信任与尊重。从没人这样对她，连铁三郎都没有。单凭这一点，她对他充满感激。可她出卖了他，她把他与攘夷派的所有来往告诉了长野主膳，于是便有了今日。她想保护他，无论从理智上，还是情感上。可他与铁三郎势不两立，为了铁三郎，什么都可以牺牲。本来，他与她共处的时光，他与她之间发生的一切，全都是不该有的，从一开始就是错的。

她痴痴地望着，目光像黏在他身上。路上有黄叶，被秋风吹着跑，这一刻还在眼前，转眼飞得好远。她心里空落落的，不光没了喜怒哀乐，五脏六腑似乎都被吹走了。像是感觉到她的目光，他忽然停住了，回头望向她，微笑着挥了挥手。她勉强做出笑容，也挥了挥手。他转过头继续前行，慢慢看不见了。她再也撑不住，沿着墙边缓缓滑下，跪倒在地上。

桥本左内被评定所和奉行所官员审问了许多次，之后投入传马町监狱。此时，风暴已席卷全国。水户德川齐昭罪加一等，永远蛰居。水户藩主德川庆笃蛰居。家老安岛带刀切腹。参与密诏传递的鹈饲吉左卫门父子斩首示众。

参与密诏一事的朝廷公卿也无一幸免，罢官的罢官，出家的出家。皇族青莲院宫被判永久蛰居，终生不得出家门一步。太阁鹰司政道、内大臣三条实万、左大臣近卫忠熙、右大臣鹰司辅熙等被迫辞官、出家、蛰居。连顽固的天皇都被吓住了，匆匆追认了《日美修好通商条约》，还派出勅使赶赴千代田城，为将军家茂举行了将军宣下的仪式。

搜捕活动持续了数月，幕府侦骑四出，不仅京都，全国各地风声鹤唳，受牵连的共有百余人。同情攘夷派的人无不心惊胆寒，私下唤大老井伊直弼为"井伊赤鬼"。

这场前所未有的政治风暴被后人称为"安政大狱"。

赤 鬼

京都的事大致已了，长野主膳到江户来了。

井伊直弼白天在千代田城议事，刚回藩邸就召了他来。

素心蜡梅开了。两人随随便便坐在庭园前的走廊上，手边的桐木托盘里放着酒壶和酒杯。在彦根时他们常常这样，对着庭园里的花，能一直坐到天明。只需一壶酒，花和月是最好的下酒菜。后来，井伊直弼在江户忙得不可开交，长野主膳也长居京都。岁月在不经意间滔滔流走了，再见面，他们脸上添了皱纹，心境也变得苍老。

里和昐咐侍女送上两件棉外褂，自己没有出现，她对长野主膳总有些敌意。

把衣服披在身上，两人相对苦笑。毕竟老了，不像年轻时一件单衣就能过冬。

已是初冬，天短得异常。太阳刚沉下，橙色晚霞转眼不见，天很快变成墨灰色，空气里有冷冷的寒意。

月亮上来了。一弯细弱的新月，怯怯地挂在天际。它发出的光芒也是清冷的，带着些颤抖。几颗星星围着它，意兴阑珊地一闪一闪。

侍女送来了手烛和提灯，他们没有点上，庭园渐渐被黑暗笼罩。眼前的景色逐渐模糊，眼睛看不见，嗅觉益发敏锐起来。蜡梅的香气弥漫开来，织成一张无形的网，把两人罩在其间。香气染了衣裳，沁进皮肤，五脏六腑都被熏得妥帖。

谁也没说话。也许因为认识得久了，也许因为黑，不说话也不觉得僵，反而觉得安心。侍女和卫士都被遣开了，两人忘了主仆之分，都盘腿坐着，姿势实在舒服，连脑筋都迟钝起来。坐着不动，往事一点一点漫上身来，暖洋洋的，像冷热正好的温泉。

他的过去，他的现在，长野主膳都知道。长野主膳忠心，事事都为他打算。也许太忠心了些，眼里只有他，别人都是地上长的草，鞋底踏的泥。连村山多加都被送到祇园去了，当时他生了多大的气。如今想想，也许长野主膳是对的。没有多加，也不能把心怀叵测的攘夷派一网打尽。

他原以为长野主膳对多加有情，也许是他多疑了。

京都所司代酒井右京实在得力，攘夷派被先后送往江户，小传马町监狱装得满满的。负责处置的松平和泉守未免心狠手辣了些——轻的流放远岛，重些的切腹，有的干脆判了斩首。他觉得刑罚重了些，可当初松平乘全请缨，自请全权负责，他也同意了的。松平乘全主张用重典，自己也不好阻拦，免得被人讥为沽名钓誉，事到如今还要强充宽仁治下。就像擅自签订条约一样，所有恶名全由自己背着好了。

于是，自己多了个"井伊赤鬼"的诨号。在二百余年前的战国时代，藩祖井伊直政容貌俊美，常受人嘲笑。他特意造了形容狞恶的赤色盔甲，头盔上有两根尖锐的长角，看上去酷似鬼怪。他作战时身披赤甲，勇猛异常，敌将畏他如虎，给他起了"井伊赤鬼"的外号。如今，这外号又落到自己头上了。

他自嘲地笑了笑，拿起酒杯一饮而尽。

"古人爱梅，《万叶集》里咏梅的竟有一百一十八首，远超咏樱之作。如今一说赏花，人人都以为是赏樱。梅花若有知，只怕也觉得寂寥吧。"

"古人风雅，知道梅花的好处。大伴旅人曾在太宰府开梅花宴，宾客以梅花为题，得了三十余首佳作。只是梅花盛放时正值寒冬，香气又清寒，远不及和暖春风里的樱花讨人喜欢了。"

"能再与你聊风花雪月，真是恍如隔世。以前常常彻夜清谈，只道是寻常。后来才发觉，安心谈风月竟是那般奢侈的事。"

"不错，大人来了江户，想的都是政务。"长野主膳的声音里有会心的微笑。

"快可以歇歇了。只是水户还没把密诏交上来。"他叹了口气。

"大人慈悲了。"长野主膳轻声说。

"水府侯永久蛰居，再拘了德川庆笃，有些不体面，毕竟是'御三家'的水户，与将军家同气连枝。我让人递了话，德川庆笃若再不把密诏上交，幕府就以伪造密诏为名，水户藩上下一律论罪。德川庆笃胆小，一定会交的。我也只是吓吓他，他瞻前顾后，拖拖拉拉，只能出此下策。"

"水户藩久有勤皇传统，同情攘夷派的太多，藩士里也有不少攘夷派。"

"知道。水户家老安岛带刀切腹，居留役鹈饲吉左卫门斩首，鹈饲幸吉斩首示众，水户流的血已够多了。我后来才听说，鹈饲幸吉在监狱受了重刑，全身是伤，他年轻轻一个人，竟连路都走不了了。上天有好生之德，我也有些不忍。"

"萨摩计划起兵上洛，水户有意和萨摩里应外合。与安岛带刀交好的攘夷派还计划暗杀大人……"长野主膳急急地说。

"罢了。我生在井伊家，注定要为幕府肝脑涂地。谁要对幕府不利，我拼尽性命，也不能让他们如愿。其实攘夷派并不是大奸巨恶，大家立场不同，各说各话，各为其主。用不着赶尽杀绝。"

"人无杀虎意，虎有害人心……"

"不用紧张。京都是攘夷派大本营，你和岛田左近已把攘夷势力连根拔起，我还有什么危险呢。在京都熬了数年，辛苦你了。"他微笑着说。

长野主膳赶紧摇头。"能得到攘夷志士的详细消息，多亏了多加。"

村山多加。夜深了，天空反而亮了些，是澄净的绀青色，丝絮般的云朵慢慢飘着，是虚幻的海市蜃楼，里面住着神仙，不老不死，无牵无挂，以观看凡间为乐。他虽然不提，却没一天不想着多加，如果真有神仙，只有他们知道。

他不知该说什么，干脆沉默以对。酒杯是满的，他拿在手里，猛地喝干。他平时不喝酒，酒量却极好。都说一醉解千愁，想醉得人事不知都不能，多悲哀。

长野主膳也闭上了嘴，不知为什么，气氛突然尴尬起来。银色的月光勾出一个世界，四周是一片幽暗，两人只显出部分面容，冷冷的，望着地下，不敢看对方的眼睛。

"听说桥本左内判了斩刑？"长野主膳小心翼翼地问。

"奉行原本主张流放远岛，和泉改成了斩首。"他假装若无其事地回答，声音呆板，似乎在说最平常不过的事。

真那么无所谓吗？不是。松平乘全划去奉行写的"远岛"，亲笔改成了"斩首"，当时他也在场，只做没看见，心头却掠过一阵狂喜。一个年轻人的生命被剥夺了，他竟然高兴。桥本左内是武士，是越前福井藩的重臣，至少该给他切腹自裁的体面。松平乘全量刑太重，他本该阻止，可他没有，反觉得痛快。他为什么恨一个只见过一面的年轻人？他不知道。像是鬼使神差，一想起桥本左内的脸，他就有种惘惘的威胁。

长野主膳似乎松了口气。"桥本左内在京都活跃得紧。斩草除根只有好处。"声音里有压抑着的情感，像为他高兴，也为自己高兴。

他瞥了长野主膳一眼，快极了，像一道闪电，把对方心底看得透亮。长野主膳恨桥本，恨的程度不比自己浅。爱之欲其生，恶之欲其死。

长野主膳知道些什么。他不屑问，也不敢问，嫉妒却慢慢咬着他的心了。小小的毒牙，一点点咬进去，毒汁从伤口渗进心里，先是麻麻的，之后才会痛，越来越痛。

多加和桥本左内之间有什么？那个英俊的年轻人，有挺拔的姿态。他脸上忽然热辣辣的，像被人打了个耳光——无论有什么，他都无权干涉。他亏欠多加太多太多，一辈子都还不完。

"京都事快完了，你和多加准备回彦根吧。你回藩厅任职。"他哑着嗓子说。

他只能保她衣食无忧。多一点也不能。

"替我和多加说一声谢谢。"

长野主膳默默点头。

村山多加似乎瘦了，下颌原本略圆，如今成了尖的，显得脸越发小了。只淡淡傅了粉，唇上点了胭脂。

"两年多辛苦了。"长野主膳为她斟上酒。

"不敢劳烦长野大人。"她嗓音细细的，似乎有些不安。

320

"近日来祇园的客人少了许多。"

他笑了笑，意料之中。"攘夷派不是锒铛入狱，就是远走高飞。"

"听说抓了一百余人……"她欲言又止。

"狱卒们都是讯问的好手，几次刑用下来，总有人会招，所以抓的人越来越多。"

"不全是犯上作乱的恶党吧。"

他看了她一眼。"宁可错杀一千，不可放过一个。"

这个人变了许多。她低下了头。他仿佛觉得了，微微一笑，那个温文儒雅的男人又回来了。

"攘夷派与大人为敌，根据查抄的书信，他们数次计划暗杀大人。必须用雷霆手段。"

他们真的想杀铁三郎。她抿了抿嘴。

她心里揣着疑问，像沉甸甸的铅块，坠得她喘不上气。桥本左内走了几个月，再没一点消息，一个大活人彻底消失了。她半夜常会醒来，迷迷糊糊的，只觉得世间原没有这个人，是她想出来的。可能她太寂寞了。

可她手边有他送的簪子。鳖甲透雕，饴糖色，光看着就觉得甜蜜。簪子上有麻叶纹。很多年前的春日，院中樱花盛放，她与铁三郎在树边饮酒，粉白花瓣落在发上、衣上，地上，像是下了雪。那日他们定了情，她穿的正是白地麻叶纹小袖。她早就知道的，从第一眼看到簪子就知道，他和她注定没有好结果。她辜负了铁三郎，报应却落到他头上了。都怪她。

"桥本左内被判了斩刑。"他没头没脑地说了一句。

她的心突然缩成一团，小小的，硬硬的，像被人一把捏在手里。一口气憋住了，耳朵里有血潮的鼓动，轰隆隆的，像掠过天际的响雷。她与桥本左内初遇，相处，分别，一个一个场景都回来了，密密匝匝，整整齐齐排在她眼前。最初她对他全是算计，算计着和他相遇，算计着讨他喜欢。他很快中了计，对她着了迷，像条咬钩太快的鱼。鱼儿上了钩，渔人的心肠却慢慢变了。她瞪着窗外的枯树，仿佛又看见了他，浓黑的眉，清澈的眼，微笑的唇。他喊她名字的声音与别人不同，他在外面叫她。她听不见，也许因为风声太吵。

长野主膳望着她，脸上平静无波。乌黑的瞳仁光亮却空洞，像两个深潭。

"前几日去江户见了大人。大人身体好多了，连笑容都多了起来。"他缓缓地说。

她钝钝的，只是点头。铁三郎好多了，这是好事啊，该做什么表情？她一时辨不清。身体像被劈成两块，脑子也不动了。她到底是可寿江还是村山多加？她不懂。她连自己都不懂，怎么会懂得别人？她以为她懂铁三郎，以为她懂长野主膳，其实她什么都不懂，什么都不明白。

"大人托我向你道谢。"

她忽然恨眼前的男人。相貌儒雅，举止也温柔，说出的话却像刽子手的掌中刀，一刀刀割下犯人的血肉。千刀万剐，少一刀都不行，要让犯人遍体鳞伤，却又咽不了气，全身剧痛，心脏依然跳着，有一点微弱的希望在闪，归根结底还是逃不脱一个死字。

活着实在辛苦。她只想要刺向心口的最后一刀。她只想解脱。

"你辛苦许久，志麻就辞了吧。先在京都养些日子。明年开春，我同你一起回彦根。"

他又添了一句。"这也是大人吩咐的。大人不是不挂念你，还让我好好照顾你。"

回彦根。一切回到起点。京都的欢乐与痛苦都是一场梦，太阳出来，梦境立刻消失不见。樱花飘落尽，造化竟全功。一切人间事，临头总是空。总是空？真能看破吗？假装一切都没发生过，依然在彦根做一名三味线琴师？

村山多加不做声，只是点了点头。

攘夷派的大本营京都已基本平静，可水户藩依然纷扰不断。家老安岛带刀切腹，鹈饲吉左卫门斩首，鹈饲幸吉枭首示众……血从腹中、颈间飞溅出，染红了身下的泥土，多少砂土都埋不去，多少清水都洗不净。野火被扑灭，火种却被埋在地下，狂风一起，大火仍会熊熊燃起。

鹈饲幸吉是位年轻男子，被捕后受了重刑，狱卒千般手段使尽了，依然逼问不出一个字。他被判了枭首示众。被带上刑场，在草席上坐定，他冷目瞪视监斩的幕府官员，唇边还有笑意。在场的人身上都起了战栗。

他的首级被丢在小塚原刑场暴尸，当天晚上，有人闯入刑场，在首级下贴上了"大日本大忠臣首级"的字条。

是水户攘夷派藩士们干的。他们表面不动声色，每晚都暗中集会。在他们眼中，为密诏死去的人都是豪杰，武士的栋梁。

夜幕降临，又是集会的时候了。

攘夷派们先后来到了首领高桥多一郎的家。安岛带刀死了，会泽正志斋成了水户藩最大的实权人物，他见高桥多一郎不安分，求了藩主德川庆笃的令，让高桥蛰居，不得外出。高桥多一郎虽被圈在家里，不少同志偷偷去看望，给他送去最新消息。

房里灯火幽暗，高桥多一郎脸色铁青，双手握拳，直直地抵在榻榻米上。

"井伊贼子诬蔑密诏乃伪造，要治水户上下的罪。藩主大人已决定将密诏送往江户。"

众人都变了脸色。

"义士们的血不能白流。密诏乃天皇亲赐水户，决不能交出去！"关铁之介近年来与长州、萨摩志士交往甚密，是水户攘夷派的中坚。

"会泽正志斋这贼子控制了藩政，在此着急也是无用。"金子孙二郎冷冷地说。他是攘夷派的谋士，头脑机敏，说话向来尖刻。

"你说怎么办？"高桥多一郎哑着嗓子问。自从得到消息，他如坐针毡，一天水米未进。

"水户街道的长冈驿站是去江户的必经之路。只需赶去那里盘查来往行人，密诏长了翅膀也飞不出去。"

"连夜去长冈！"高桥多一郎猛地站起，伸手从刀架上取下刀，牢牢插在腰间。

"你是蛰居之身，擅自出门可是切腹的罪名！"金子孙二郎拉住他的衣袖。

他冷冷地说："水户男儿可杀不可辱！"甩开金子孙二郎的手，大踏步向外走去。

水户家老会泽正志斋头痛不已——攘夷派又赶去了长冈，驻扎在旅店"中夷屋"里，日夜盘查过往行人，唯恐水户把密诏送出。

会泽岁数已然不小，加上为密诏忧心，数月间须发全白，人也憔悴了许多。

"大人，密诏留在水户已一年有半，幕府屡次催促，怕也到了极限。水户乃'御三家'之一，与将军家同气连枝，公然与幕府作对，实在于理不合啊。"坐在藩主德川庆笃下方，会泽正志斋愁眉苦脸。

"我水户代代尊皇，父亲大人更是尊皇派领袖，藩内尊皇攘夷的藩士也不少。我有心送回密诏，但你也知道，攘夷派万万不从啊。"德川庆笃叹了口气。

"大殿大人永久蛰居，大人是一藩之主，万勿瞻前顾后，优柔寡断。"

"送，明日你带人送密诏到江户。"德川庆笃又叹了口气。

"大人，高桥多一郎等人正在长冈，意图拦截密诏。"

德川庆笃厌烦透了，做这藩主有什么意思？只是傀儡罢了，手下各行其是，没人听他的。

"大人，必须给他们一个教训，万一触怒了幕府，我水户上下尽遭灭顶之灾。"

没人听他的，可闹出事来，承担责任的还是一藩之主。德川庆笃打了个突。"你去办。"

长冈驿站"中夷店"里挤得满满的，都是水户的攘夷志士。他们本来把守各处，听说藩里有变，都匆匆赶了过来。

"会泽正志斋巧言令色，藩主受了蒙蔽，将我等定为逆贼。会泽已编成镇压军，准备赶来长冈镇压。"金子孙二郎淡淡地说。

"当真？"高桥多一郎瞪圆了眼睛。

"藩厅有我们的人，昨晚连夜赶来报讯。"

"我等一片赤心……竟被诬为逆贼……"高桥红了眼圈。

"力战一场，清清白白死在长冈！与安岛、鹈饲等英雄再会于黄泉！"关铁之介的手按上了腰间刀柄。

金子孙二郎冷笑了一声。

关铁之介顿时红了脸，大声问："有什么好笑？"

"笑你只有匹夫之勇。与其自相残杀，不若赶往江户，取了井伊贼子头颅，为安岛等豪杰报仇，为水户雪耻。"

众人都点了点头。

有人在门外鼓掌。一个瘦削的男子，衣着打扮甚是随便，似乎是个浪人。从头上月代的形状来看，像是萨摩出身。

计划刺杀幕府大老是斩首的罪名。这机密竟被素不相识的人听到，水户众人都变了脸色。坐在下首的关铁之介唰地拔出了刀。

见水户一众杀气腾腾，男人笑了笑，连连摇手。

"我萨摩与井伊贼子不共戴天。愿与水户义士共襄盛举。"

金子孙二郎一脸狐疑。

"实不相瞒，殉难的安岛英雄生前与萨摩多有联络，早计划除去井伊，再挥师入京，废弃通商条约，尽驱蛮夷！"

"请坐下详谈。"高桥多一郎缓和了口气，瞥了一眼关铁之介，示意他收起刀。

男人是萨摩浪士有村次左卫门，萨摩示现流①的高手。他在萨摩攘夷派中颇有地位，原与安岛带刀计划多时，先杀井伊直弼，再

_____

① 示现流：以萨摩藩为中心流传的古老刀术，不讲究花哨的招术、主张刚劲朴实，一刀定胜负。

入京都等待萨摩义军。计划还未执行，萨摩藩主岛津齐彬暴死，安岛带刀被捕，计划付之东流。

高桥多一郎等人大喜过望。"原来是同志。我等断发明志，明日一早就去江户。"

宿
命
<rt>さだめ</rt>

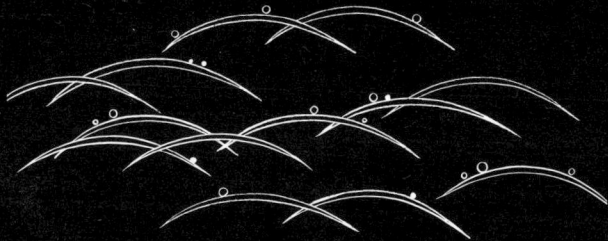

大 雪

　　品川驿站是东海道五十三驿站的第一站，与中山道的板桥驿站、甲州街道的内藤新宿驿站、日光、奥州街道的千住驿站并称江户四大驿站。每日人来人往，十分热闹。

　　三月二日夜，位于品川驿站附近的妓楼"土藏相模"突然来了十八名客人，正是水户一行人。虽是春天，当晚降下了鹅毛大雪，江户内外成了琉璃世界。天刚蒙蒙亮，这些神秘客人去了爱宕神社许愿，又三三两两赶往樱田门。

　　三月三日是桃花节，又名上巳，是五大节日之一。三月已是春日，取桃花盛开之意，故名。在江户的所有大名必须登城向将军与御台所祝贺，身为大老的井伊直弼自不例外。

　　从外樱田藩邸到千代田城的路线早已调查清楚，出发时间也已确定。

　　这场大雪来得蹊跷，是天上的攘夷派英灵庇佑。

十八人分散在道路两侧，静候井伊家轿辇到来。

大雪渐止，还有零星雪花飘落。路上湿滑，行人却比往常更多，三三两两的赏雪人或撑雨伞，或戴斗笠，悠闲观赏着雪景。

远远过来一辆黑漆轿辇，饰着金色丸橘家纹。四个轿夫稳稳地抬着轿，前后有护卫五十余人。还在下雪，护卫的佩刀上都罩上了防雨袋。

地上湿滑，轿夫走得比寻常慢。

老天保佑。有防雨袋，护卫拔刀也要费一番工夫，攻其不备，今日必能成功。等了许久的人们握紧了刀柄，其中一人右手下垂，手里攥着把手枪。

护卫穿着雪木屐，踩在雪地上，发出啪啪的沉闷声响。

井伊直弼一身白衣，在轿中闭目养神。桃花节是重要节日，各大名都要白衣登城。

"让开路！"忽然听见卫士大喝。

是町人要拦轿告状吧。拦轿告状是大不敬，这町人一定有冤屈。

他刚想推开轿门，只听一声爆炸声。

腰间一阵剧痛。他低头一看，衣上有血，血渍迅速扩大，是中了枪。

外面传来奔跑声，兵刃撞击声，仓惶的呼喊声。

他惩治了那么多攘夷派，早知不会善终。死日终究会来，没想到那么早。

肋间一痛，一把长刀从轿辇外直刺进来，生生插进他右肋。

鲜血不断涌出，白衣被染成鲜红。肋间的伤口极深，鲜血沿着腰部流下，浸透了内外几层衣物，又渗入身下的虎皮坐垫。

他生在井伊家，身上流着井伊家的血。井伊世受将军恩惠，必须鞠躬尽瘁，保幕府平安。血像水一样汩汩流出，马上要流尽了，他要自由了。

唯有死才能换来自由。

可惜不能再见多加一面。他的视线渐渐模糊，全身温热，像伏在多加怀里。很暖和，快要睡着了。

一只骨节隆隆的大手粗暴地拉开轿门，光线刺眼。他闭上了眼睛。

有村次左卫门站在轿外，伸手将已陷入昏迷的井伊直弼拉了出来。井伊直弼躺在雪地上，白衣已成鲜红色，映在雪地上，红得分外刺眼。有村次左卫门举起长刀，一刀斩下了井伊直弼的头颅。

外樱田藩邸外突然来了个人，衣衫破碎，全身是血。门前的卫士觉得奇怪，仔细一看，正是刚才随大人登城的护卫之一。

卫士向远处一看，大人的轿辇又回来了，一路滴着鲜血。他吓得张口结舌，赶忙去寻宇津木六之丞。

"大人在樱田门外遇袭！"听了宇津木的报告，里和晃了一晃，差点跌倒。

"大人已运回，只是首级被贼人夺了去……"里和忍不住放声大哭，侍女们也抽抽嗒嗒哭了起来。没多久，藩邸里哭声震天，一片愁云惨雾。

宇津木一脸激愤，大声说："是水户下的手。召集人手，立刻去水户藩邸为大人报仇！"

藩士们齐声答应，争相去取盔甲护具，准备杀入水户藩邸。

里和只是哀哀哭着，一个人来到她身边，是她的儿子爱磨，刚满十一岁。他手里提着短刀，脸上满是仇恨。"我要杀尽水户贼子，为父亲大人报仇。"

里和一把抱住爱磨，哭得肝肠寸断。

不知道过了多久，藩士们先后回来，身上都披挂整齐。宇津木六之丞取来地图，和藩士们商量如何攻入水户藩邸。

"闹什么？！"一个尖锐的声音响起，里和抬头一看，是井伊直弼的正室昌姬。高个儿女子，容貌也端丽，只是脸上总带着傲慢。她出嫁时还是任性小姑娘，井伊直弼对她十分冷淡。她一向呆在赤坂藩邸，与井伊直弼很少见面。想是得到消息，她赶了过来。

宇津木六之丞伏在地下，高声说："大人惨遭屠戮，定要为大人报仇。"

昌姬冷笑了一声，笑声充满了不屑。她居高临下地瞪了他一眼，又看了看里和。里和忍不住打了个寒颤。

"大人已死，报仇的事，多久都不晚。可大人生前未立世子，井伊家后继无人。大人死了，彦根井伊家就断了。"她看着里和，嘴角还有微笑。

昌姬没有孩子，井伊家最大的男孩就是里和诞下的爱麿。井伊直弼忙于政务，一直没正式立世子。

"情啊爱啊，都是市井町人的玩意。大人整天被你们这些人围着，才会遭此横祸。"里和从不知昌姬说话竟如此毒辣。

"宇津木，你也听着。水户是'御三家'之一，与将军家同气连枝。你敢带人杀进水户藩邸，就是让彦根井伊家陷入万劫不复之地。"

宇津木六之丞伏在地下，连头都不敢抬。

"现在就去！光把大人运回来哪行？卫士的尸身也都运回来。大人在樱田门外遇袭，将军威光庇佑，井伊家祖先庇佑，大人只是受了伤，性命无碍。"

"接下来怎么做，你们知道了吧？大人只是受伤，但为防万一，想紧急立一位世子。"她瞥了瞥里和。

宇津木六之丞渐渐明白过来。水户藩士杀了大老，水户藩难辞其咎，若对水户步步紧逼，水户固然有灭顶之灾，可自家主君死了，生前未立世子，等于无后。彦根与水户拼个你死我活，对两家都是有益无害。

假装主君未死，先立了世子再说。君子报仇，十年不晚。

宇津木六之丞匆匆告辞，着人去寻主君生前交好的各位大名，请他们一起向幕府分说。

昌姬回去了，偌大的房间里只剩下里和母子。里和坐在儿子身边，心里有哀伤，也有一丝微弱的喜悦。自家爱詹要成世子了，很快就是藩主。自己不是藩主正室，好在可以做藩主母亲。她渺渺地想着以后的日子，忽然想到井伊直弼再也回不来了，心中一痛，忍不住落下泪来。

爱詹从怀里取出手巾，轻轻地给母亲擦去眼泪。

村山多加怎么也睡不着，一闭上眼，许多人影来来去去。桥本左内，铁三郎，远远的还有一个，北润承学。

她已辞了志麻。志麻老板娘一脸惋惜，连说她三味线出神入化，辞了实在可惜。

长野主膳送她去祇园，就是为了打探攘夷派的消息。如今攘夷派死的死，逃的逃，留在祇园也只是徒增烦恼。

她原本想得简单。早年做过艺妓，对迎来送往十分熟悉。她容貌不差，乐器歌舞都来得，谈吐举止也娴雅。只要她想，讨哪个客人喜欢都不难，只要讨得客人喜欢，打探消息有什么难的？

长野主膳知道她的手段，也知道她会成功。她也自信不会失败。他和她都猜对了，也都猜错了。她打探到了消息，攘夷派被一网打尽，可她也险些填了进去。若不是长野主膳警觉，她还在为攘夷派守口如瓶——杀敌一千，自伤八百。

攘夷也好，佐幕也好，她从来不关心。铁三郎是幕府大老，桥本左内倾向攘夷，两人都是好人，都口口声声为国为民，各自都有一番道理，却偏偏势不两立。她只能选一个。

选择是难的，她平日愁苦万分，真到了最后关头，她义无反顾地选了铁三郎。桥本左内死了，她心如刀绞，夜不能寐。可她没法想象铁三郎死了会怎样。初遇铁三郎时，他只是十四岁的少年，母亲早亡。再见时他已是挺拔青年，依然寂寞孤苦。他枕在她腿上，握着她的手，双目眷眷，含着无限依恋。院子里的樱花如锦似霞，蜜蜂闹闹喳喳，她垂着头，望着他的脸。瘦削的脸，有安详的表情，阖上了眼，呼吸匀净，像是睡着了——无限的安心，没半点踌躇与怀疑。她也下了决心——拼尽全力，也要护他平安。

下了决心，一定要做到。桥本左内死了，和他一起死的还有许多攘夷派。铁三郎去了大敌，身体好多了，很好。她完成了任务，她没有背弃自己发过的誓。她欠桥本左内的，下半生慢慢还，若是还不清，还有来生。

点了一炉白檀，看白烟袅袅升起，再缓缓散去。都说白檀最能静气安神。今晚也没了效果。

有急促的敲门声，在宁静的夜里，响得惊天动地。她刚搬到油小路住，只有长野主膳知道，长野主膳不是鲁莽的人。她的心狂跳着，手也抖得厉害，在屋里转了两圈，才想起手烛放在哪。外面的人依然在敲，单调的咚咚声一直响着，似乎永不会停下。

她端着手烛开了门。是长野主膳。他的脸看上去阴森可怕，手烛的光映在他眼里，两个火苗一跳一跳。

他定了定神，机械地说："收到急报。大人死了。遇刺。五日前。"

哐当一声。他眼里的火苗不见了。她有些迟钝，随后才发觉自己松了手，手烛跌到了地下。火灭了，他和她依旧站着，一个门里，一个门外，她忘了让他进来，他也忘了。

门被夜风吹得吱呀作响，谁也顾不上管它。

她盯着男人的脸。虽然是春夜，空气里还带着凉意。他只穿了件家常衣裳，可能接了急报就赶来了，连轿辇都顾不得叫。他额上有晶亮的汗滴，穿过眉毛，滑过眼角，像源源不断的泪珠。

路边有樱树，粉色花朵垂在空中。门前种着沉丁花，香气浓烈，带着点药味。这样一个有花有月的春夜，完满到极点，原来都是脆弱的，像画在纸上的锦绘。只是一句话，一切都颠覆了。

铁三郎死了。她高估了自己，以为能保他平安。她有什么能力？不过是和尚和艺妓的私生女，一个艺妓而已。她告了密，以为铁三郎便可得平安。结果桥本左内死了，铁三郎也死了，间隔不过半年。这是她的报应吧。她以为可以一命换一命，用桥本的命换铁三郎的命。老天惩罚了她，让铁三郎也死了。

只是短短的一刹那，她脑子里有一万个念头，觉得时间流水般地流过，再回首已过去了一万年。她没有说话，他也没有，两人呆立着，似乎在对视，其实眼睛早透过彼此身体，看向无限远的方向。黄泉。

自从与铁三郎相识，铁三郎就是他们生活的中心。铁三郎突然死了，两人都呆住了，不知该做什么，像骤失父母的孩子。

不知过去了多久。突然有个声音响起，她吓了一跳。

"情况不明，你另寻住处。"长野主膳一字一顿地说，语气空洞，像失了魂魄。

她点了点头。

"大人死在江户。我会赶过去。"他眼里又有了神采。他准备做什么？

他没有告诉她，她也没有问。铁三郎死了，还有什么好关心呢？

他转身走了，甚至没有和她告别。他对她的态度从未如此冷淡。

她眨了眨眼睛，蹲下找跌落的手烛，竟也找不到。在这个安静的春夜，一切，一切都不对劲了。

收到大老遇刺身亡的报告，老中们惊得合不上嘴。肋坂安宅向来老实，吓得手里扇子都落了地。

宇津木六之丞连续拜访几位与井伊直弼交好的大名，请他们劝说老中，将井伊直弼遇刺的事按下不提，只说是受伤，正在救治。

幕府大老横死江户街头，凶手还是"御三家"的家臣，确实不是体面事。老中们悄悄禀告了将军家茂，将军家茂点了头，惆怅了许久。于是，早入了鬼籍的井伊直弼暂缓下葬，尸身停在外樱田藩邸，只说在治病。将军家茂派身边的药师寺元真赐了无数补品，其中不乏极珍贵的人参。有样学样，各大名也相继遣人看望，数不清的药品补品流水般送往外樱田藩邸。

其实，大老遇刺身亡的事人尽皆知。江户人向来爱看热闹，桃花节那日，在樱田门外赏雪的町人不在少数，不少人亲眼目睹了大老遇刺的全过程。大老的尸身被运走，地下的积雪尽成红色，后来登城的大名也看在眼里，流了那么多血，绝无生还之理。

将军家茂派使者送去人参，也立刻同意了彦根藩递上的立世子申请，十一岁的爱麿成为彦根藩世子。见将军对井伊家格外眷顾，在外地的大名也遣人看望。水户藩主德川庆笃迫于形势，也遣人去了外樱田藩邸。使者回水户后面白如纸，直言一入外樱田藩邸便觉得异样，上至接待他的家老，下至上茶的侍女，人人表情狞恶，像是择人而噬的恶鬼。德川庆笃只是叹气——水户和彦根的冤仇算是解不开了。

旧 人

手烛怎么都找不到，村山多加木木地关上门。她全身没一点力气，只是倚在木门上，呆立了许久。脸颊贴着门，冰冷的，像靠着千年的冰块。心却在扑通扑通跳，胸口热得发烫，一阵凉，一阵热，像在打摆子。

她生了一场病，整整躺了三日，脸烧得通红。没人知道她在油小路住，就算有人知道，也没人关心她的死活。她烧得神志不清，过去的一切都回来了，一幕连着一幕，慢慢在眼前过了一遍。多贺神社的太阁桥，清凉寺的红梅花，表御殿绘着菖蒲的拉门，三条河原的阴暗宅子……她只觉得疑惑，觉得自己没经过这许多。可一切历历在目，连细节都一清二楚，不由她不信。三日三夜，她把过去的几十年重新过了一遍。

到了第四日，清晨的阳光照进房间，她觉得好多了。慢慢起了身，一阵晕眩，整个人头重脚轻。坐在镜台前，她满以为会看见一张苍老的脸，结果并没什么区别，只是更瘦了些，越发显出尖伶伶的下巴。她把长发挽起，梳成简单的髻，刚放下梳子，肚子又咕噜咕噜叫着，三日水米未进的缘故，叫得格外响。她露出苦笑，哪怕心如死灰，只要有口气在，总会觉得饿。

春天过去了，又是一年夏天。菖蒲开了，紫阳花开了，栀子也开了。她活得混混沌沌，几乎足不出户，和现实失去了联系。长野主膳再没来看过她，只是定期给她写信。信有长有短，内容只有一个，那就是铁三郎。铁三郎死了，她成了废人，什么也不想做，什么也做不来。他却打听了许多事，也做了许多事。

长野主膳在信里说，刚被任命为大老，大人就拟好了死后的戒名。还工工整整写在纸上，交给侍从保管。最后一次回彦根时，他还让画师狩野永岳画了肖像，预先供在天宁寺里。他感叹大人视死如归，果然是井伊家的子孙。她看了信只是苦笑——如果可以选择，铁三郎并不愿做井伊家的子孙吧。

袅袅白烟从香炉升起，铁三郎最爱的白檀，初闻甘甜，后味带一丝清苦。矮几上供着土陶瓶，一枝半开的白山茶斜斜伸出。

他的遗体被葬在江户城外的世田谷豪德寺，他最尊敬的先祖井伊直孝也葬在那里。

据说他遇刺后，宇津木六之丞特意来到樱田门外，把沾有他血迹的积雪与泥土一并铲起，一路送往彦根，准备供养在天宁寺。泥土送到时，得到消息的彦根百姓在路边跪迎，哭声震天。

长野主膳主张重罚遇刺现场的所有卫士。重伤的流放，轻伤的切腹，因为"护主不力"。无伤的斩首，罪名是"有失士道"。

长野主膳还多次向水户藩抗议，要求他们在全国搜索凶手。他专程去水户大闹一场，水户家老不敢劝阻，一脸苦笑。

村山多加只是叹息。铁三郎死了，长野主膳伤透了心。杀了卫士们又能怎样？铁三郎再也不能活转回来。长野主膳对铁三郎，也算鞠躬尽瘁了。为了铁三郎，他不惜一切代价。他连自己的安危都不顾，更何况她？宁愿将她送到祇园，宁愿她呆在险地，也要获得情报。

长野主膳做过铁三郎的国学师傅，但铁三郎对他有知遇之恩。铁三郎做了藩主，立刻提拔他做了藩厅的官员，还把改革藩校的重任交给他。长野主膳与铁三郎也算君臣相和了。

可惜，伯乐死了，千里马还活着。

大老的惨死给幕府上下带来了极大冲击。老中们决意放弃往日的强硬路线，先前被迫蛰居、惨遭贬斥的公卿们也得了昭雪，先后回到朝廷中枢。不是东风压倒西风，就是西风压倒东风，朝廷地位越来越高，幕府老中也要看公卿脸色行事了。

长野主膳只是不忿。公卿一无领国，二无军队，凭什么指手画脚？还不是因为背后有外样大名们撑腰。萨摩、长州等藩国与公卿们交好，公卿们对幕府多有诋毁，无非因为大名们有意削弱幕府控制——当初他们拥立一桥家的德川庆喜，正是为此。可直弼大人将纪州的德川庆福拥上了将军宝座，他们的阴谋未能得逞。直弼大人又执行强硬路线，他们不敢公开动作，只在暗处谋划不轨。如今他们终于得逞了。直弼大人死了，幕府软弱，眼看就要受他们的指挥了。

彦根藩可不行。长野主膳和宇津木六之丞结了同盟。井伊家代代效忠幕府，就算直弼大人死了，也不会改变。

可是，彦根藩内的情势也渐渐紧张起来。

天快黑了，夜风掠过庭园里的矮松，空气里颇有寒意。已是初春，桃花早打了骨朵，前两日寒潮突降，又下了一场雪。桃花雪，正像两年前直弼大人遇刺的时候。

莫非又有什么变故吗？长野主膳坐在走廊上，微微缩了缩脖子。

宇津木六之丞坐在边上，天是郁苍苍的暗青色，没有月亮，墨灰色的云急速流动，给人微妙的不安感。长野家的庭园小小的，布置得精致。无月的夜晚，高低错落的灌木被黑暗笼罩，只有长成篱笆的山茶露出模糊的影子。暮霭沉沉，白山茶开得烂漫，像一堆堆残雪。

长野主膳的妻子多纪送上了茶，略寒暄两句就托词走了。她是聪明女人，知道两人有话要谈。

"萨摩的岛津久光率兵上京了。还给天皇送上了建议书，要求幕府改革。"宇津木六之丞的声音沉沉的。

"萨摩四年前就要率兵上京，当时藩主一病死了。如今藩主的弟弟又故技重施……"

"岛津久光只是前藩主的弟弟，无司无职，率兵上京乃是叛乱啊。"

"你也知道，大人去了，真是树倒猢狲散。幕府有点手段的人物也就是安藤对马守，可对马守数月前遇袭，虽只受了伤，也不得不辞去老中职位。如今的幕府只会仰人鼻息了。"

"直宪大人（井伊直宪）毕竟年幼……"宇津木六之丞叹了口气。

"你明知不是年纪的问题。"长野主膳瞥了他一眼，目光锋利如刀。

"你我已是旧人了。直宪大人信任的是冈本半介。"宇津木六之丞望着庭园，天完全黑了，眼前一片昏暗，什么都影影绰绰的，映在眼里的只有一朵朵白山茶，惨白的，碗口一般大。

"若说是旧人，冈本更旧。直弼大人当上藩主后夺了他的家老位，直弼大人去了，他又回来了。直宪大人年幼，这究竟是谁的主张？"长野主膳的声音里带了激愤。

"冈本是聪明人，太聪明了，直弼大人不喜他的为人。他和西村家是世交。"宇津木六之丞淡淡地说。长野主膳不是彦根人氏，对许多事都不了解。

西村家……宇津木六之丞没头没脑地说了一句，他有些糊涂。正想问下去，心里忽然一沉。直宪大人的生母旧姓正是西村，里和的父亲是彦根藩士，似乎叫西村本庆。

里和。他见过许多次。纤弱的身形，秀丽的容貌，脸上永远带着柔和的笑容。可长野主膳总觉得她有敌意——表情柔和，眼神却冷淡。为什么呢？他与她从没有交集。也许只是错觉。

"冈本半介主张与幕府保持距离。井伊家可是谱代！大人为幕府牺牲了性命！"想到大人惨死，长野主膳的喉咙哽住了。

心像被悬在火炉上，嗓子干涩，像被塞进了一把干草。端起托盘上的茶杯，他一口饮尽。茶早冷了，一直苦到心底。无星无月的春夜，空气里带着凉意。两个人的心更冷，寒意从胸口一直透出来，比夜风还要凉。

"只盼直宪大人能明白父亲的苦心。"长野主膳喃喃地说。其实他已经绝望了。直弼大人在世时忙于政务，很少与孩子相处。直宪大人是里和一手带大的，是个孝顺孩子。

萨摩的岛津久光上京，并不是为了推翻幕府，只是想改革幕政，好分一杯羹。可不少攘夷派也随同上京，这些杀气腾腾的武士们在京都街头游荡，治安大受影响。在这些武士中，有位名叫田中新兵卫的人物。他名不见经传，却使得一手好刀法。

田中新兵卫上京，本想做一番事业。可他在京都毫无人脉，一时茫无头绪。他空有一身好武艺，却连生活都成了问题。正当他彷徨无措时，一位自称藤井良节的萨摩武士找到了他。

藤井良节脸上总带着微笑，看上去温厚有礼，其实个辣手人物。他是萨摩驻京都的居留役，不仅是攘夷公卿与萨摩间的联络桥梁，更私下结交各藩攘夷志士。他曾与水户来往甚密，计划过刺杀井伊直弼。听说田中新兵卫有一手好刀法，藤井良节着意笼络。田中新兵卫见藤井良节关爱有加，不禁感激涕零。

一日，藤井良节约田中新兵卫出来小酌。说是小酌，地点选在繁华的岛原，老板娘亲自上菜，样样都是珍馐佳肴。

田中新兵卫有些羞惭。自从与藤井良节相识，他已得了不少银钱援助。如今藤井在岛原请客，岛原可是京都有名的销金窟，必有不少花销。他只略略动了筷子，不好意思尽情吃喝。

酒过三巡，藤井良节漫不经心地说："那个岛田，眼下正躲在京都。"田中新兵卫立刻懂了，藤井良节口中的岛田，正是大老井伊直弼曾经的得力助手岛田左近。岛田左近协助井伊直弼大兴牢狱，害了不少攘夷志士，是攘夷派欲杀之而后快的人物。井伊直弼死后，岛田左近离开京都，逃得无影无踪，谁知又回来了。

田中新兵卫握住酒杯，轻轻点了点头。

藤井良节浅浅饮了口酒，淡淡地说："他若突然死了就好了。"

田中新兵卫又点了点头，一口饮尽杯中残酒。

藤井良节看着他微微一笑，两人都没有再说话。

士为知己者死。田中新兵卫走投无路时得藤井良节收留，自然视他的话为玉旨纶音。田中新兵卫刀法过人，却从未杀过人——不过，杀岛田左近是伸张正义之举，他并不觉得为难。

几日后，藤井良节的两名手下来找他，说岛田左近正在木屋町的妾宅。田中新兵卫起身插上了刀。

木屋町属于洛外，是京都治安最混乱的区域之一。两人带路，一路急行到一处小院。虽然天黑，依然看得出是所雅洁的院落。

"正是此处。"

田中新兵卫点了点头，一脚踹开了大门。房内的灯突然熄灭了——岛田左近想溜。

田中新兵卫心念一闪，几个起落来到后门处。果然，后门大开，出了后门，就是佛寺善导寺的院墙。

田中新兵卫抬头，一个黑影正伏在墙上。衣衫不整，正是从卧室仓皇逃出的岛田左近。他右脚已踏上墙头，只需轻轻一跃，便可躲入善导寺避难。

"哪有那么容易！"田中新兵卫暗暗骂了一句。右手引刀出鞘，岛田左近只觉得一阵疾风刮过，后腰处剧痛不已，立刻失了平衡，落到田中新兵卫脚前。

田中新兵卫又一刀斩下，岛田左近的首级飞出好远。他俯下身，捡起岛田的首级，交到两人手里，轻轻地说："接下来拜托了。"

藤井良节说过，不光要杀了岛田，还要把首级悬在人来人往的地方暴尸。

两人点了点头。他俯下身，用岛田的衣袖拭去刀上的血迹，又擦了擦手。

这是文久二年（一八六二年）七月二日，从这一日起，京都出现了一桩又一桩暗杀。在藤井良节的指挥下，田中新兵卫的刀光在夜间闪过，温热的鲜血从伤口迸出，将泥土染得斑斑驳驳。与幕府亲近的公卿、武士、学者先后被杀，京都成了攘夷派的世界，田中新兵卫也得了"人斩新兵卫"的诨名。不久，土佐藩的攘夷派领袖武市半平太也来了京都，他手下也有位刀法精绝的刀客，名叫冈田以藏。冈田以藏与田中新兵卫双刀合璧，京都更被腥风血雨笼罩。支持幕府的人们视他们为鬼怪，而他们认为自己在替天行道。他们把暗杀活动称为"天诛"。

彦根城表御殿，十四岁的新藩主井伊直宪一脸严肃。

家老冈本半介滔滔不绝说了许久，井伊直宪只是不做声。

"请大人早做决断。长野与宇津木不可再留了。"冈本半介一头白发，瘦弱的身体伏在地下，显得苍老憔悴。

"那两人是父亲大人生前的爱臣，也许有错处，但贵在忠心耿耿。"井伊直宪皱起了眉头。

"如今攘夷之势已定，朝廷日益强硬，幕府步步后退。眼下萨摩岛津深得天皇信任，已被任命为勅使随从，要去江户监督幕府改革幕政。我彦根必须顺应时势，那两人与攘夷派结怨已深，留下只是祸患。"

井伊直宪只是不语。他知道冈本半介说得不错。

"大人可知道，岛田左近已被攘夷派杀了，迟早有一日，攘夷派会找那两人算账。"冈本半介加重了语气。

"彦根的重臣若死在攘夷派手下——彦根颜面无存。"

"罢了。容我再想想。"井伊直宪心乱如麻。

到入浴时间了，他皱着眉头，若有所思地进了汤殿。

表御殿的汤殿十分豪华，天花板和墙壁上都钉着原色桧木板，屋中间端端正正放着椭圆形的浴桶，热气升腾。

温度正好。他身子浸在热水里，周围都是乳白色的蒸汽，屋角的行灯发出朦胧的光芒。静悄悄的，侍候他的卫士在外面等着，没一点声响。

全身都放松下来了，恍恍惚惚，像在做梦。他上面有个哥哥，出生没多久就死了，他成了长子。可父亲对自己并没多疼爱。父亲永远忙乱，几乎没和自己独处过。自己看到永远是父亲的背影，瘦削，匆匆向前走，连停下微笑的闲暇都没有。

母亲陪伴他长大，不是赤坂藩邸的母亲大人，而是他的生母，温柔的里和夫人。长野主膳和宇津木六之丞应该怎么处置？母亲会怎么看？她一定会微笑着说："爱麿，你是井伊家的子孙，保存井伊家最要紧。母亲什么都不懂，只要你平安无事。"

井伊家最重要。他叹了口气，闭上了眼睛。

长野主膳被判了斩首，还不允许下葬，只能暴尸荒野。妻子多纪哀求许久也无用。宇津木六之丞斩首。切腹是武士的权力，两人连最后的体面也被剥夺。村山多加得知后，再不愿回彦根。

妙寿尼

长野主膳死在文久二年（一八六二年）初秋，转眼两个月过去。

村山多加在京都岛原一贯町置了房子。她离群索居，连女佣都没雇。

她恍恍惚惚地活着，早上一睁眼，就开始回忆过去。闭上眼，眼前还是过去。她把陶瓶、信笺、簪子等东西收在一起，每日翻来覆去看个不住，每件东西里都藏着过去。她只有过去，没有未来，想到以后，她只觉得一片空白。只有在眼前的东西里，她的心才是充实的。

也许是没了喜怒哀乐，岁月对她特别优待。她的发丝依然乌亮，眼角添了细细纹路，也添了成熟风韵。

院里种了大株山茶，还栽了棵樱花树。她想把彦根的一切都复制过来。

不过，如今种的全是白山茶。已是初冬，花骨朵胀鼓鼓的，顶端露出雪白影子，快到盛放的时候了。

土佐的攘夷派首领武市半平太来到京都不久，便已是赫赫有名的人物了。他的手下有不少暗杀好手，冈田以藏更是"天诛"行动的佼佼者。一日，武市半平太收到了一封匿名信，信纸似乎价格不菲，还带着隐隐香气，上面只写着几句话："村山多加，假名可寿江，长野主膳心腹，检举攘夷派的元凶之一，现居岛原一贯町。"笔致柔美，像是女子所书。

武市半平太心里一动。他也听过可寿江的名头，可这来历不明的密信到底可不可信？他命手下去一贯町打听。

手下很快回来了。一贯町确实有女人独居，形貌举止像是祇园的红人可寿江。

"只是一个女人，不用杀她，给她个教训。"武市半平太笑着说。

十一月十四日，多加院子里的山茶开了第一朵。花瓣层层叠叠，中间藏着嫩黄花蕊。当晚，二十名土佐、长州志士包围了她的家。

手持长刀的攘夷志士一脚踢破木门。整个院落暗沉沉的，并未点灯。领头的人暗叫不好，莫非她逃走了？月光皎洁，把庭园里照得清晰，一个女人坐在廊下，专心致志地看着月下的山茶。

她看了一眼来人，又懒懒地转过头去，像是觉得厌烦。"山茶盛放的样子，怕是看不到了。"她喃喃地说。

攘夷志士们迟疑了一下，随后一拥而上。

乌云遮住了月亮，古都笼罩在黑暗中。鸭川水声潺潺。

京都町人多迷信。故老相传，三条河原在夜间有恶鬼出没。所以，白天附近熙熙攘攘，太阳一落，三条河原立刻死一般寂静。

河原西侧，一个女人双手反绑，丢在地上。身边围着许多男子，腰间都插着两把刀。

一名男子抬头看了看天空，轻轻说："果然是冬天了啊。"

是土佐口音。他是京里有名的刺客，有"人斩以藏"的诨名。

女人只穿着单衣，赤着双脚。她不愿躺在地下，挣扎着坐起身来。

冈田以藏瞥了瞥她，不屑地笑了笑。

"看起来寻常，谁知是蛇蝎心肠。"他和身边的伙伴说。

女人恍若未闻。只是垂着头，背脊依然笔直。

"关白九条家的岛田，也是你的相识吧？那家伙在木屋町风流快活，看见萨摩的田中新兵卫，像见了鬼。据说还想跑，结果被一刀砍死。"冈田以藏笑着说。

"对了，岛田手下的文吉是我用手巾勒死的。卑鄙小人，杀他污了刀。"

"幕府走狗，死无葬身之地。"一名长州口音的男子插嘴。

冈田以藏蹲下身，目光灼灼地盯着她。

"长野主膳也是天诛目标之一，谁知彦根自己下了手。村山多加，他是你的老相识？还是老情人？他的尸首，成了野狗的口中食啦。"

她依旧一声不吭，心里并不恐慌，反而觉得痛快。一日一日活着无趣，也许死了更好。

可惜事与愿违。

"我们不杀女人。把你绑在三条大桥上三日，是死是活就看你的造化了。"

刀光一闪，她的头发散了一地。

三条大桥的桥柱上绑着个女人。寒风刺骨的冬日，她穿着单衣，赤着双脚，发髻被削去，头发散乱地盖在脸颊上。

粗麻绳捆了三道，紧紧勒进肉里。身边立着一个木牌，贴着一张白纸，上面龙飞凤舞地写着"村山多加，又名可寿江。长野主膳姜妇，安政五年以来，协助主膳多行不义，本该死罪。念其身为女子，饶其一死。"这是冈田以藏留下的"斩奸状"。

她闭着眼睛，似乎没了呼吸。

东边的天空露出一丝曙色，早起的豆腐店老板路过，唬了个半死。

不少人聚集而来，看到女人身边立着的"斩奸状"，有人窃笑，有人不屑，也有不少人指指点点。

"她叫村山多加？又叫可寿江？幕府的探子？"

"长野主膳的妾室？"

"捆着示众，不如死了好。"

太阳落山，三条大桥又陷入了寂静。村山多加睁开眼睛。

天空有轮朗月，月光下的鸭川发出银色的冷光。

远远走来一个男人，脚步轻捷。好像是昨晚领头的年轻人。

他走近了，正是冈田以藏。虽是寒冬，他只穿着薄薄单衣，手里提着棉布包裹。

他嘴角含笑，显然心情上佳，远远看见她，还挥手打了个招呼。

一点一点近了，包裹似乎有些沉，棉布上还染了褐色污渍，里面是什么？她的心剧烈跳动起来。

她又觉得好笑。自己已沦落到这等地步，还有什么好怕的呢？

冈田以藏把包裹托在手里，一层一层地打开，里面是一颗人头。他的眼睛盯在她脸上，见她表情不变，略略有些失望。

"你胆子倒大，倒也是，胆子不大，怎么能去祇园做探子？"

他站在她身边，微笑着看她。是个英俊的年轻人，面色黝黑，眉眼却周正。那么年轻，不但杀人不眨眼，还以杀人为乐。这个年轻人到底经历了什么？他有父母亲人吗？是不是连血都是冷的呢？

见她走神，冈田以藏故意咳了一声，右手提起人头，放在她眼前。"认得吗？这是你的儿子，多田带刀。"

"他刀法不错，缠斗许久。一直追到粟田口才杀了他。是个硬角色。"冈田以藏赞许地点了点头。

耳朵里有雷鸣般的声响。他脸上带笑，薄唇一开一合，似乎还在说什么，她完全听不到。

很久很久以前，那时她还年轻。窗外飘着鹅毛大雪，她疼了一日一夜，生下一个孩子。他闭着眼，一直哇哇大哭，像受了天大委屈。她只记得一张红彤彤的脸，还没仔细看，产婆叫人抱走了他。

从此她再没见过他，如今却仍然连累了他。他和她有什么关系？无非是她把他带到人世上来。她给了他一条命，这条命又终究送在她手里。

一命还一命。她怔怔地瞪着那张陌生的脸。

冈田以藏仔细研究她的表情，她看上去木木的，既不难过也不害怕。他以为她会尖叫、大哭，甚至会晕过去。谁知完全错了，真是个可怕的女人。

他有些索然无趣了："头放在这里，母子俩好好亲近。"

冈田以藏又贴了张"斩奸状"，随手把白棉布扔进鸭川。棉布顺着流水慢慢远去，去到她看不见的地方。

月光洒在鸭川，洒在桥柱，洒在人头上。

她望着眼前的脸。双眼安稳地阖着，面容安详，像睡着了，唇边似乎还有笑意。颈口的刀痕整整齐齐，有残余的血渍，还混着白色的颗粒，是擦了盐吧，怕它腐坏。

与北润承学分开后，她似乎把与他有关的一切都忘记了。他的脸，他的笑，他的甜言蜜语，包括他与她生下的孩子。那时她还年轻，总以为可以从头开始。跌了跤，哪怕摔得头破血流，只要挣扎着爬起来，身上的伤再重，也能很快愈合。他和她的情事隐秘非常，没几个人知道，哪怕生了孩子，给他寻了好人家，也不妨碍什么，对孩子也没有亏欠。

孩子给了多田家，多田家对他视若己出，谁知道他的来历？以前种种像踏在雪上的足迹，太阳一出，积雪化去，一切都无影无踪。她错了，旧日的一切又兜兜转转回来了。她以为天知地知，可别人找到了那个孩子，还要了他的命。她又害了一个无辜的人。

略方的脸，高高的鼻子，男子气十足。他长得一点不像她，也看不出北润承学的影子。像是知道给他生命的人都不爱他，他不要与他们有一点联系，连相貌都不相似。可是，他再赌气，终究断不了这联系。孽缘。

对不起。下辈子一定不要再与我们有丝毫关系。

她的眼睛有些痒，她以为飞进了小虫，连连眨了几眨。有水濡湿了脸颊，一路流到衣襟上。原来是哭了。

她小时候哭过。练琴时磨破了手，禁不住悄悄流泪。她的养父看见了，厌恶地瞪了她一眼。她的眼泪一下干了，她再没哭过。

眼泪不断地涌出来，像干了许久的枯井又有了水源。心里空落落的，只有眼泪纷纷落下来，双手被绑着，只能由它们从脸颊滑下去，滑到胸口，再洇入衣服里，无影无踪。

东方一点一点亮了起来，太阳又升起。

京都町人自命不凡，认为大惊小怪是乡下人行径。三条大桥依旧人来人往，驻足观看的人少了许多。

被绑着的女人垂着头，一动也不动，似乎早没了气息。

"死了吧？没饿死也冻死了。"

"还有气呢。"

"那是她儿子？"

"啧啧，攘夷志士手段狠辣。"

"不要乱说，快走。"

太阳下山，又是满月。

今宵又见满月，惜伊人不在，圆月亦缺。

龙飞凤舞的字迹。燕子花手镜。鳖甲透雕麻叶纹簪子。

她不信神佛，所以遭了报应。她爱的人，爱她的人，她的孩子……与她有关的人都死了，不得好死。

为什么？她生了孩子，又抛弃了他？她辜负了爱她的人？她作了孽？如果真是那样，为什么还让她活着？难道是老天的惩罚——夺走她身边的人，只让她一个人孤零零活着？活在永远的悔恨与痛苦里？

她晕了过去。

她快要死了。

又是一日一夜。天际又露出白光。

一个人影缓缓向她走来，她眯着眼睛，只能看到那人背后的绚丽霞光。到了另一个世界？

低头看看，自己仍然被绑在桥柱上。她没有死。

人影越来越近，是个老年尼姑，她并不认识。

"三日已过。再深的罪孽，也偿还了。"尼姑一脸悲悯，她只是呆呆的。

尼姑念了句佛号，用戒刀割断了她身上的绳索，又将她扶下来。

她站立不住，只能倚在桥柱上。尼姑招了招手，一乘小轿停了下来。轿夫把她扶了进去。

她挣扎了一下，尼姑弯下腰，望向她的眼睛。"放心。洛北金福寺与宗观院渊源颇深。"

宗观院是铁三郎死后的法号……她眼里有泪涌出，最后的最后，还是铁三郎救了她。

她在金福寺落发出家，法号妙寿尼。

幕末的京都是风暴的中心，自从进了金福寺，她再没出过禅房。田中新兵卫死了，冈田以藏死了，曾不可一世的攘夷派被逐出京都，主张与幕府合作的佐幕派又掌握了朝廷大权。转眼攘夷派又卷土重来，西乡吉之助还成了攘夷派的领袖人物。将军家茂急逝，一桥家的德川庆喜终于成了将军，可鸟羽伏见战火忽起，幕府化为乌有，又是萨摩、长州等外样大名的天下了。

她只管数着佛珠，念着佛经。檀香的香烟缭绕，连佛衣都染上了清苦的香气。世间的一切，早和她毫无关联了。

她一直活到明治九年（一八七六年）。一个宁静的夏夜，她悄悄停住了呼吸。送早饭的小尼姑发现了她。据说她躺在窗下，脸上带着微笑，双手交叠放在胸口，手下压着一张泛黄的信笺。信笺上是龙飞凤舞的字迹。

今宵又见满月，惜伊人不见，圆月亦缺。